말하기 부끄러운 순간

*일러두기

본서의 저본은 李修文,『山河袈裟』(湖南文藝出版社, 2017)이다.

본서의 주석은 본문의 '( )'안에 담았고 모두 역주다.

말하기
부끄러운
순간

리슈원 글 ― 김택규 옮김

국학자료원

　　이 책에 수록한 글들은 대부분 10년간 바쁘게 오가던 길 위에서 썼다. 숲과 시골 마을, 절과 촬영장, 여인숙과 장거리 열차 등이 내 산하山河였고 그런 곳에서 항상 못 참고 이 글들을 썼다. 쓰면 쓸수록 쓰는 게 더 좋아졌다. 이 글들을 쓴 것은 본능이자 눈앞에서 벌어진 자기 구원이었다. 10년간 이 글들을 쓰면서 결국 내 운명을, 오직 글쓰기만이 곤궁 속의 정직한 신념이자 방랑할 때의 내 가사袈裟라는 것을 확인했다.

10년 전, 소설을 쓰며 어렵게 살던 중에 남에게 말하기 어려운 어둠이 덮쳐오는 바람에 기나긴 망설임과 정체 상태에 빠졌다. 스스로가 의심스러워 더 이상 글을 쓸 수조차 없었다. 하지만 단 하루도 글쓰기에 대한 갈망을 멈춘 적은 없고 이미 나 자신을 영원히 글쓰기라는 감옥에 가두기로 맹세했기 때문에 결국 글쓰기는 나를 저버리지 않았다.

어느 해 병원에서 아픈 가족을 돌보고 있을 때였다. 병실에서는 잠을 못 자게 했기 때문에 밤만 되면 다른 간병인들과 함께 잘 곳을 찾아 돌아다녔다. 탕비실, 주사실, 옥상, 파초나무 아래 등에서 모두 자보았다. 그러다가 어느 겨울밤, 폭설이 내리는 바람에 나와 나의 동반자들은 옥상의 물탱크 옆에서 고통스러운 밤을 보냈다. 한밤중에 동반자들과 함께 추워서 잠이 깼을 때 나는 갑자기 어떤 마음의 결정을 내렸다. 이제부터는 계속 글을 쓰는 걸 넘어서 내 필력을 다 발휘해 내 동반자들과 그들의 가족에 관해 글을 쓰기로 마음먹었다.

그들은 누구인가? 그들은 수위와 노점상, 우산 수리공과 솥 땜장이, 택배원과 청소부, 부동산 중개인과 외판

원이다. 대부분의 경우 그들은 실패자이고 가난과 병고에 시달린다. 과거에 나는 내가 그들이 아닌 줄 알았지만 실제로는 그들이 아닌 적이 없었다.

그들의 삶은 이렇다. 병세가 위태로운 아이가 밤중에 몰래 병실을 빠져나가 달구경을 하고, 주머니가 텅 빈 간병인들이 온갖 궁리를 다해 서로를 돕고, 사직당한 부동산 중개인이 지하철에서 대성통곡을 하고, 교외 공장에 취직한 아가씨가 공작기계 앞에서 머뭇대며 어쩔 줄을 모른다. 더 나아가 한 어머니가 미친 아들이 제정신을 차리기를 10년 동안 기다리고, 또 다른 어머니는 일하러 다니느라 자식을 남부끄러운 곳에 숨겨두고, 한 원숭이와 그의 은인이 형제의 인연을 맺고, 황하 기슭에서 막다른 골목에 몰린 내가 별안간 나타난 친구들 덕분에 어려움에서 벗어난다.

그렇다, 그들은 민중이다. 나는 이 글들을 쓰면서 오래 소원했던 이 단어를 찾고 찬미했다. 바로 이 단어가 나를 새 사람으로 만들고 새로갈비뼈와 관절이 나게 했다.

여행과 시, 희곡과 백일몽에 관한 글도 몇 편 있다. 지난날 그것들에 의지해 평생을 살 수 있다고 생각한 적이 있었지만 그 결과는 그것들에 대한 끝없는 권태였다. 하지만 글쓰기가 망설임과 정체 상태에 빠지고 진짜 생계 문제가 눈앞에 닥쳤을 때 그것들에 고마운 마음이 들었다. 그것들 덕분에 나는 더 몹쓸 인간이 안 되었고 또 그것들이 내게 절대로 여기서 굴복하면 안 된다고 깨우쳐주었기 때문이다.

이 짧막한 서문도 바쁜 길 위에서 쓰고 있다. 차창 밖에서 논들이 이어지고 벼가 파도처럼 술렁이고 있다. 하지만 농부들은 일에 열중하느라 바람이 불고 풀이 흔들려도 고개를 들 줄 모른다. 불현듯 알 수 없는 감회가 느껴져 또다시 글쓰기에 감사하고 글쓰기로 점철될 내 인생에 감사한다. 그것은 눈앞에서 술렁이는 벼의 파도와 그 파도 속의 노고가 바로 내가 남은 인생에서 계속 숭배할 두 신, 즉 민중과 아름다움이기 때문이다.

이것이 부끄러워 황황히 적는 내 서문이다.

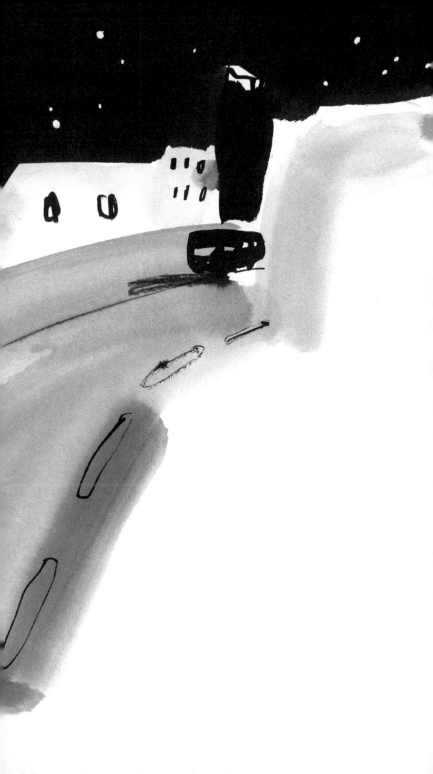

깰 때마다 네가 없네

깰 때마다 네가 없네

작년 3월의 어느 날 아침, 밤새 술을 마시고 돌아오는 길에 동네 입구 옆 담벼락에서 문득 숱하게 적힌 울긋불긋한 글자들을 보았다. 사실 그것들은 진작부터 거기 있었지만 평소 신경 쓰지 않다가 취중에 불현듯 눈에 띄었다. 전부 "깰 때마다 네가 없네每次醒來, 你都不在"라는 여덟 글자였다.

갑자기 그 여덟 글자가 내 마음을 움직였고 재작년 겨울 간쑤甘肅와 칭하이靑海를 돌아다닐 때 주취안酒泉보다 좀 더 서쪽의 아득한 고비사막에서 본 한마디 말이 떠올랐다. 누가 얼마나 시간을 들였는지 모를 그 말은 사람도 쓰러뜨리는 서풍을 견디고 있었다. 글자들은 조그마한 고비석(고비사막의 돌을 뜻하며 모양이 다양하고 색깔은 빨간색, 담황색, 진녹색 등이다)을 쌓아 만들었고 하나같이 사람 키만 했다. 그 말은 "자오샤오리, 사랑해趙小麗, 我愛你."였다.

그 후로 무려 한 달 동안 나는 자정 넘어 집에 돌아가기만 하면 그 담벼락에 앉아 잠깐씩 담배를 피웠다. 과연 그 글을 쓴 사람을 만날 수 있었다.

그런데 나는 깜짝 놀라고 말았다. 그 사람은 다름 아닌 내게 인터넷을 설치해준 적이 있는 전화국 임시직원 루路씨였고 그와 나는 벌써 일 년간 못 본 상태였다. 단지 그가 전화국을 그만두었다는 얘기만 들었는데 뜻밖에도 그는 우리 집과 1000걸음도 안 되는 곳에서 페인트공이 되었으며 일이 끝난 뒤 새벽마다 공사장 담벼락에 그렇게 창작을 하곤 했던 것이다.

그 후로 오늘까지 일 년여가 또 흘렀고 루씨는 진작에 페인트공 일을 관뒀다. 그리고 어제 정식으로 우한武漢을 떠났다. 사실 그는 본토박이 우한 사람인데도 그 나이에 다시 살길을 찾아 외지로 떠났으니 그 결과가 어떨지는 미루어 짐작할 수 있다. 본래 그는 자기와 함께 귀원사歸元寺로 점괘를 뽑으러 가자고 나를 찾아왔었다. 그래서 함께 귀원사에 갔고 점괘는 크게 길하다고 나왔다. 돌아오는 길에 루씨는 내내 흥분에 휩싸여 있었다. 황허루黃鶴樓를 지날 때 그는 평생 처음 그런 점괘를 뽑아보았다고 내게 말했다.

루씨는 1960년생으로 군인 가정 출신이다. 중학교를 졸업한 뒤 입대했고 일 년도 안 돼 남방의 국경 전쟁에 참전했으며 전장에서 돌아와서는 공장에 들어가고, 결혼하고, 애를 낳고, 직장을 잃고, 이혼하여 아내가 멀리 떠났다. 아내가 떠나기 전 집을 팔아서 어쩔 수 없이 그는 다시 부모 집으로 돌아와 날품팔이를 하며 살았다. "마흔 살이 넘어서도 자기 집 한 칸 없는 남자가 무슨 낯짝으로 살겠어요?"라고 언젠가 그는 말했다.

공사장 담벼락 옆에서 다시 만난 뒤로 그는 빈번히 새일을 찾으면서 가끔 내게 책을 빌리러 오곤 했다. 나는 마흔다섯 살 먹은 남자 중에 루씨처럼 좌불안석인 사람을 본적이 없다. 그는 앉기만 하면 언제든 일어나 휙 가버릴 사람처럼 몸을 배배 꼬았고 항상 근심스러운 눈빛으로 불안하게 사방을 살폈다. 나를 따라 서재로 들어갈 때도 계속 탁자 위의 찻잔을 만지거나 호주머니 속 열쇠를 연방 바닥에 떨어뜨렸다.

어느 곳에 앉든 거절당하곤 하는 사람이 어떻게 불안해하지 않을 수 있겠는가. 매번 만날 때마다 그는 새 일을 찾고 있는 듯했다. 페인트공 일을 관둔 뒤에는 식당에서 그릇을 닦고 괴상한 의료 측정기 영업을 했으며 시골에 가서 채소 씨앗을 팔고 나서는 마지막으로 시내로 돌아와 전화 카드를 팔았다. 가장 힘들 때는 나처럼 소설을 쓸 생각을 하기도 했다.

내가 루씨와 재회한 담벼락은 이미 온데간데없이 사라졌지만 그의 버릇은 여전했다. 우한을 떠나기 전 그는 볼펜 한 자루를 갖고 다니며 글씨를 쓸 수 있는 곳이면 어디에나 무심코 낙서를 하곤 했다. 나는 얼추 그가 이해가 갔다. 낙서로 기분이 편안해질 수만 있다면 얼마든지 낙서를 하길 바랐다.

조금만 신경 쓰면 루씨가 쓰는 것이 옛날 시임을 알 수 있었다. 예컨대 "십 년 만에 생사가 갈려 둘 사이에 남은 게 없네十年生死兩茫茫" "나 처음 만나 성을 묻고 놀랐는데, 이름을 말하니 옛 얼굴이 떠올랐네問姓驚初見, 稱名憶舊容"처럼 가슴 찡한 시구였다. 그것은 이상한 일이 아니었다. 루씨는 본래 읽은 책이 많았기 때문이다. 내가 흥미를 느낀 것은 맨 처음 내가 봤던 **"깰 때마다 네가 없네"**라는 그 여덟 글자를 그가 왜 다시 쓰지 않느냐는 점이었다.

언젠가 둥팅2로東亭二路의 작은 술집에서 그를 놀렸다. 평범한 여덟 글자로도 그렇게 나한테 감동을 주었으니 정말로 소설을 쓸 수 있을지도 모른다고 했다. 그리고 어떤 여자를 생각하며 그 여덟 글자를 썼느냐고 물었다.

루씨는 입을 다물고 조용히 있다가 술 석 잔이 돌아가자 엉엉 소리 내어 울면서 그 여덟 글자는 자기 아들에게 쓴 것이라고 했다. 그 순간 누가 한 중년 남자의 울음소리를 알아들었겠는가. 릴케의 말을 흉내 내 말한다면 아무리 그가 소리쳐도 천사들의 서열에서 누가 그것을 들었으랴. 그때는 하늘의 천사도 땅 위의 나도 모두 몰랐다. 루씨의 아들은 그의 전처를 따라 청두成都에 가서 살다가 교통사고로 죽었다.

오빠들은 가엾은 사람

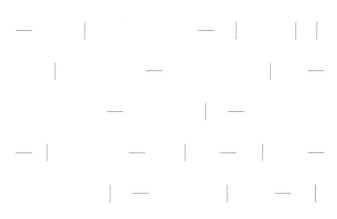

오빠들은 가엾은 사람

정오 즈음에 진눈깨비가 작은 도시를 강타했다. 삼십
분 만에 황하의 둑방 위에 달랑 한 그루 서 있던 납매臘梅
가 희뿌연 비안개에 덮여 자취를 감췄다. 하지만 어쨌든
섣달그믐이라 아이들이 못 참고 거리에 나와 꺅꺅대며 뛰
어다니기 시작했다. 마지막으로 설날 물품을 파는 사람들
도 비안개 속에 점차 모습을 드러냈다. 그러다가 펑 하고
거대한 폭죽이 허공에서 터지자 진눈깨비가 뚝 그치고 밥
짓는 연기가 지붕 위로 솟아올랐다. 이 황량한 지역의 음

력설이 마침내 막을 연 것이다.

하지만 폭죽 소리가 요란해질수록 마음이 더 어지러워졌다. 나는 본래 한 촬영팀을 도와 시나리오를 고쳐줄 일이 있어 이곳에 왔다. 그런데 도착하자마자 촬영팀이 해체를 선언하는 바람에 할 수 없이 짐을 싸야 했고, 또 한창 짐을 싸고 있을 때 촬영팀이 빌려서 묵고 있던 작은 건물이 누군가에게 폐쇄되는 바람에 꼼짝없이 발이 묶였다. 알고 보니 촬영팀이 촬영 현장 측에 꽤 많은 돈을 빚진 상태였다. 어느새 제작자가 대부분의 스태프를 데리고 도망쳐서 남아 있던 사람은 몇 명 안 됐다. 나는 그중 하나였다.

그 후로 나는 부득이 그 지방 소도시의 죄수가 되어 한 발짝도 밖에 못 나가는 신세가 되었다. 제작자에게 계속 전화를 거는 것 말고는 뾰족한 방법이 없었으며 제작자가 아예 휴대폰을 끄고 전화를 안 받게 된 후로는 그가 약속한 해결책도 아득히 멀어져 버렸다. 그렇게 시간은 흘러 섣달그믐이 되었고 우리를 지키던 사람들은 결국 설을 쇠러 집에 돌아가야 했다. 하지만 나와 공범들은 역시 이 지역에서 도망칠 수 없다고 그들은 못을 박았다. 우리는 그래도 거리를 돌아다닐 기회를 얻기는 했다. 지금 도망치는 것은 어차피 불가능했기 때문이다. 이 지역은 산들로 빙둘러싸여 있어서 외부로 통하는 유일한 수단은 황하의 배

뿐인데 황하는 벌써 사흘째 꽁꽁 얼어 있었다.

한 무리의 떠도는 영혼처럼 우리 일행은 허름한 길거리를 여러 차례 왔다갔다했다. 화가 나서였는지, 아니면 그저 서로가 싫어서였는지 거의 말하는 사람이 없었고 점차 뿔뿔이 흩어졌다. 몇천 리 밖의 친지들에게 전화를 건 뒤, 나는 떨쳐낼 길 없는 처량함을 몸 밖으로 밀어내며 무작정 황하의 둑방 위로 걸어 올라갔다. 무의식중에 짙은 안개 속 그 납매를 보러 가고 싶었던 것 같다. 그런데 전혀 예상치 못하게 둑방에 발을 딛자마자 누군가 가까이서 부르는 노래가 들렸다.

"집 떠나는 사람 황사바람에, 밀짚모자 팽그르르 도네, 예쁜 꽃아 내 말 들으렴, 네 오빠들은 떠났단다, 사랑하는 여동생아 앉아보렴, 오빠들은 가엾은 사람……."

벼락을 맞은 듯 멈춰 섰다. 심장이 쿵쿵 뛰었다. 내 기억이 틀리지 않다면 나는 십 년 전 칭하이에서 이 화얼(花兒, 칭하이, 간쑤, 닝샤寧夏에서 유행하는 전통 민요)을 들었다. 겨울날 산등성이에서 한 무리의 농부들이 눈더미 속에 서서 내게 불러주었다. 지금 이 민요를 듣고 나는 머릿속이 뒤죽박죽되었다. 잠시 정신을 가다듬고 사방을 둘러보았다. 노랫소리가 다시 안개를 뚫고 또렷이 들려왔다.

"오빠들은 가난에 시달리며, 얼마나 가엾이 사는지,

예쁜 꽃아 내 말 들으렴, 네 오빠들은 떠났단다, 사랑하는 여동생아 앉아보렴, 오빠들은 가엾은 사람……"

순간 나는 조금의 망설임도 없이 노랫소리가 들리는 방향으로 미친 듯이 뛰어갔다. 몇 분 안 돼 둑방 밑, 거의 폐기된 독 안에서 노래 부르는 사람들이 보였다. 모두 남자였고 나이든 사람도, 어린 사람도 있었지만 청장년이 제일 많았다. 누구는 철제 대들보 위에 앉아 있고 또 누구는 뱃전에 기대어 있었는데 내가 달려오는 것을 보고는 다들 노래를 그치고 미소를 짓거나 멋쩍게 나를 바라보았다. 하지만 그 검붉은 피부색과 칼로 깎은 듯한 얼굴들이 눈에 비치자마자 나는 거의 알 것 같았다. 그들은 간쑤나 칭하이에서 온 게 분명했다. 그들의 부모 형제는 십 년 전 눈더미 속에 서서 내게 노래를 불러준 바로 그 사람들일지도 몰랐다.

그 곤경의 가장자리에서 어찌 됐든 나는 우선 그들이 내 먼 친척인 것만 같았다. 곧바로 더듬더듬 그들에게 말했다. 나는 시베이(西北, 중국 서북부의 간쑤, 칭하이, 신장新疆, 산시陜西 등을 가리킨다) 땅의 양아들이나 다름없다고. 황중湟中 하천 골짜기의 민요를 불러본 적도 있고 허저우河州 시내에서 밤길을 재촉한 적도 있으며 허란산賀蘭山 밑 어느 마을에서 보름 동안 머물고 떠날 때는 마을의 새끼 양들까지 거의 다 알아보았다고. 내 말을 듣고 눈앞의 그 먼 친척들은 웃음을 터뜨렸다. 열심히 일만 한 데서 비롯된 부끄러움도 이 갑작스러운 인연의 등장에 천천히 가셨다. 우두머리로 보이는 사람이 내게 "형제로군."이라고 말했다. 이어서 멀리 있던 이들도 우르르 몰려왔다. 우리는 얼룩덜룩 녹슨 큰 배 위에서 시베이 징위안靖遠의 양고기와 란저우蘭州의 양가죽 뗏목 그리고 링우靈武의 구기자나무와 시닝西寧의 소유참파(酥油糌粑, 양젖을 끓이고 식혀 만든 일종의 버터인 소유를 보릿가루와 섞은 뒤 그것을 밀크티에 개어 만드는 경단)에 관해 이야기했다.

점차 바람이 거세졌고 결국 그들에게 묻지 않을 수 없었다. 어째서 섣달그믐에 나처럼 이 궁벽한 소도시에서 떠돌고 있는 거냐고. 그리고 이렇게 많은 형제가 한자리에 모였는데 아무리 초라해도 섣달그믐 만찬은 어쨌든 준비해두지 않았느냐고.

이 질문을 하고서야 비로소 어떻게 된 일인지 답을 얻었다. 알고 보니 눈앞의 먼 친척들은 나처럼 이곳에 어쩔 수 없이 발이 묶여 있었다. 봄에 집안 어른을 따라 고향을 떠나와서 지금 우리가 있는 선박수리소를 임대한 후 모든 게 별일 없이 순조로웠었다. 그런데 이십여 일 전에 유일한 예외가 발생했다. 한 형제가 중병에 걸렸고 목숨을 부지하려면 큰 도시에 가서 치료를 받아야 했다. 하지만 집안 어른이 선박수리소에서 현금화할 수 있는 모든 걸 다 팔았는데도 치료비에는 형편없이 못 미쳤다. 이에 여기 있는 먼 친척들이 젊은이든 늙은이든 신발 속에 숨겨둔 돈까지 탈탈 털어 내놓았지만 도시에 간 지 이십 일이 훨씬 넘었는데도 그 아픈 형제와 집안 어른은 돌아올 기미가 안 보였다. 선박수리소를 팔아넘긴 터라 그들은 머물 곳이 없어 할 수 없이 각자 날품팔이를 하며 입에 풀칠을 했고 또 각자 밤을 보낼 남의 집 처마를 찾았다. 그렇게 번 푼돈은 당연히 고향에 갈 여비로 삼기에 모자랐고 휴대폰비조차 충당하기 어려웠다. 그래서 오늘 섣달그믐날에 다들 선박수리소에 모이긴 했지만 그것은 만찬을 함께하기 위해서가 아니었다. 그저 평소처럼 이야기를 나누고 같이 황하 저편을 바라보다 흩어질 셈이었다. 그러다가 갑자기 집 생각이 나서 노래를 부른 것이었다.

벌써 정오였고 날씨가 갈수록 추워졌다. 하지만 그들의 이야기를 들으면서 나는 무척 열렬하고 심지어 뜨겁기까지 한 감정이 마음속 깊은 곳에서 맹렬히 솟아오르는 것을 느꼈다. 찬바람 속 그 광경이 나는 정말로 전혀 낯설지가 않았다. 우웨이武威의 시내에서 생판 모르는 사람이 피곤해 죽을 지경이었던 내게 뜨거운 술 한 잔을 가득 부어 건넨 적이 있었다. 또 황중의 들판에서는 양치기 노인이 내게 천막을 내주고 자기는 양떼 속에서 꼬박 하룻밤을 잤다. 그렇다. 그 황폐하고 척박한 땅에서 약속은 돌처럼 단단했고 정은 칼처럼 해맑았다. 그리고 눈앞의 이 먼 친척들은 천 리 밖의 그 돌과 칼을 이곳으로 옮겨왔다. 약속과 정을 가슴속에 품은 채 그들은 지금 기꺼이 가난과 기다림 속에서 스스로 유폐되어 있었다. 따라서 이곳은 타지가 아니라 칭하이와 간쑤와 닝샤였고 시하이구西海固와 허란산과 허시쩌우랑河西走廊이었다.

그래서 어떤 생각이 머릿속에 떠올랐다. 나는 마땅히 이 먼 친척들과 섣달그믐 만찬을 함께해야만 했다. 생각이 떠오르자마자 곧장 그들에게 말했다. 나도 돈에 쪼들리고 억울하게 갇혀 있는 상태이긴 하지만 아직 요리 한 상과 고량주 몇 병 정도는 대접할 여유가 있으니 오늘 이 머나먼 타지에서 함께 좋은 시간을 보내자고 했다. 더군다나 나는 진작부터 스스로를 시베이 땅의 양아들이라고 생각한다고도 했다. 우두머리 남자가 거절하려 했지만 나는 다짜고짜 휴대폰을 그에게 넘기면서 형제들과 함께 천 리 밖 가족들에게 안부를 알리라고 했다. 그리고 젊은이 두 명을 끌고서 서풍을 안고 둑방 위로 달려갔다. 가게가 문을 닫기 전에 서둘러 가서 좀 더 많이 음식을 사 올 생각이었다.

그것은 오랜 세월 동안 내가 유일하게 가족들과 떨어져 보내는 음력설이었다. 하지만 그 음력설은 앞으로 오랫동안 암각화처럼 내 몸에 새겨질 게 분명하다고 나는 믿었다. 왜냐하면 그것은 내 억울함을 씻어주고 원기를 북돋워주며 막다른 골목을 벗어나게 해줄 것이기 때문이었다.

　　얼룩덜룩 녹슨 그 큰 배 위에서 음식은 방금 만든 것인데도 찬바람에 금세 식어버렸다. 다행히 우리에게는 술이 있었다. 몇 잔을 내리 마시자 몸이 훈훈해지고 오가는 이야기도 늘었다. 공교롭게도 그들 중 한 부자父子가 사는 마을에 내가 가본 적이 있다는 것을 알았다. 아버지가 내 손을 꽉 잡고는 얼른 아들을 시켜 내게 술을 따라주게 하면서 연거푸 "정말 형제로군, 정말 형제야."라고 말했다. 그렇게 또 건배를 하자고 했고 나는 당연히 단숨에 다 마신 뒤 다른 형제에게 술을 권했다. 몇 차례 술잔이 오갔지만 전혀 취기가 안 느껴졌다. 그때는 하늘이 어두워지고 있었으며 황하 위에 낀 얼음층이 조금씩 갈라지는 게 보였다. 내가 잠시 멍하니 황하를 바라보고 있을 때 방금 나를 형제라고 부른 그 아버지가 목청을 돋워 화얼을 부르기 시작했다.

　　"구이더貴德의 황하는 남으로 흐르고, 후터우虎頭의 절벽에는 또 봉황 한 쌍이 내려, 나를 향해 한바탕 울부짖

25

네, 올 마음이 있지만, 머물 곳이 없다네……"

따뜻한 술을 손에 들고 하늘에서 내려준 형제들 사이에 있는데 내가 또 어떻게 노래를 안 부를 수 있겠는가. 그래서 누가 듣든 말든 뒤따라 노래를 불렀다. 허저우링河州令을 부르고 둥샹링東鄉令도 불렀으며 《착한 아가》와 《쓰촨행》을 부르고 《누이의 산단꽃이 피었네》와 《할아버지 산의 찔레꽃》도 불렀다. 연달아 노래를 부르니 온몸이 후끈후끈해졌고 잠깐 사이 지금이 언제인지 전혀 분간이 안 갔다. 간쑤의 끓는 물을 뒤집어쓴 것도 같고 칭하이의 달빛을 쐬고 있는 것도 같았다. 그래도 멈추지 않고 부르고 또 불러서 스스로 이 소박한 방랑에 빠져들게 내버려 두었다. 이때 하늘은 완전히 어두워졌고 취기도 천천히 밀려들어 한 잔 더 술을 마실지 말지 몽롱한 상태에서 머뭇거리는데 익숙한 노랫가락이 또 울려 퍼졌다.

"모래도 메고 흙도 메고, 커다란 돌멩이도 매네, 예쁜 꽃아 내 말 들으렴, 네 오빠들은 떠났단다, 사랑하는 여동생아 앉아보렴, 오빠들은 멀리 떠난 사람……"

삽시간에 얼굴이 달아올라 황급히 또 한 잔을 비우고 얼른 따라불렀다.

"억울함도 당하고 고통도 당하고, 옆 사람에게 모욕도 당하네, 예쁜 꽃아 내 말 들으렴, 네 오빠들은 떠났단다,

사랑하는 여동생아 앉아보렴, 오빠들은 멀리 떠난 사
람……"

어둠 속에 울리던 그 노랫가락이 마치 칼처럼 곤경에
빠진 내 마음을 후벼팠다.

그날 밤, 진눈깨비가 다시 예리하고 정연하게 쏟아지
는 바람에 그 기적 같은 만찬은 그만 자리를 접어야 했다.
정말 내키지 않았지만 나는 나의 형제들과 강둑 위에서 헤
어져야만 했다. 그들은 각자 밤을 보내는 곳으로 다시 가야
했고 또 나는 임대한 그 작은 건물에 돌아가 계속 수형 생
활을 해야 했다. 다만 나는 그들에게 말하지 않고 다시 배
로 돌아갔다. 술도 안 마시고 배 위를 서성이면서 방금 부
른 노래를 한 구절 한 구절 애써 되새겼다. 그때의 광경은
먼 길을 온 추모객이 몰락한 유적에서 자신의 생애를 되짚
는 듯했고 또 기억상실증 환자가 자신이 정말로 설명하기
힘든 기적을 만난 게 맞는지 거듭 확인하고 있는 듯했다.

기적을 만난 게 맞았다. 이튿날 새벽까지도 그 기적이
이어졌기 때문이다.

새벽에 진눈깨비가 지붕을 두드리는 소리에 잠이 깼
다. 일어나서 막 창문을 열었는데 정면으로 놀랄 만한 광
경이 눈에 들어왔다. 아래층 철문 밖에 두 사람이 서 있었
는데 그들은 다름 아닌 전날 배에서 만난 그 부자였다. 아

들의 손에는 고량주 한 병이 들려 있었고 아버지는 우산을 들고 있었지만 그 우산은 너무 망가져 비를 막지 못했다. 그래서 두 사람은 이미 흠뻑 젖어 있었다.

잠깐 멍하니 있다가 얼른 그들에게 물었다. 왜 여기까지 나를 찾아왔느냐고 했다.

아버지는 전혀 예상치 못한 답변을 했다. 내가 자기를 형제로 삼아서 자기도 마땅히 나를 형제로 삼았는데, 자기 고향의 예법에 따르면 정월 초하룻날 아랫사람이 선물을 갖고 가 윗사람에게 세배를 해야 해서 아들을 데려왔다는 것이었다. 말하는 사이에 아들은 벌써 축축한 땅바닥에 무릎을 꿇고 나를 향해 세 번 절을 한 뒤 그 고량주를 철문 틈 사이로 집어넣고서 다시 일어나 내게 미소를 지어 보였다.

나를 본 사람은 없지만 정말로 나는 온몸을 부르르 떨었다. 창가에서 충격과 오열이 차례로 엄습하는 바람에 눈만 크게 뜬 채 아무 말도 하지 못했다. 두 사람이 자리를 뜨고 그들의 뒷모습이 비안개 속에서 점차 작아지는 걸 보면서도 그들을 향해 뭐라고 소리쳐야 할지 몰랐다. 나는 잠시 멍하니 있다가 꿈에서 깬 듯 허겁지겁 아래층으로 내려가 철문 가의 그 고량주를 집어 들었다. 그리고 잠시 생각하고 나서 뚜껑을 열고 꿀꺽꿀꺽 들이켜기 시작했다. 나는 알고 있었다. 나의 그 형제가 빈털터리라는 것을. 그런데도 정월 초하루 아침에 그 고량주를 내게 선물한 것이다. 그래서 그것을 마셨다. 그것을 마셔서 가난을 마시고 가난 속에 자라난 정을 마셨다.

오랜 세월이 지난 후에도 나는 고량주 한 병을 다 비운 그날이 선명하게 떠올랐다. 걸음은 비틀거렸지만 마치 날아갈 것 같았다. 철문이 굳게 잠겨 있는데도 원망이 느껴지지 않았다. 뭘 용서할 수 있을지는 몰라도 세상의 그 어떤 일이든 용서해야 할 것 같았다.

그날, 비안개가 아직 걷히지 않았는데도 다시 창가에 돌아와 섰을 때 자연이 장대해 보였다. 황하의 둑방 위에 납매가 가득 늘어서 있고 저마다 활짝 꽃을 피운 듯했다. 물론 그것은 나의 망상이었지만 일단 망상이 시작되자 끝날 줄 모르고 계속 이어졌다. 심지어 황하 저편에 어떤 은밀한 지역이 있고 거기에도 나처럼 갇혀 있는 사람이 있다는 생각이 들었다. 형제여, 걱정하지 말기를. 언제 어디에 있더라도 평소처럼 태연히 있다 보면 금세 운명이 정해준 친구가 꼭 찾아줄 테니.

낮의 이 망상이 막 밤이 되었을 때 내게 실현될 줄은 당연히 꿈에도 몰랐다.

밤이 되기 전, 우리를 지키는 사람들이 왔다. 어쨌든 정월 초하루라 모두 술을 마신 상태였다. 아마도 제작자의 전화가 여전히 불통이어서, 또 그저 자신들의 신세가 생각나서 그들은 돌아가며 다짜고짜 성질을 냈다. 현관 앞에 서서 나와 나의 공범들에게 한바탕 욕을 쏟아부었다. 하지만 우리 중 누구도 나서서 대꾸하지 않았다. 그래서 그들은 욕만 하고는 다시 철문을 잠그고 계속 설을 쇠러 집에 돌아갔다.

감시자들이 떠나고 얼마 안 돼 문득 누가 내 이름을 부르는 소리가 들렸다. 나는 잠깐 어리둥절했다가 긴가민가하며 창문을 열었다. 빗방울이 얼굴에 들이치고 난 뒤 내 형제들이 보였다. 그 부자뿐만 아니라 다른 형제들도 다 와 있었다.

나는 부랴부랴 아래층으로 내려가 철문 옆으로 갔다. 뜻밖에도 내가 입을 열기도 전에 우두머리 형제가 대뜸 말하길, 여전히 비가 오고 있긴 하지만 기온이 그리 낮지 않아 황하의 얼음이 녹고 있어서 배가 다닐 만하게 되었다고 했다. 그리고 선박수리소에 아직 멀쩡한 배가 한 척 있어서 내일 감시자들이 오기 전에 지금 나를 강 건너편으로 데려다주기로 자기들끼리 이야기가 끝났다는 것이었다.

미친 듯이 아래층으로 뛰어 내려올 때는 내게 이런 일이 생길 줄 어떻게 상상이나 했겠는가.

우두머리 형제가 말을 마치고 철문 안쪽에 우두커니

서 있는데 어떤 착란이 내게 빠르게 엄습했다. 그 착란 때문에 아예 내가 이 세상에 사는 게 맞나 의심이 들었다. 무슨 영화나 판타지 소설 속이 아니라 수천 년을 이어온 정情의 한가운데에 사는 듯했다. 젊은 날의 송 태조 조광윤趙匡胤은 우연히 구한 조경낭趙京娘과 남매의 연을 맺고서 천리 길을 마다않고 그녀를 고향에 데려다주었다. 또 양산박의 흑선풍黑旋風 이규李逵는 사형집행일에 형장을 급습해 송강宋江을 구했다. 좌백도左伯桃는 폭설에 갇히자 친구 양각애羊角哀에게 옷을 벗어주고 나무 구멍 안에 숨어 죽었으며 범무구范無救는 의형제 사필안謝必安이 다리 밑에서 자기를 기다리다 홍수에 빠져 죽자 뒤따라 물속에 몸을 던졌다. 그런데 그 순간 연이어 번개가 쳤고 나는 번개 속에서 뒤편의 시커먼 건물을 봤다가 다시 눈앞에 묵묵히 서 있는 우두머리 형제를 봤다. 낮보다 더 큰 충격에 빠졌고 어떻게 해야 좋을지 전혀 알 수가 없었다. 그러나 하늘 가득 내리는 진눈깨비와 삼엄한 철문은 지금 나를 기다리고 있는 이들이 정말로 어제 갓 사귀었는데도 오늘 생사를 함께하고자 하는 형제임을 증명해주었다. 우두머리 형제가 말하는 사이에 벌써 건장한 젊은이 두 명이 철문을 넘어와 건물로 올라가서 내 짐을 들고 내려왔다. 그들은 말없이 웃으며 나를 바라보았다. 나는 더 망설이지 않고 철문을 기어 올라갔다.

우리가 뛰어서 황하의 둑방에 거의 다다랐을 때 어떻게 알았는지 감시자들이 나타났다. 그들은 사람들을 더 불러왔고 멀리서도 그들이 흥분해서 욕하는 소리가 들렸다. 곧이어 욕하는 소리가 점점 더 가까워졌다. 그들은 오토바이와 소형 트럭의 전조등을 모두 켰다. 불빛이 멀리서 비쳐오는데 마치 죽기를 기다리는 새끼 양들을 비추고 있는 듯했다. 나는 형제들 사이에 서서 그들을 차례로 둘러보았다. 사태가 이렇게 되자 나도 그들처럼 오히려 침착해졌다. 그때 또 그 부자가 내가 다가왔고 아버지가 아들에게 나를 잘 챙기라고 이른 뒤 내게 말했다.

"배도 고쳤고 강도 잔잔하니 염려말게."

그 말이 떨어지자마자 형제들은 다 같이 전조등이 비치는 방향으로 걸어갔다. 나와 서너 명만 제자리에 남았다. 그때 내게 절을 했던 소년이 얼른 둑방으로 뛰어 올라가 나를 향해 배를 타고 강을 건너자고 했다. 나는 당연히 거절했다. 지금 다들 목숨을 내놓았는데 나만 빠질 수는 없다고 했다.

천만뜻밖에 소년이 내 손을 잡고 앞으로 뛰어갔다. 내가 뿌리치려 했지만 다른 형제들도 나를 끌고 앞으로 달렸다. 뛰면서 소년이 내게 말했다.

"삼촌한테 절을 했으니 절대 내버려둘 수 없어요."

그렇게 비틀거리면서 달려가 몇 분도 안 돼 황하 기슭에 닿았다. 잠시도 지체하지 않고 소년은 나를 잡아당겨 철제 보트에 태운 뒤 강 속으로 밀었다. 그리고 자기는 뱃머리에 똑바로 앉아 노를 들어 얼음을 깼다. 얼음이 소리 내어 갈라졌고 우리가 탄 배는 둘러싸인 얼음을 가르며 나아갔다. 얼마 안 가 얼음은 다 사라졌으며 물살도 빠르지 않아서 곧 맑은 날이 다가올 것을 예고하는 듯했다. 하지만 나는 입을 꾹 다물고 의기소침해서 짐칸에 웅크리고 있었다. 나 자신이 전장에서 도망친 반역자 같았다.

그런데 소년이 뱃머리에서 노래를 부르기 시작했다.

"소머리 귀신과 말머리 귀신이 양쪽에 섰고, 우리 둘은 염라대왕 앞에 끌려갔지. 우리 둘은 노래로 염왕전閻王殿을 뒤집고, 또 노래로 저승을 빨갛게 물들였지⋯⋯."

소년은 노래를 멈추고 내게 말했다.

"삼촌도 부르세요."

하지만 나는 노래를 안 부르고 계속 뒤만 돌아보았다. 그러나 어둠이 벌써 방금 내가 떠나온 둑방을 완전히 가려버려서 어렴풋이 보이는 것이라고는 수면에 떠다니는 얼음 조각뿐이었다. 형제들에게서 점점 멀어지고 있는 게 분명했다.

그런데 바로 그때 한 구절 노랫소리가 등 뒤의 끝없는 어둠 속에서 울려 퍼졌다. 나는 벌떡 일어나 배 위에 섰다. 노래를 부른 사람이 다름 아닌 소년의 아버지, 나와 생사를 함께한 형제였기 때문이다. 지금 그가 돌아왔다. 그의 형제들도 다 돌아왔다. 그들은 모두 목소리를 돋워 노래로 나를 배웅했다. 그 노랫소리는 갑작스러우면서도 가슴을 후벼팠다. 지나가는 요괴가 들어도 바로 고개를 숙이고 죄를 뉘우칠 듯했다. 충격이 가신 뒤 나도 목청을 돋워 형제들을 따라 함께 외쳤다.

"막일에 온몸이 비쩍 마르고, 허리도 눌려 구부정하네, 예쁜 꽃아 내 말 들으렴, 네 오빠들은 떠났단다, 사랑하는 여동생아 앉아보렴, 오빠들은 고향 떠난 사람. 갖고 있던 건량이 다 떨어져, 떠난 사람 가엾게 죽었네, 예쁜 꽃아 내 말 들으렴, 네 오빠들은 떠났단다, 사랑하는 여동생아 앉아보렴, 오빠들은 고향 떠난 사람……."

한 번 다 부르고 나서 처음부터 다시 또 한 번 불렀다.

"집 떠나는 사람 황사바람에, 밀짚모자 팽그르르 도네, 예쁜 꽃아 내 말 들으렴, 네 오빠들은 떠났단다, 사랑하는 여동생아 앉아보렴, 오빠들은 가엾은 사람. 오빠들은 가난에 시달리며, 얼마나 가엾이 사는지, 예쁜 꽃아 내 말 들으렴, 네 오빠들은 떠났단다, 사랑하는 여동생아 앉아보렴, 오빠들은 가엾은 사람. 모래도 메고 흙도 메고, 커다란 돌멩이도 매네, 예쁜 꽃아 내 말 들으렴, 네 오빠들은 떠났단다, 사랑하는 여동생아 앉아보렴, 오빠들은 멀리 떠난 사람. 억울함도 당하고 고통도 당하고, 옆 사람에게 모욕도 당하네, 예쁜 꽃아 내 말 들으렴, 네 오빠들은 떠났단다, 사랑하는 여동생아 앉아보렴, 오빠들은 멀리 떠난 사람. 막일에 온몸이 비짝 마르고, 허리도 눌려 구부정하네, 예쁜 꽃아 내 말 들으렴, 네 오빠들은 떠났단다, 사랑하는 여동생아 앉아보렴, 오빠들은 고향 떠난 사람. 갖고 있던 건량이 다 떨어져, 떠난 사람 가엾게 죽었네, 예쁜 꽃아 내 말 들으렴, 네 오빠들은 떠났단다, 사랑하는 여동생아 앉아보렴, 오빠들은 고향 떠난 사람. 바람 없고 비 없는 삼복날, 뙤약볕이 등허리에 내리쬐네, 예쁜 꽃아 내 말 들으렴, 네 오빠들은 떠났단다, 사랑하는 여동생아 앉아보렴, 오빠들은 가엾은 사람……."

남자가 맞히면 여자가 맞히고

남자가 맞히면 여자가 맞히고

"남자가 맞히면 여자가 맞히고, 꽃 이름 묻고 답하며 밭두렁 아래로 갔네. 씨앗 하나 떨구면 싹 하나 나고, 가지와 잎에는 무슨 꽃 필까?"

이 황메이민요(黃梅小調, 명나라 이후 후베이湖北 황메이현黃梅縣에서 발전한 민간 속요)를 나는 당연히 적잖게 들어봤지만 늦은 밤 노천 술집에서 듣는 것은 그때가 처음이었다. 봄날 밤, 맥주를 많이 마시지도 않았는데 나도 모르게 벌써 붕 뜬 기분이 되어 있었다. 바로 그때 옆 테이블에서 다시 노랫소리가 들렸다. 《남자가 맞히면 여자가 맞히고郎對花姐對花》를 참으로 잘 불렀다. 몽롱한 중에 노래를 부른 사람이 여자인 것을 알아보았다. 그녀는 스물 몇 살쯤 돼 보였으며 노래를 마치고 자리에 앉기도 전에 한 중년 남자가 그녀를 홱 잡아당겨 품에 안았다.

우리는 모두 그게 어떻게 된 일인지 알고 있었다. 옆 테이블 사람들은 방금 나이트클럽에서 나온 이들이었으며 그 여자와 또 그 옆의 다른 여자들은 전부 낮에는 숨고 밤에만 밖에 나오는 직종의 종사자였다.

그녀의 이름이 샤오취小翠였나, 샤오메이小梅였나? 나는 그녀의 이름을 똑똑히 들어본 적이 없다. 똑똑히 들었어도 유흥업소에서 쓰는 이름이니 아마 가명이었을 것이다. 그때 그녀를 처음 보았고 어렴풋이 들리는 그녀의 말을 몇 마디 들으면서 그녀가 별로 영리하지 못하다는 것을 알았다. 계속 놀림을 당하고 마셔야 할 술이든 마시지 말아야 할 술이든 단 한 잔도 피해 가지 못했다.

그건 어쩔 수 없는 일이었다. 그녀는 신출내기였기 때문이다. 우두머리격인 여자가 남자들에게 돌아가며 그녀를 소개했다. 나이트클럽에 출근한 지 겨우 사흘밖에 안 됐고 전에 전통 극단에서 가수로 일하다가 남편이 감옥에 가는 바람에 여기 왔다고 했다. 그녀 자신은 별말 없이 가끔 웃기만 했다. 부끄러워하는 웃음, 미안해하는 듯한 웃음, 술을 가득 안 따랐다고 혼나고서 멋쩍어하는 웃음을 짓다가 마지막에야 희미하게 자기 웃음을 지었다. 옆의 여자들과 어느 한국인 스타에 관해 이야기하는 듯했다. 그러나 겨우 몇 마디 만에 우두머리 여자가 말을 끊었다. 또 그녀가 황메이민요를 불러줬으면 하는 사람이 있다는 것이었다. 그녀가 그 말을 잘 못 알아듣자 우두머리 여자는 짜증을 냈다.

하지만 그녀는 지조 있는 여자였다. 바로 《남자가 맞히면 여자가 맞히고》를 또 불렀다. 정말로 멋지게 불러서 여자들은 전부 손뼉을 쳤고 주변의 손님들도 손뼉을 쳤다. 하지만 그녀는 웃으며 사방을 둘러보고는 바로 여자들 속으로 움츠리고 들어갔다. 주변 사람들이 다 자기가 뭘 하던 사람인지 눈치챈 걸 깨달은 게 분명했다. 그래서 급히 몸을 숨기고 이 자리에서는 박수를 받으려 하지 않았다.

나는 계속 술을 마셨고 그쪽 남녀들이 소리치며 가위바위보 놀이를 하는 것을 또 계속 지켜봤다. 30분쯤 지났을 때 그녀가 갑자기 활기차게 술잔을 들더니 한 남자에게 사과하며 연속으로 16잔을 마시겠다고 했다. 알고 보니 다른 여자가 무슨 일 때문인지 한 남자의 심기를 건드려 벌주로 술 16잔을 마시게 됐는데 방금 전 토해서 도저히 더 마실 수가 없는 상태였다. 그녀는 벌떡 일어나 고개를 치켜들고 한 잔 한 잔 술을 들이켰다. 그 사이에 말도 별로 하지 않았고 다 마시고 나서는 설 수조차 없어서 거의 쓰러지듯 옆 여자의 품에 안겼다.

나중에 골목 어귀의 구멍가게에 담배를 사러 갔다가 그녀를 보았다. 그녀는 골목 안에서 쪼그리고 앉아 벽을 짚은 채 몸을 둥글게 웅크리고 있었다. 구토를 하는 게 분명했다. 바로 그때 그녀의 휴대폰이 울렸다. 그녀는 재빨리 몸을 추스르고 휴대폰에 대고 말을 했다. 목소리가 작기는 했지만 취기가 전혀 안 느껴졌다. 이윽고 그녀의 목소리가 커지더니 먼저 상대의 이름을 부른 뒤, 여러 번 똑같은 말을 했다.

"엄마 해봐, 엄마! 엄마 해봐, 엄마!"

하늘에서 거센 바람이 일어 늘어선 노천 술집들의 솥과 국자 등이 뎅그렁뎅그렁 소리를 냈고 사람들은 물건을 거두느라 바쁘게 움직였다. 잠시 후 비가 내리기 시작해 순식간에 폭우로 변했다. 하지만 그녀는, 폭풍우 속의 그 지조 있는 여자는 아무것도 눈에 안 들어오는 듯했다.

한 달여가 지나서야 또 그녀와 마주쳤다. 이번에 나는 엉망으로 취해 있었다. 그래서 본래는 그녀를 보지 못했지만 그녀가 또 황메이민요를 부르는 바람에 마지막 구절을 듣고 마치 꿈에서 깬 듯 얼른 몸을 돌렸다. 그녀가 거리 반대편에 앉아 있는 게 보였다. 아니, 거리 반대편에 서 있었다. 지난번처럼 서서 노래를 부르고 있었다. 그녀가 노래를 마치고 아직 자리에 앉기도 전에 지난번처럼 박수 소리가 울렸고 곧바로 십여 개의 술잔이 다가와 그녀의 노래 솜씨를 칭찬했다. 그녀는 이런 장면이 낯설 리가 없었다. 잔을 부딪치고 고개를 들어 술을 들이켰다.

나는 계속 그녀를 관찰하고 있었다. 그녀는 한 달여 전보다 많이 영리해진 듯했다. 이따금 술을 권하고 이따금 깔깔 웃기도 했다. 옆의 남자가 말할 때 우선 듣다가 다 듣고서 살짝 상대방을 미는 게 타이밍이 딱 맞아떨어져 보였다. 이번에는 본래 무리를 이끌던 여자가 자리에 없었고 그녀가 거의 자리의 중심이 되었다. 옆의 남자는 말할 것도 없고 여자들도 툭하면 그녀와 잔을 부딪쳤다. 그녀는 또 예외 없이 술을 다 들이켰다.

흔히 보이는 그 광경은 누구 하나가 취해서 쓰러져야 끝날 것 같았다. 그런데 예기치 못하게 갑작스러운 일이 벌어졌다. 골목 안에서 한 무리의 사람들이 튀어나와 한 여자의 인솔을 받으며 곧장 그녀의 테이블 앞까지 가서 걸음을 멈췄다. 그러고는 마침 술잔을 들던 그녀를 가리키더니 난데없이 그녀를 걷어차 땅바닥에 쓰러뜨렸다. 얼굴부터 땅에 닿은 탓에 다시 일어났을 때 그녀는 얼굴이 붓고 이마에서 피가 흘렀다. 그런데 미처 똑바로 서기도 전에 다시 걷어차여 쓰러졌고 이번에는 한참을 못 일어섰다. 그래도 상대편은 그녀를 가만 안 놔두고 빙 둘러쌌다. 그녀가 얼마나 더 걷어차이고 있을지 짐작이 갔다. 그 전에 그녀 옆에 있던 남자들은 진작에 바람처럼 사라졌고 그녀의 동료 여자들이 도와주러 다가섰다. 그러나 하나같이 밀쳐지고 맞아서 넘어졌다. 그중 한 여자는 얼굴이 온통 피투성이가 됐다.

그 일은 너무 갑작스럽게 벌어져서 주변의 술집 손님들은 영문을 몰라 거의 눈만 멀뚱멀뚱 뜨고 있었다. 하지만 그 사람들이 계속 폭력을 쓰자 다들 조금씩 화가 나서 잇달아 다가가서 뜯어말렸다. 나와 친구들도 가세했다. 상대편은 당연히 멈출 생각이 없었지만 몇 마디 말다툼이 있고 나서 이쪽의 수십 명이 아예 주먹다짐에 나서자 비로소 쫓겨 달아났다.

이윽고 사람들은 흩어져 각자 자기 테이블로 돌아갔고 나도 걸음을 떼어 돌아가려는 찰나, 그녀가 다른 여자들에게 부축을 받으며 일어나 앉는 광경이 보였다. 그녀는 얼굴이 머리카락에 덮이고 또 몸은 해물탕 국물에 흥건히 젖었다. 얼굴뿐만 아니라 머리카락에도 소맷부리에도 피가 묻어 있었다. 꽤 멀찍이 떨어져 있었는데도 그녀의 헉 헉대는 숨소리가 들렸다. 공교롭게도 그때가 매일 밤 통화 하기로 돼 있는 시간인지 그녀의 휴대폰이 울렸다. 그녀는 한쪽 구석에 가서 전화를 받으려는 듯했지만 조금 몸을 움 직여보더니 바로 포기했다. 서둘러 무의식적으로 머리칼 을 가다듬자 놀랄 만큼 퉁퉁 부은 얼굴이 드러났고 이어서 힘들게 귀를 휴대폰에 갖다 댔다. 그녀는 거의 울먹이는 목소리로 휴대폰에 대고 말했다.

"엄마 해봐, 엄마! 엄마 해봐, 엄마!"

그것이 그녀와의 두 번째 만남이었다.

세 번째는 하마터면 그녀와 엇갈릴 뻔했다. 어느새 큰 눈이 날리는 계절이었고 그럴 때 노천 술집에서 술을 마시 려면 용기를 내야 했다. 이번에 그녀와 다른 여자들은 나 보다 일찍 와 있다가 내가 막 자리에 앉았을 때 일어나 가 버렸다. 그런데 무슨 일 때문인지 얼마 안 돼 다 같이 돌아 와서 뭐라고 떠들어댔다. 하지만 말싸움은 아니었고 몇 마 디 듣자마자 다시 돌아온 까닭은 그녀 때문이라는 것을, 그녀가 휴대폰을 잃어버렸기 때문이라는 것을 알았다.

그곳에서 그녀는 이미 단골손님인 셈이어서 즉시 사 방의 가게들을 누비며 물어보았다. 하지만 주인들은 하나 같이 고개를 흔들며 그녀가 잃어버린 휴대폰을 본 적이 없다고 했다. 어쩔 수 없이 그녀는 중간 지점을 한군데 골라 초조하게 서서 모든 술집 손님에게 호소했다. 자신의 휴대폰을 주운 손님이 있으면 꼭 돌려 달라고, 얼마 안 하는 물건이긴 하지만 그 안에 아이의 사진이 있어서 돌려주면 돈으로 감사 표시를 하겠다고 말했다. 그러나 결과는 좋지 않았다. 휴대폰을 주웠다는 사람은 없고 여기저기서 농담만 쏟아졌다. 아이 사진인지 아닌지 누가 알아? 누드 사진이지? 어느 남자가 또 재수 옴 붙었는지 모르겠네.

그녀는 화를 내지 않았다. 화류계에서는 놀림을 당하는 게 늘 있는 일인데 어떻게 화를 내겠는가. 달리 방법이 없어서 그녀는 아예 너덧 명의 동료 여자들을 이끌고 길거리를 뒤지기 시작했다. 노천 술집이 가득한 그 골목은 결코 짧지 않았다. 대략 1킬로미터는 됐다. 그녀는 허리를 굽히고 테이블 주변에서부터 길가의 하수구까지 샅샅이 뒤지고 다녔다. 그 깊은 밤, 각 테이블에서는 요란하게 잔들이 부딪치고 웃고 떠드는 소리가 가득했다. 그녀들만 조용히 낙엽과 폐지를 일일이 들추고 땅바닥 한 치 한 치를 다 자세히 살폈다. 눈이 점점 더 많이 내렸다. 하늘 가득한 가로등의 희뿌연 불빛을 지나 떨어지는 눈송이가 그녀들의 몸에 떨어져 잠시 머물렀다. 그래서 그녀들은 더 조용해 보였고 심지어 경건해 보이기까지 했다.

길거리를 뒤지며 그녀들은 조금씩 내게서 멀어졌다. 한 시간쯤 지나 그녀가 다시 돌아왔을 때 다른 여자들은 보이지 않았다. 그녀가 권해서 다들 돌아간 듯했다. 그녀가 지조 있는 여자라는 것은 알고 있었지만 이 정도로 집요할 줄은 몰랐다. 포기하지 않고 가로등 불빛에 의지해 반복해서 왔다갔다하며 찾고 또 찾았다. 내가 세 병째 맥주를 마실 때도 그녀는 찾고 있었고 내가 열세 병째 맥주를 마시고 있을 때도 그녀는 여전히 찾고 있었다.

나는 그녀가 그곳에서 밤을 새서라도 계속 휴대폰을 찾으리라는 것을 믿을 수밖에 없었다. 날씨가 갈수록 추워져 어쩔 수 없이 술자리를 대충 마치고 자리를 떠야 할 시간이 됐다. 아직도 기억난다. 내가 떠날 때 그녀가 가로등 아래 서서 발을 동동 구르고 손에 입김을 불다가 허리를 굽혀 쓰레기통을 뒤지던 모습이.

한 세상을 살면서 종일 원치 않는 시간을 지내 보지 않은 사람이 있을까? 또 종일 가엾은 희망을 품고 갈등하다가 결국에는 그 희망이 가루로 변하는 것을 보지 않은 사람이 있을까? 그녀가 그랬는지는 잘 모르겠지만 어쨌든 나는 그랬다. 그래서 갈수록 더 뻔질나게 노천 술집에 가서 술을 마셨다. 그런데 이상하게도 더 이상 그녀를 보지 못했고 이듬해 봄바람이 다시 불 때가 돼서야 네 번째로 그녀와 마주쳤다.

　뜻밖에도 다시 만난 그녀는 내 기대에 한참 못 미쳤다. 이 도시에 온 지 벌써 반년이 넘었는데도 그녀는 사는 게 나아 보이지 않았고 적어도 지난번만 못했다. 지난번 만났을 때 그녀는 환경이 나아지는 기미가 보였고 여자들 사이에서 중심 역할을 했다. 그런데 무슨 이유에서인지 이번에 다시 만났을 때는 부쩍 늙어 보였다. 마치 삶 속에서 받아들이기 힘든 진실이 드러나 그녀를 일거에 무너뜨린 듯했다. 그 진실이 대체 무엇인지는 나도 알 도리가 없었다. 어쨌든 누구에게나 매일 가까이하면서도 매일 두려워하는 일이 몇 가지씩 있게 마련이다.

　그녀는 제일 늦게 왔다. 테이블 주위에 사람들이 다 자리를 잡고 술잔이 세 번 돌고 나서야 골목 안에서 허겁지겁 달려왔다. 당연히 꾸중을 들었고 그녀를 꾸중한 사람은 내가 처음 그녀를 만났을 때 보았던 그 우두머리 여자였다. 그동안 무슨 일이 있었는지 알 만했다. 그녀는 이리저리 방법을 강구하고 새 길을 찾다가 결국 빙 돌아서 다시 그 여자 밑에 들어간 것이다. 마치 세상 사람들이 불만과 망설임 속에 동분서주하다가 '회한'이라는 두 글자의 존재만 증명하는 것이나 진배없었다. 어떤 행동의 존재는 존재 그 자체만큼이나 아무 쓸모도 없는 듯하다. 그녀는 앉고 나서 몇 분도 안 돼 사람들 모르게 조용히 일어나 골목으로 달려갔고 또 몇 분도 안 돼 다시 골목에서 달려왔다. 그렇게 몇 번을 되풀이했다. 그녀의 이런 수상쩍은 행동은 당연히 같은 테이블 사람들에게 발각당했다.

벌주를 마셔야 했고 그녀는 연거푸 열 몇 잔을 들이켰다. 한 여자가 그녀를 걱정해서 대신 마셔주겠다고 했지만 뜻밖에도 본체만체하고 그 여자의 손을 뿌리쳤다. 과연 그녀는 역시 지조 있는 여자였다. 단지 어떤 지조는 거대한 패방(牌坊, 옛날, 효자나 열녀 등의 행적을 표창하기 위해 세운 문짝 없는 문)으로 증명되지만 어떤 지조는 술 한 잔으로 증명될 뿐이다. 나머지 몇 잔을 다 마신 뒤 그녀는 못 참겠는지 가슴을 누른 채 비틀거리며 쓰러질 뻔했다. 하지만 덕분에 다시 그 골목으로 돌아갈 핑계를 얻었다.

또 공교롭게도 담배가 떨어져서 나는 골목 어귀의 구멍가게에 갔다. 가게 입구에 서서 보니 어렴풋이 골목 안의 그녀가 보였다. 그녀는 쪼그려 앉아 있었는데 토하는 것도 전화를 거는 것도 아니었다. 한 여자아이와 놀아주고 있었다. 그녀의 딸인 게 분명했다. 침침한 가로등 밑에서 딸아이를 감싸고 안아주었으며 또 손에 그림책 한 권을 쥐고 있었다. 몇 분가량 놀아주고서 그녀는 일어나 서둘러 다시 술집을 향해 뛰어갔다. 여자아이가 불러서 걸음을 멈쳤지만 뒤도 안 돌아보고 응 하고 답한 뒤 계속 앞으로 뛰어갔다.

그녀가 멀어지고 나서 조용히 여자아이 곁에 다가갔다. 나는 그제야 발견했다. 그 애가 어디로 사라질까 염려돼서였는지, 아니면 지나가는 사람이 그 애를 납치할까 염려돼서였는지 그녀는 자전거 자물쇠로 그 애를 가로등 기둥에 묶어두었다. 그래도 그 애가 가로등 밑에서 몇 발짝이라도 움직일 수 있도록 빨간 비닐에 싸인 쇠사슬을 일부러 늘려놓은 상태였다. 그 여자아이는 내가 자기를 보는 것을 알고 자기도 나를 보았다. 보고 있다가 그 애가 웃었다. 그 애가 웃는 것을 보고 나도 웃었다.

그때 여느 봄과 마찬가지로 하늘에서 또 강풍이 일었고 시금치 한 포기가 강풍에 휩쓸려 거리로 날아와서 그 애 발치로 굴러들었다. 그 애는 쪼그리고 앉아 그것을 손에 쥐었다. 그건 한 포기 시금치일 뿐이었지만 엄마가 다시 올 때까지 그 애가 잠시 한눈을 팔기에는 충분했다. 그리고 그 애의 엄마는, 봄바람 속 그 지조 있는 여자는 어느새 멀지 않은 곳에서 노래를 부르기 시작했다.

"남자가 맞히면 여자가 맞히고, 꽃 이름 묻고 답하며 밭두렁 아래로 갔네. 씨앗 하나 떨구면 싹 하나 나고, 가지와 잎에는 무슨 꽃 필까?"

타타르인의 사막

타타르인의 사막

　　매일 저물녘에 글쓰기를 마치면 창밖에 대고 그의 이름을 부른다. 그러면 그가 즐겁게 대답한 후 20여 마리의 공작새를 지나서 내가 묵고 있는 수상가옥으로 미친 듯이 달려온다. 그는 내 방에는 못 들어오고 쭈뼛쭈뼛 창가에 서 있다. 내가 책상 위를 정리하는 것을 보며 몇 번 입술을 달싹이지만 끝내 말하지 못하다가 결국 내가 정리를 마친 걸 보고서야 놀라움과 기쁨이 섞인 어조로 먼 곳을 가리키며 "봐요!"라고 말한다.

때로는 보기도 하고 때로는 안 보기도 한다. 태양 아래 새로운 것은 없을뿐더러 산과 강으로 막힌 이 무인도에 내가 온 지도 벌써 한 달은 족히 됐기 때문이다. 그가 내게 자꾸 보라고 가리키는 것들은 나도 익히 잘 아는 것들이다. 살쾡이가 새 몇 마리를 쫓아 숲으로 달려 들어가고 멀리 강 위의 작은 나무배가 소용돌이 속에서 매암을 도는 것일 뿐이다. 아니면 높은 데서 멀리 보이는 풍경과 구름을 가르며 나온 태양 그리고 활짝 날개를 편 공작새와 꽃을 피운 완두일 뿐이다. 그렇다. 그것들은 존재하고 심지어 생겨나지만 나를 데리고 지금 이 무인도를 떠날 리 없다. 결국 우리는 여전히 각자의 세계에서 넋을 잃고, 고통받고, 발광해야 한다. 내게 날개를 빌려준들 난 완두꽃의 꽃봉오리 속으로 날아 들어갈 수 없다.

나는 눈앞의 그와 산책하기를 더 바란다. 섬 위에서 아래로 육백여 계단을 내려가 흩어진 바위와 수풀 속으로 목적지 없이 걷는다. 크고 작은 십여 개 독을 지나면 날이 어두워지고 그때 우리는 되돌아간다. 밤하늘에 별빛이 반짝이면 그는 자기도 모르게 별빛 아래 노래를 부르지만 한 마디 부르자마자 나머지 가사는 억지로 되삼킨다. 부끄러워 힐끗 나를 훔쳐볼 게 뻔하지만 어둠이 짙어 우리는 서로의 얼굴이 잘 안 보인다.

얼굴이 잘 안 보여도 그는 나의 어린 친구다. 마르고 겁이 많으며 열다섯 살밖에 안 되긴 했어도 안휘安徽에서 온 숫총각이다.

그의 이름은 롄성蓮生이다.

기적은 물이 불어난 밤에 일어났다. 우리는 평소처럼 멀리까지 산책을 다녀오는 길이었다. 한 사람은 앞에, 한 사람은 뒤에 걸었고 강물이 방파제에 부딪히는 소리가 귓가에 메아리치고 있었다. 갑자기 롄성이 큰 소리로 노래를 부르기 시작해 나는 놀라 뒤를 돌아보았다. 하지만 그는 완전히 나를 무시하고 강물을 향해 신들린 듯 안간힘을 쓰며 계속 노래를 불렀다. 놀란 사람은 나뿐만이 아니었다. 어둠 속에서 조용히 운행하던 모터보트에 불이 켜지더니 어부 두 사람이 등불 아래 모습을 드러내 육지 쪽을 계속 두리번거렸다. 여기에서 무슨 살인사건이라도 났나 생각한 듯했다. 나는 그 뜬금없는 노랫소리에 왠지 모르게 충격을 받았다. 순간적으로 안절부절못하며 눈앞의 사람이 누구인지도 잊고 그가 뭘 하려는지도 몰랐다. 내 기억이 틀리지 않다면 전에 그런 목소리와 노랫소리를 들은 건 평생 끝에 닿을 수나 있을지 의심스러웠던 산시山西의 첩첩산중에서였다.

잠시 기다리자 롄성이 드디어 노래를 마쳤고 우리는

계속 울퉁불퉁한 길을 힘들게 나아갔다. 우리는 아무 말도 하지 않았으며 귓가에는 여전히 강물이 부딪치는 소리만 메아리쳤다. 갑자기 왜 노래를 불렀는지 그에게 묻지는 않았다. 그가 노래를 부를 때 왠지 모르게 20년 전 중학교 운동장에 났던 잡초와 텔레비전에 나오던 경극과 난처하다 못해 참을 수가 없었던 몇 가지 옛날 일이 떠올랐다. 결국 산책은 끝났고 내가 머무르는 수상가옥 앞에서 롄성이 거듭 생각하다가 내게 말했다.

"저는 사실 그 책 속의 사람과 비슷해요."

그 책은『타타르인의 사막』으로 내가 이 무인도에 가져온 유일한 책이었다. 이탈리아 작가 디노 부차티의 소설로 한 젊은 군인이 등장한다. 그는 상부의 명령을 받아 적국과의 경계 지역인 북부 사막에서 적을 매복 공격하려고 기다린다. 하지만 평생이 다 가도록 적을 털끝만큼도 보지 못한다. 적이 없는 전장에서 그는 뭘 했을까? 할 수 없이 심심함과 벗하고 또 "기다림은 필요한 것"이라고 거듭 자신을 타이른다. 그렇게 나이를 먹은 후 마지막에는 그의 동포가 이렇게 그의 죽음을 선고한다.

"그는 우리처럼 적을 못 만났고 전쟁도 못 만났다. 하지만 그는 전장에서 죽었다."

롄성은 정말 소설 속의 그 젊은 군인과 비슷할까? 나

와 그가 함께 있는 이 작은 섬은 부차티가 그려낸 타타르인의 사막과 똑같을까? 적적할 때마다 그는 내게 자신의 사연을 털어놓았다. 초등학교를 마친 후 안휘성 우후(蕪湖)의 한 작은 마을에서 도망쳐 나와 이 지역에서 요리사로 일하는 외삼촌을 찾아갔지만 외삼촌도 입에 풀칠이나 하는 처지라 그를 이 섬에 보냈다고 한다. 일설에 따르면 청나라 때부터 이 섬의 이름은 공작도孔雀島였지만 섬의 모양이 공작과 비슷할 뿐 다른 이유는 없었다. 그런데 5년 전쯤 한 무리의 사람들이 기발한 아이디어가 떠올라 이 섬을 진짜 공작도로 만들려고 우선 수상가옥 몇 채를 지은 뒤 아프리카 공작새를 들여와 관광객이 찾기를 기대했다. 결과적으로 현실과 희망은 달랐다. 처음부터 끝까지 이곳은 거의 알려지지 않았으며 섬은 다시 무인도로 돌아가고 수상가옥의 대들보에는 이끼가 가득 끼었다. 그런데 그 당사자들은 공작새를 어떻게 처리해야 할지 몰라서 돌볼 사람이 한 명 필요했다. 이에 렌성이 섬에 왔고 순식간에 2년이 흘렀다.

2년 동안 그는 이 섬을 떠난 적이 없었고 누가 그를 보러 이 섬에 온 적도 없었다. 보름 걸러 한 번씩 뱃사공이 먹고 마실 것을 가져다주었으며 반년 걸러 한 번씩은 얼굴도 안 비치는 그 고용주들이 얼마 안 되는 품삯을 전달했다. 하지만 내가 오기 전에 그의 식료품은 벌써 두 달째 끊어진 상태였다. 듣자 하니 고용주들끼리 사이가 틀어져서 그 무인도에 관심을 끊었기 때문이라고 했다. 그렇게 그와 그가 돌보는 공작새는 잊혔고 그는 지나가는 뱃사람들의 적선에 의지해 겨우 끼니를 해결했다. 다행히 공작새들은 당장 생명의 위험은 없었다. 내 방 가까운 곳에 녀석들이 10년을 먹어도 다 못 먹을 사료가 잔뜩 쌓여 있었다. 하지만 렌성의 하고많은 문제는 지나가는 뱃사람들에게 답을 기대하기 어려웠다. 예컨대 식량이 끊겼으니 그는 이제 밭을 일궈야 하나? 또 그가 여길 떠나면 공작새는 얼마나 더 살 수 있을까? 문제는 그뿐만이 아니었다. 그의 현재 고용주는 도대체 누구일까? 그는 누구를 위해 그 오색찬란한 친구들을 돌보고 있는 걸까? 또 그는 도대체 여기에 얼마나 머물러야 하나? 고용주들은 언제 다시 이 무인도에 관심을 갖게 될까?

초등학교 졸업 학력이 전부인 렌성은 거의 몸부림을 치며 한 달 동안 번체자(중국에서 전통적으로 써 오던 방식 그대로의 한자를 간체자에 상대하여 이르는 말) 세로 조판의 그 소설을 다 읽고 그 속에서 자기 자신을 찾았다. 다시 말해 그는 자신의 처지를 깨달았다. 그게 대체 그에게 좋은 건지 나쁜 건지는 하늘만 알 것이다. 모두가 자신의 처지를 인식하고 인정할 수 있는 것도 아닐 테고 말이다. 주정뱅이를 예로 들면 그가 정신이 흐리멍덩하든 칭얼대든 관계없이 괜히 깨우지 않으며 눈을 감고 있으면 그냥 잠들었다고들 여긴다. 굳이 깨웠다가 발광할지도 모르기 때문이다. 하지만 내 어린 친구 렌성은 전혀 그렇게 생각하지 않았다. 이튿날 저물녘 산책을 할 때 그는 전처럼 쭈뼛대지 않고 똑바로 나를 보며 말했다.

"생각해봤어요. 행동해야겠어요."

그래서 그는 행동에 나섰다. 먼저 밭을 만든 뒤 일주일 내내 방파제 위에 쪼그리고 앉아서 지나가는 뱃사람들에게 부탁을 했다. 결과는 괜찮았다. 그는 그들에게 무씨, 고구마씨를 갖다 달라고 했고 심지어 수박씨까지 갖다 달라고 했다. 씨를 손에 넣으면 섬 위로 미친 듯이 달려 수풀 속 작은 공터에 갔다. 거기는 그의 밭이자 작은 유토피아였다. 아니, 어떻게 작은 유토피아에 그치겠는가. 우리의 말 없는 섬은 그가 노래를 부르고 바쁘게 뛰어다니는 가운데 갈수록 이상국의 모양을 드러냈다. 전에 그에게 약간의 돈을 준 적이 있는데 그는 그 돈으로 뱃사람들에게 거위 몇 마리를 사다 달라고 부탁해 순조롭게 녀석들을 공작새들과 섞어 놓았다. 또 실도 사 왔는데 그것으로 그물을 짜겠다고 했다. 이렇게 해서 그는 끼니를 거를까 걱정할 필요가 없어졌다. 또 얼굴이 빨개질지 아닐지 자기 자신과 내기를 하기도 했다. 왜냐하면 그는 내심 목표를 정해 나에게 매일 10자씩 번체자를 가르쳐 달라고 했기 때문이다. 글을 익히면 얼굴 빨개질 일이 생길 리 없었다.

하지만 그의 노래는 역시 갑작스러웠고 나를 놀라게 했다. 그 후로 그는 자기가 부를 수 있는 노래를 다 불러댔다. 강가에서 그물을 짜든, 공작새와 거위들 사이에서 장난을 치든 얼굴이 빨개진 채 계속 입을 놀리고 있었다. 하지만 어쩌면 그건 아직 기적이라 할 수 없었다. 진짜 기적은 물이 불어난 또 다른 밤에 일어났다. 그날 밤 폭우가 쏟아졌고 나는 또 렌성의 노랫소리에 놀라 잠이 깨서 창문을 열었다. 번갯불 아래 그가 온몸이 흠뻑 젖은 채 자신의 유토피아를 지키고 있는 모습이 보였다. 밭의 새싹을 보호하려고 이불을 나무 위에 높이 매달았고 자기는 새싹들과 나란히 앉아 목 놓아 노래를 불렀다. 목소리가 거칠고 곡조가 낯설어서 그 노래 가사는 꼭 그의 가슴속에서 돌멩이가 하나씩 튀어나오는 것 같았고 또 비수처럼 어둠을 찢어발기기도 했다.

갑자기 염증이 느껴졌다. 하지만 그 염증은 단지 나자신을 겨냥한 것이었다. 할 수만 있다면 나는 울면서 렌성에게 털어놓고 싶었다. 사실 나도 끝없는 타타르인의 사막에 있어. 그런데 잡초와 경극과 옛일이 떠올랐고 어느새 너도 입이 트였는데 나는 왜 네게 아무 말도 못 하는 걸까? 사실 나는 한 글자도 못 쓰겠어. 사막에서 이 무인도로 도망쳐 왔는데도 역시 한 글자도 못 쓰겠다고. 내 매일매일의 글쓰기는 그저 넋을 잃었다 다시 열광하는 일의 반복이 아닌가 싶어.

　　그렇다. 우리 눈앞에 사막이 있느냐 무인도가 있느냐에 따라 우리의 육신과 영혼은 휩쓸리고 부침을 겪을 수밖에 없다. 우리에게 날개를 빌려준들 우리는 완두꽃의 꽃봉오리 속으로 날아 들어가지는 못한다. 우리는 도대체 뭘 할 수 있을까? 카프카는 모든 장애가 자기를 가루로 만들고 있다고 했다. 하이데거는 인간에게 겨우 하나의 세계만 있는 것은 불충분하다고 했다. 또 소동파는 "이 몸이 내 것 아니란 걸 오래 한탄하였으나, 언제나 입신양명의 삶을 잊으려나?長恨此身非我有, 何時忘却營營"라고 했고 여호와는 "천국이 가까웠으니 회개하라"고 했다. 오직 너만, 내 어린 친구인 너만 "생각해봤어요. 행동해야겠어요."라고 말했다.

　　바로 그렇게, 비바람이 몰아치고 사방이 캄캄한 한밤중에도 우리는 자신의 정해진 운명을 만날 수 있다. 그것은 운명이 정해준 번개와 노래, 새싹이고 역시 운명이 정해준 어린 친구다. 어린 친구는 우리에게 말할 것이다. 생각해봤다고, 행동해야겠다고. 나는 아무것도 참견하지 않고 다가가 그를 끌어안고 울음을 터뜨렸다. 그는 타타르인의 사막에 있는 내 어린 친구이기 때문이었다.

장안 길가에 나무가 즐비해도

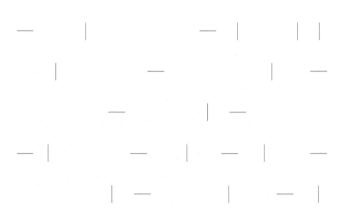

장안 길가에 나무가 즐비해도

아주 오래전 일이다. 매일 한밤중에, 간병을 하는 작은 병원을 나올 때마다 병원 입구에서 싸우는 사람들이 눈에 띄었다. 그건 이상한 일이 아니었다. 도시와 농촌이 맞닿은 그곳에서는 가난한 생계, 매일 내리는 비, 지나친 음주가 다 싸움의 이유가 되곤 했다. 누구나 어떤 행동, 어떤 방식을 찾아 자신의 존재를 증명하려 하게 마련이다. 그것은 음주일 수도 있고 사랑일 수도 있고 또 순수한 폭력일 수도 있다.

오늘밤 싸움도 평상시와 다를 게 없었다. 때린다, 죽인다, 소리치고 경찰은 영 안 오는 가운데 결국 또 누가 피를 흘리고서 끝났다. 그것은 다 이상한 일이 아니었다. 눈을 들어 어둡고 일 년 내내 더러운 물이 흐르는 긴 거리를 보았다. 시장에서는 종일 썩은 과일 냄새가 풍기고 거칠고 화난 대화가 끊임없이 귀에 들렸으며 사람들은 모두 당황한 기색으로 딴청을 피웠다. 오직 복권가게 입구에만 추첨 시간에 맞춰 온, 얼굴에 피곤이 가득하고 갖가지 신화를 믿는 사람들이 넘쳐났다. 여기에서는 싸우고, 붙잡힌 좀도둑이 조리돌림 당하고, 이모부가 어린 조카를 죽이는 등의 이상하고 흥분되는 일이 벌어지곤 했지만 그런 여러 가지 이상함은 세상을 뒤덮은 범상함 속으로 다 사라지고 마지막에는 한데 모여 궁핍의 강물이 돼서 어디로든 흘러가 버렸다.

사실 내가 싸우는 현장을 지나갈 때는 이미 싸움이 끝났고 맞아서 온몸이 피투성이가 된 사람만 남아 비틀비틀 몸을 일으키고 있었다. 나는 힐끔 보자마자 얼른 달려가 그를 부축했다. 그는 내가 너무나 잘 아는 사람이었기 때문이다. 스무 살도 안 된 그 젊은이는 병원 청소원으로 장시江西 출신이었으며 보통 사람은 상상하기 힘들 만큼 친절했다. 꽤 여러 번 나도 환자를 못 옮길 때, 밥 타는 것을 잊었을 때 그의 도움을 받았다. 하지만 지금 그는 평소에 내가 알던 그가 아니었다. 오로지 슬프고 분한 표정으로 거칠게 나를 밀고는 곧장 가버렸다. 몸에 피가 묻어 있기는 했지만 그 피는 그의 몸에서 흐른 건 아닌 듯했다. 나는 그가 멀어지는 것을 멀뚱멀뚱 보고만 있었지만 내심 그 친구가 한평생 가장 큰 모욕을 당했다는 느낌이 들었다. 그는 그렇게 끝낼 리가 없었다.

아니나 다를까 얼마 안 돼 그가 병원에서 나왔을 때 그의 양손에는 각기 칼이 들려 있었다. 병원에 들어갔는데도 치료를 받지 않았고 분노가 히스테리를 부른 상태였다. 그 분노 앞에서 방금 구경하던 사람들은 모두 앞다퉈 몸을 피했다. 하지만 그들은 사실 이제부터 생길 일을 더 기대하고 있었다. 젊은이를 때린 사람들은 전부 이 거리에 살았다. 젊은이가 찾으려고만 하면 못 찾을 수가 없었다.

그때 새된 고함 소리가 젊은이의 등 뒤에서 울린 뒤, 한 노부인이 미친 듯이 달려와 그를 꽉 끌어안고 한 발짝도 못 움직이게 했다. 하지만 나는 그 노부인이 젊은이의 어머니가 아니라는 걸 알고 있었다. 그저 동료로서 그와 같은 청소원이었다. 그 노부인은 평상시 다른 사람과 마주치면 겁먹은 미소를 짓고 말수도 적었다. 나는 그녀가 말하는 걸 한번도 본 적이 없는 듯했다. 그런데 이렇게 중요할 때 그녀는 온 힘을 다해 젊은이를 끌어안고 거의 알아듣기 힘든 사투리로 애원했다. 어리석은 짓은 하지 말라고, 얼른 돌아가 상처를 치료하자고 했다. 그녀는 끝까지 두 손으로 젊은이의 허리를 꽉 붙잡고 풀어주려 하지 않았다.

나는 두 눈이 시큰해졌다. 아들이 수모를 당하고 어머니가 나타나야 할 순간 노부인은 나타났다. 그 순간 그녀가 실제로 그의 어머니인 걸 누가 부인할 수 있었겠는가.

노부인은 키가 작고 말라서 젊은이는 결국 그녀를 뿌리쳤다. 하지만 그가 몇 걸음 더 가기도 전에 그녀가 또 쫓아가 그의 허리를 다시 끌어안으려 했다. 젊은이가 몸을 피했지만 그녀는 그의 다리를 꽉 붙들었다. 갑자기 젊은이가 인상을 쓰면서 손을 풀라고 소리쳤고 심지어 욕을 하기까지 했다. 하지만 소용없었다. 그녀는 절대로 손을 풀려 하지 않았다. 이에 젊은이는 더 화가 나서 그녀를 질질 끌며 천천히 앞으로 걸어갔다. 과일 노점을 지나고, 장조림 가게를 지나고, 또 작은 슈퍼마켓을 지났을 때 드디어 더 걸음을 옮길 수가 없었다. 할 수 없이 멈춰 서서 고개를 숙이고 활활 타는 두 눈으로 노부인을 노려보며 헉헉 가쁜 숨을 쉬었다.

잠시 후 젊은이는 칼을 내려놓고 땅바닥에 털썩 주저앉아 목 놓아 울었다. 노부인은 그를 안아주는 대신, 얼른 호주머니에서 요오드팅크를 꺼내 먼저 그의 얼굴에 발라주고 다음에는 그의 손에 발라주었다. 그러고 나서 비로소 그를 끌어안고 어깨를 두드리면서 조그맣게 말을 건넸다. 역시 전혀 알아듣기 힘든 사투리였다. 젊은이는 그녀가 뭐라고 하는지 아예 듣지 않고 그저 울기만 했다. 울음은 망신스럽기는 해도 망신스러울 때를 넘기는 유일한 방법이다. 그의 몸에는 아직 피가 묻어 있어서 노부인은 그렇게 더 있으려 하지 않고 거의 명령조로 그를 일으켜 세워 휘청휘청 병원 쪽으로 가게 했다.

그들이 멀어지는 것을 보고 있을 때 몸속에서 돌연 울컥하는 느낌이 솟구쳤다. 도대체 어떤 인연이기에 오늘밤 전까지는 그리 가까워 보이지도 않던 두 사람이 지금 이곳에서 하나로 묶여 모자처럼 친해진 걸까. 이로부터 멀리 뻗어가면 어둠 아래 얼마나 많은 외지고 누추한 골목에서 청소원은 모자를 맺고, 미용사는 자매를 맺고, 하역부는 형제를 맺을까. 세탁공, 재봉사, 수위, 요리사, 미장공, 택배원도 마찬가지다. 망상을 계속해보면 아무리 가난하고 처지가 열악해도 누구나 그런 복을 얻을 기회가 있는 걸까? 신은 인간을 만들고 나서 한 명 한 명씩 이 세상에 던져 놓고 각자 외롭게 죽음을 향해 살아가면서 병과 이별과 배반과 죽음과 만나게 했다. 이것은 태어날 때부터 정해진 거대한 불행이다. 하지만 다행히 눈앞에 막다른 골목만 있는 건 아니다. 신은 그런 만남을 이용해 우리가 조금씩 외부 세계로 달려 나가고 또 물에 빠진 사람처럼 좀 더 먼 쪽을 향해 필사적으로 발버둥치게 만든 뒤, 마지막에 운명으로 정해진 사람을 눈앞에 나타나게 한다. 그렇게 그 병과 이별과 배반과 죽음은 오히려 촛불이 되고 촛불이 켜지면 점차 사람들이 모여든다. 그들은 나와 마찬가지로 두려워하는 숨소리와 더 두려워하는 표정을 지녔다.

나는 늘 생각한다. 월하노인月下老人의 붉은 끈(월하노인은 혼인을 주관하는 중매쟁이 신선으로 그가 붉은 끈으로 발목을 이어놓은 남녀는 반드시 맺어진다고 한다)처럼 그런 복과 인연도 한 가닥 끈이 있어서 저승과 어둠을 가로질러 한 사람의 손에서 다른 한 사람의 손으로 이어진다고. 사실 그 끈은 월하노인의 붉은 끈보다 더 정확하고 사람의 목숨을 살린다. 그것 때문에 우리는 생판 남이 아니며 서로를 위해 온갖 장애물과 번거로움을 무릅쓴다.

병실의 웨喂 선생이 생각난다. 일곱 살배기 그 어린 환자도. 같은 병실에 입원하기 전, 두 사람은 서로 일면식도 없었다. 그들에 관해 내가 아는 것은 별로 없다. 웨 선생은 광산 지역 초등학교의 국어 교사였지만 그 초등학교가 문을 닫은 지 벌써 여러 해라 그녀는 사실상 오랫동안 교사가 아니었다. 그리고 어린 환자는 세 살 때부터 뼈 질환이 생겨 그때부터 부모와 함께 전국을 누비며 용한 의사를 찾아다녔다. 그 아이에게는 병원이 곧 학교였고 진짜 학교는 단 하루도 다녀본 적이 없었다.

병실에서 그들은 우선 환자였지만 새롭게 선생과 제자가 되었다. 나는 그 병원 외에 몇 년 동안 다른 병원에서도 몇 차례 웨 선생과 마주친 적이 있었다. 마흔 살이 넘은 그 중년 여성은 질병과 질병이 가져온 여러 말다툼, 걱정, 배신으로 인해 벌써 머리가 다 하얗게 셌다. 하지만 병실을 교실로 삼은 후로 어떤 기이한 희열이 찾아들어 일 년 내내 창백했던 그녀의 얼굴에는 한 가닥 홍조가 비쳤다. 매일 두 사람이 수액을 다 맞고 나면 잠시도 지체하지 않고 그녀는 어린 환자에게 공부를 가르치기 시작했다. 비록 그전에는 국어 교사일 뿐이었지만 여기에서는 옛날 시와 사칙연산과 영어 단어까지 닥치는 대로 가르쳤다. 심지어 자기 여동생이 병문안을 올 때마다 한 더미씩 책을 가져오게 했다.

정오 무렵 환자와 간병인들이 병실에 가득한 시간은 하루 중 웨 선생이 가장 원기왕성한 시간이었다. 자기도 모르게 그녀는 잔뜩 문제를 준비해 어린 환자에게 시험을 쳤다. 옛날 시와 사칙연산과 영어 단어까지 닥치는 대로 시험을 쳤다. 마지막에 어린 환자가 사람들의 찬탄 속에서 시험을 마치고 나면 그야말로 신이 내린 빛이 공중에서 내려와 그녀를 환히 비췄다.

그러나 어린 환자는 천성이 꾀가 많아서 증상이 조금만 호전되면 병실에서 이리저리 뛰어다니기만 했다. 그래서 웨 선생이 문제를 내도 답을 못하기 일쑤였다. 예를 들어 어느 옛날 시의 앞 구절이 "장안 길가에 나무가 즐비해도長安陌上無窮樹"(당나라 시인 유우석劉禹錫의 「양류지사楊柳枝詞」 중 한 구절이다)였는데 뒤 구절을 사흘 내리 못 외웠다.

이 일로 상처를 받은 웨 선생은 아이에게 300번을 외우라고 벌을 줬다. 하지만 아무리 많이 외워도 어린 환자는 시험만 치면 이상하게 그 뒤 구절을 외우지 못했다. 마지막에는 그 애 자신도 화가 나서 씩씩대며 웨 선생에게 말했다.

"의사 선생님이 어쨌든 난 몇 년 못 살 거라고 했는데 이런 건 외워서 뭐해요?"

그 당시를 생각하면 나는 웨 선생이 우는 걸 딱 두 번 본 적이 있다. 그리고 그 두 번 모두 그 어린 환자 때문에 운 것이었다. 그날 정오에 어린 환자가 그 말을 하고 나서 웨 선생은 물을 뜨러 간다는 핑계로 복도에 나가 통곡을 했다. 하지만 통곡이라고는 해도 사실 소리는 내지 않았다. 입으로 소매를 꽉 깨물고 걸어가며 울었다. 탕비실 앞까지 가서도 그녀는 들어가지 않고 축축한 벽 위에 엎드려 계속 울었다.

울기는 했어도 포기하지는 않았다. 거꾸로 더 열심히 가르쳤다. 그 아이와 함께 있는 시간도 더 늘렸다. 그녀 자신의 뼈 질환도 가볍지 않았는데도 그 후로 나는 그녀가 절뚝거리며 어린 환자를 따라다니면서 밥을 먹이고, 물을 따라주고, 함께 뜰에 나가 이름 모를 꽃을 따오는 걸 자주 보곤 했다. 하지만 두 사람에게도 결국 이별해야 할 때가 왔다. 어린 환자의 병이 깊어져서 부모가 병원을 베이징으로 옮기기로 결정한 것이다. 이 소식을 듣고 거의 일주일 동안 그녀는 거의 매일 밤 잠을 못 이뤘다.

깊은 밤, 그녀는 조용히 병실을 나가 복도의 긴 의자에 앉아서 침침한 불빛을 빌려 뭔가를 쓰고 그랬다. 내게 말하길, 어린 환자가 떠나기 전에 교재를 만들어줄 셈이라고 했다. 그 교재에는 온갖 내용이 다 들어 있었다. 옛날 시도 있고, 사칙연산도 있고, 영어 단어도 있었다.

그날 밤, 침침한 불빛 아래의 그녀를 보고 나는 왠지모르게 또 몸속에서 울컥하는 느낌이 솟았다. 어쨌든 이 세상은 살아볼 만하다. 촛불이 켜지면 두려움과 두려워하

67

는 사람들이 모여든다. 하지만 그렇게 모여도 좋고 흩어져도 좋다. 모든 게 미혹이고 발단일 뿐이기 때문이다. 인간은 누구나 기아로 태어나 쭉 그렇게 살아간다. 직장에서 해고됐을 때는 생계의 기아이고 이혼 법정에서는 결혼의 기아이며 일 년 내내 누워 있는 병실에서는 신체의 기아다. 똑같이 기아인 만큼 모두 언젠가는 만나고 또 언젠가는 헤어진다. 그러나 너와 내가 만나고 헤어지는 사이에는 단어를 외우고, 시를 외우고, 꽃을 따고, 또 교재를 만든다. 이렇게 서로 복잡하게 뒤얽히는 게 삶의 작은 재미이고 나아가 절실한 반항이다.

실제로 반항은 우리를 하나로 이어준다. 가난 속에서 창밖의 바람 소리에 골똘히 귀 기울이는 것 그리고 고독 속에서 스스로 자신에게 오래 처박혀 있을 수밖에 없는 감옥을 지어주는 걸 모두 반항이라고 한다. 반항 속에서 우리는 우스워지고, 부조리해지고, 심지어 남에게 미움을 사곤 하지만 이것은 누구도 피해 갈 수 없는 운명이다. 한 마리 앵무새처럼 새장 속에 갇혀 있는데 내가 뭘 어쩌겠는가. 단지 이 새장을 인정한 뒤 사람의 말을 하고 사람의 노래를 부르는 수밖에 없다. 그러다 보면 마지막이 와도 나는 새장 밖으로 나가지 못하며 죽음이 임박해도 나는 한낱 노리개일 뿐이다. 하지만 잠시 돌아보자, 세상 사람 중에

평생 이리저리 흔들리다가 마지막이 돼서야 자기가 그저 노리개였다는 것을, 조물주의 꼭두각시일 뿐이었다는 것을 깨닫지 않는 이가 있을까. 숨돌릴 틈 없이 헛수고로 세월을 다 보내고 육신과 영혼이 다 재가 되어 날아가게 되었다는 걸 모르는 이가 있을까?

그래도 우리를 위로할 만한 사실이 한 가지 있기는 하다. 우리가 결코 아무것도 남기지 못하는 건 아니라는 것이다. 우리는 적어도 그리고 반드시 반항의 흔적을 남겨야한다. 이 세상에 한 번 다녀가면서 반항, 오직 반항이라는이 두 글자만이 마지막 순간의 존엄함에 어울린다.

그때를 예로 들어보자. 어둑한 불빛이 칠흑 같은 밤에 반항하고 있었고 웨 선생도 거침없이 쓰고 그리며 어둑한 불빛에 반항하고 있었다. 그녀는 교재를 만들어 그것을 끈으로 삼으려 했다. 그래서 그 한쪽 끝은 어린 환자의 손에 쥐여 주고 다른 쪽 끝은 밖으로, 세상 어디로든 늘려 결국 누군가가 쥐게 할 셈이었다. 그때가 되면 어두운 데에 숨어 있던 사람이 모습을 나타내고 은밀한 감정도 드러나서 마치 강물처럼 끈을 쥐고 있는 사람에게 흘러갈 것이다. 정말로 그때가 되면 병과 이별과 배신과 죽음은 전부 자기가 무리해서 초래한 일에 불과하게 될 것이다.

밤이 거의 끝나갈 때 웨 선생은 잠이 들었다. 하지만

나는 그녀를 깨우지 않았고 지나가던 간호사도 깨우지 않았다. 그녀는 조만간 깨어날 것이기 때문이었다. 잠시 후 강풍이 창에 몰아쳐 유리가 발치에 떨어져 깨지면서 깨어날지도 몰랐고, 좀 더 후에 병의 발작으로 통증이 엄습해 몸을 움츠리며 비명을 지르면서 눈을 뜨지도 몰랐다. 깨어나는 건 운명이다. 그 운명 속에는 갑작스러운 이별이 포함되어 있기도 하다. 아침 댓바람부터 어린 환자의 부모는 베이징에서 연락을 받았다. 서둘러 베이징에 오라고 했다. 그래서 그들은 바쁘게 움직였다. 짐을 싸고, 밀린 병원비를 내고, 또 기차에서 먹을 음식을 사고 마지막으로 어린 환자를 깨웠다. 어린 환자는 졸려서 아직 얼떨떨했지만 한 시간만 있으면 그 병원을 떠나야 했다.

9시에 어린 환자는 부모와 함께 떠났고 떠나기 전에 병실 사람들과 작별 인사를 했다. 당연히 웨 선생과도 작별 인사를 했다. 그 교재는 간발의 차로 아직 미완성인 상태였다. 웨 선생은 그걸 어린 환자의 가방에 넣어준 뒤 그 애의 얼굴을 만져주고는 손을 흔들었다. 그렇게 이별은 어수선하게 끝나버렸다.

그런데 몇 분 뒤, 건물 밑에서 누가 웨 선생의 이름을 불렀다. 처음에 그녀는 전혀 눈치채지 못하고 멍하니 침대 위에 앉아 있었다. 그러다가 갑자기 침대에서 내려와 절뚝이며 미친 듯이 창가로 달려가 창문을 열었다. 그제야 병실 사람들 모두가 밑에서 어린 환자가 지르는 소리를 들었다. 그것은 시 한 구절이었다. 그 애는 목청 높여 "이별을 알아주는 건 수양버들뿐이네唯有垂楊管別離"라고 소리 지르고 있었다. 웨 선생이 못 알아들을까 싶었는지 이번에는 "장안 길가에 나무가 즐비해도, 이별을 알아주는 건 수양버들뿐이네"라고 외쳤고 그러고도 또 한 번 "장안 길가에 나무가 즐비해도, 이별을 알아주는 건 수양버들뿐이네"라고 외쳤다.

　이별의 자리에서 어린 환자는 드디어 그 두 구절의 시를 완벽하게 암송해냈다. 하지만 웨 선생은 응답하지 않았다. 그녀는 울고 있었다. 지난번처럼 소리를 안 내려고 입으로 소매를 꽉 물고 있었다. 나지막이 흐느끼는 소리를 빼고는 병실 안에는 거대한 침묵만 남아 있었다. 아무도 다가가 그녀를 달래지 않았다. 모두 침묵에 빠진 채 그녀가 계속 울게 내버려 두었다. 다들 알고 있었다. 지금 이곳 그리고 울음이 바로 그녀의 유일한 수양버들이라는 것을.

운명을 받아들인 밤

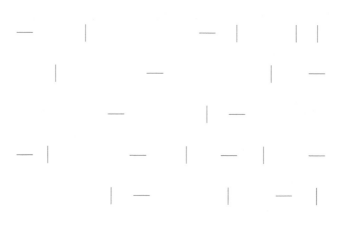

운명을 받아들인 밤

 해바라기밭이 길게 이어지고 올리브나무도 끝없이 펼쳐지는데, 칼처럼 파고드는 햇살 아래 쉬지 않고 산길을 재촉하는 게 점점 더 고역처럼 느껴졌다. 이따금 나무 그늘 밑에서 발을 멈추면 거의 매번 가슴을 찢는 소리가 들렸다. 세비야를 지나고 안테케라를 지나 산골짜기의 작은 도시 그라나다를 벌써 눈앞에 둔 지금, 누가 상상이나 했겠는가. 내가 고행승처럼 서둘러 온 게 단지 밤의 장막 아래에서 나 자신의 흐느낌을 듣기 위해서였다는 걸.

백색의 바위 동굴 안에서 건너편 절벽 위에 있는 무어인의 궁전을 보았다. 그것은 마치 거대한 괴수처럼 수풀 속에 숨어 있었다. 말 없는 아버지와 안하무인인 딸이 등불을 끄고 침침한 빛 속에서 플라맹코의 밤을 열었다. 그들은 집시였다. 칼로 깎은 듯 갸름한 얼굴의 아버지는 기타를 치며 나직이 노래를 부르다가 가끔 고개를 들어 마치 딴 사람처럼 홀린 눈으로 자기 딸을 올려다보았다. 그 순간 그녀는 그의 딸이 아닌 듯했다. 그녀는 세비야 담배공장 정문 앞에서 갈채를 받는 카르멘이었고 파리 노트르담 대성당 광장에서 사람들에게 둘러싸인 에스메랄다였다.

그녀는 다른 무용수들처럼 껑충껑충 뛰지 않았다. 마치 지극히 높은 어떤 곳에서 내려온 사람 같았다. 그래서 우리 사이에 있는데도 자기만 신의 계시를 듣고 또 신의 뜻에 따라 도발했다. 손뼉을 치고, 발을 구르고, 나아가 눈빛으로 우리를 압박했다. 그 좁은 곳이 그녀의 영토가 돼 버려서 우리는 움츠리고 약해질 수밖에 없었다. 한편으로 그녀에게 매혹되어 거칠게 뛰는 가슴을 억누르면서 다른 한편으로는 희망 없이 스스로를 다잡으며 모세가 불타는 가시덤불 속에서 하느님을 본 것과 같은 어떤 구원을 상상했다.

손뼉 소리가 더 빨라지고 발 구르는 소리도 더 격렬해

지다가 돌연 그녀가 발을 멈추고 치맛자락을 들더니 우리를 뚫어지게 쳐다보았다. 다른 사람은 몰라도 나는 부끄러웠다. 하지만 내 부끄러움은 그녀와는 무관했다. 지난날 저지른 잘못들이 떠올라 괴로워서가 아니었다. 지금의 뜨거운 분위기가 정확히 삶의 고통을 반증해 주어서도 아니었다. 단지 한 사건이 지극히 높은 곳에서 성물이나 성인으로 내려온 것 같아서였다. 단지 그것이 내려온 것만으로 나는 부끄러워하는 게 당연했다. 불꽃 같은 여자는 여전히 나를, 그리고 우리를 놓아주지 않고 있었다. 도발은 더욱 노골적이었고 눈빛은 예리하면서도 끈질겼다. 그녀는 더 이상 그녀 자신이 아니라 그 성물이나 성인의 대변인인 듯했다. 그녀는 그것에 휘둘려 우리 사이에 와서 우리에게 서둘러 천국의 풍경과 인간 세계의 소식을 알려주려는 것뿐이었다.

그런 밤이었는데도, 명백히 불꽃의 가장자리에 있는 밤이었는데도 내가 폭우에 흠뻑 젖고 있다는 생각이 수도 없이 들었고, 또 수도 없이 목이 죄어들어 오열하는 지경에 이르렀다. 자리가 파한 후 나는 사람들을 따라 바위 동굴을 나가 노천 술집에 앉았다가 비로소 깨달았다. 오랜만에 처음으로, 엄청난 난제가 생긴 것도 아니고 가까운 사람이 죽은 것도 아닌데 눈가가 젖어 있었다. 도대체 왜 이

러는 걸까. 나는 결코 마음이 아픈 게 아니었다. 왜 한 가닥 비통함이 또렷하게 찾아드는 걸까. 나는 놀라서 그 비통함이 대체 왜 생겨난 건지 애써 머릿속을 정리했다. 밤하늘에는 별들이 반짝이고 성벽 아래에는 사람들의 그림자가 어른거리는 중에 두 가지 생각이 어렴풋이 마음속에 떠올랐다. 하나는 상실, 또 상실이었다. 우리가 각자 견뎌내고 있는 삶은 단지 상실 속에서 엎치락뒤치락하는 삶일 뿐이며 우리가 아직 거기를 못 떠나는 것은 단지 저 지극히 높은 자가 파괴할 가치를 못 느껴서일 뿐이다. 또 하나는 이 인간 세상에서 눈에 보이는 두 가지 결과인 고통과 행복은 본디 우리를 필요로 하지 않는지도 모른다는 것이었다. 결국 우리가 먼저 다가가서 필요로 하고 그러고 나서는 아무렇지도 않게 파괴당하곤 한다.

실상은 이랬다. 광적이면서도 애달픈 플라멩코와, 메신저와도 같은 집시 여성 댄서가 잠들어 있던 내 신경을 깨웠고 그 바람에 끝없이 계속되는 비통함을 미약한 의식으로는 저지할 수 없었다. 그 비통함은 몸속에서 세차게 흘러나오면서도 몸에 속한 것 같지는 않았다. 몸과 비통함은 무어인의 궁전을 감싸고 흐르는 두 갈래 강물처럼, 혹은 그림자와 형체처럼 영원히 서로 가까워지지 않는다.

돌아보면 사실 과거에 이런 흐느낌과, 또 이런 비통한

밤을 겪은 적이 있었다. 그해 겨울, 나는 바람도 안 통하는 눈의 장막 속에서 칭하이로 건너가 그 옛날 토욕혼土谷渾 사람들의 도성을 지나고 르웨산日月山과 샹피산橡皮山을 지났다. 그와 동시에 폭설로 도로가 막히는 바람에 할 수 없이 어느 방목지에 머물러야만 했다. 거기에서 매년 겨울마다 칭하이호에 가서 호수를 도는 티베트인들처럼 사원에 들러 향을 사르고 예불을 하며 상황이 나아지기만을 고대했다.

사원에서 향을 사를 때 둬지둔주多吉頓珠를 알았다. 세 살 때부터 라마승이 된 그 젊은이는 여러 차례 계율을 어겨 사원에서 파문되었다. 하지만 그는 그 사실을 인정하지 않고 형을 따라 운송 일을 하다가 시간이 남으면, 그리고 아가씨들의 천막 앞에서 얼쩡대다가 시간이 남으면 전처럼 사원에 들러 공부를 마친 라마승들과 온종일 어울렸다. 그러다가 마음에 드는 아가씨가 눈에 띄기라도 하면 쏜살같이 사라져 그 뒤를 쫓았다. 때로는 중간에 돌아오기도 했지만 때로는 곧장 아가씨의 집까지 따라갔다. 물론 마지막에는 얼굴이 붓거나 코가 시퍼래져 돌아왔다.

그런데 이름만 들으면 누구나 고개를 설레설레 젓던 그 친구가 나는 무척 궁금했다. 심지어 몹시 부럽기까지 했다. 아침부터 저녁까지 그의 허리에는 술병이 매어져 있었다. 그가 정신이 멀쩡할 때는 십중팔구 대화하기가 곤란했으므로 나는 그가 취해서 알딸딸해지기를 그 자신보다 훨씬 더 바랐다. 일단 술이 세 순배만 오가면 그는 사랑 노래를 불러 소름이 돋게 했다. "우리 사랑하는 마음은, 한 장의 새하얀 종이 같지, 누가 갈가리 찢으려 해도, 진짜 금으로 쓴 글자는 찢을 수 없네"도 있었고 "반지 하나에, 손가락 두 개는 안 들어가네, 정직한 사람은, 영원히 두 마음을 품을 수 없네"도 있었다. 꽤 여러 차례 나는 그와 눈밭에서 실컷 술을 마셨다. 그가 사랑 노래를 부르면 나는 비몽사몽간에 내가 청나라 강희康熙 45년으로 돌아간 듯했다. 그래서 내 옆에서 노래 부르고 있는 사람도 둬지둔주가 아니라, 호수에 몸을 던져 죽기 전의 창양자춰(倉央嘉措, 고대 티베트의 제6세 달라이 라마로 시인이기도 했다. 권력 투쟁에 휘말려 폐위된 후 강희 45년[1706]에 23세의 나이로 호수에 몸을 던져 죽었다) 같았다.

그날 저녁, 꽁꽁 언 초원 위에 폭설이 다시 내려, 나와 둬지둔주는 천막 안으로 술자리를 옮겼고 그는 자기가 아는 사랑 노래를 거의 다 불렀다. 한밤중에 그가 일어나 천막을 나갔다. 마구간에 가서 가축들에게 건초를 먹이고 온다고 했다. 그런데 아무리 기다려도 오지 않아 나도 그를 찾으러 천막을 나섰다. 눈발이 마구 날렸지만 다행히 그의 휴대등이 멀리서 희미하게 빛나고 있었다. 그 빛을 쫓아 가까이 다가가 보니 그가 마구간 난간 위에 엎드려 울고 있었다. 옆에 가서 왜 그러느냐고 묻자 그는 오히려 더 크게 울었다. 나는 더 묻지 않고 난간에 기댄 채 그가 다 울기를 기다렸다. 그때 그가 갑자기 고개를 돌리더니 서툰 중국어로 내게 말했다.

"내 운명을 봤어요, 내 운명을 봤다고요!"

그가 운 건 계율을 어겨서도, 여자가 떠나서도 아니었다. 단지 그가 자신의 운명을 봤기 때문이었고 그 운명은 끝도 없는 큰 눈, 폭풍에 휩싸인 마구간, 묵묵히 서 있는 몇 마리 대춧빛 말들, 갓난아기 같은 수백 마리의 양들처럼 흔히 눈에 띄는 일상적 사물 속에 숨어 있었다. 아주 오랫동안, 심지어 여러 해를 기다리고서야 그는 비로소 그때 그 순간을 발견했을 것이다. 그때 그 순간은 감옥도 아니었고 선경仙境도 아니었다. 도망칠 필요도 없었고 빠져들 필요도 없었다. 하지만 그것은 바로 그가 자신을 기다리던 시간이자 지점이었다. 뒤지둔주는 눈물을 흘리며 내게 말했다.

"나는 전혀 슬프지 않아요. 내가 우는 건 단지 내가 내 가축들 곁에서 잘 살 거라는 걸, 가축들 곁에서 한평생 살아갈 거라는 걸 깨달았기 때문이에요."

그레나다의 밤은 뜨거우면서도 짧았다. 현지인과 이방인과 유대인과 집시는 모두 과음을 하며 파티를 즐겼고 또 모두 돌아갈 줄을 몰랐다. 다들 마지막으로 밤을 배웅할 사람이 되고 싶은 듯했다. 반 블록 밖에서 누가 노래를 불렀고 반 블록 안에서는 또 누가 무릎을 꿇고 고백을 했다. 하지만 또렷하고 기쁘기까지 한 그 비통함은 아직도 존재했다. 아마도 그것은 거리에 가득한 한 명 한 명의 마음속에서 넘쳐흘러 소리 지르고 오열하며 앞으로 치달았을 것이다. 그 와중에 그들은 차례차례 깨달았을 것이다. 언제가 운명적으로 정해진 시간이고 어디가 운명적으로 정해진 장소인지. 그리고 운명 속의 나는 언젠가 과거의 자신을 알아보거나 혹은 보고도 몰라본 채로 계속 정착할 만한 장생전(長生殿, 당 현종과 양귀비가 사랑을 나누던 여산驪山의 궁전)을 찾는 데 몰두할 것이다. 과연 지금 다시 그 비통함의 밤을 돌아보면 그것은 사실 안식일과 화과산(花果山, 전설상의 신산神山으로『서유기』의 손오공이 태어난 고향)이어서 마치 유대인이 유랑을 마치고 예루살렘에 돌아온 것 같다. 아니면 프랑코 시대의 스페인 집시들이 유랑하기 위해 도망치기로 결심한 것 같다.

인간 세상을 서둘러 가다

인간 세상을 서둘러 가다

나의 할아버지는 언젠가 내게 이런 말을 했다. 자신은 평생 수많은 불행을 겪었지만 그중 가장 큰 불행은 말년이 돼서야 풍성한 나날을 맞이한 것이고 젊은 시절의 혼란기와 비교해 얼마 안 남은 속세의 시간이야말로 정말 소중하다고. 나는 그의 마음이 어느 정도 이해가 간다. 그의 친구 중에 누구는 이가 망가지고 나서야 처음 사과를 먹었고 또 누구는 눈이 안 보이게 되고 나서야 자식들이 텔레비전을 사 왔다. 이 세상이 사람을 절망시키는 건 아무래도 끝도 없는 좋은 것들이다.

이 평범한 인간 세상은 할아버지가 보기에는 술에 취한 뒤의 몽롱한 세계와 같다. 우한에 올 때마다 그는 누가 카메라를 들고 함께 따라나서지 않으면 바깥에 나가길 꺼린다.

홍러우먼紅樓門 앞과 장강이교長江二橋 위, 바오퉁선사寶通禪寺의 은행나무 아래 같은 이 도시의 무수한 장소에서 그는 그리 나이 들어 보이지 않는 자기 모습을 남겼다. 사진 속에서 그는 언제나 웃고 있는데 그 활짝 웃는 얼굴은 나이에 걸맞지 않다. 또 그의 곁에 서 있는 나와 선명한 대비를 이룬다. 그는 내게 우거지상 좀 짓지 말라고, 작년에 '드넓은 강이 봄날의 술로 변했네大呼江水變春酒'라는 시구를 쓴 자기를 좀 본받으라고 했다. 그는 또 죽음을 앞두고도 태연자약했던 아라파트를 본받으라고도 했다. 나의 사랑하는 할아버지는 텔레비전 한 대만으로도 나보다 이 세계를 더 많이 안다. 며칠 전에는 둥호東湖 안의 산봉우리 위에서 내게 심각한 목소리로 "초급여성(超級女聲, 2004년부터 2016년까지 네 시즌이 제작돼 후난위성티브이에서 방영된 오디션 예능 프로그램)에는 분명히 내막이 있어."라고 말했다.

이번에 그는 화가 나서 집을 나왔다. 아버지가 위내시

경 검사를 못 하게 했기 때문이었다. 그래서 그는 장손인 나를 찾아 우한에 왔다. 하지만 내 생각도 아버지와 같았다. 그처럼 나이가 구순이 넘은 노인이 끼니마다 술을 반 근밖에 못 마시는 건 정상이라고, 팔순 때처럼 여덟 냥씩 마시는 건 불가능하다고 거듭 말씀드렸다. 그리고 위내시경 검사를 받아본 사람은 모두 그 검사만 떠올리면 질겁을 한다고도 했다. 그는 당연히 믿지 않았으며 내가 불초한 손자라고만 했다.

그 답답했던 일주일간 할아버지는 매일 아주 사소하게 나를 괴롭혔다. 하루의 티브이 방송이 다 끝나야 비로소 잠을 잤고 또 매일 날이 밝자마자 나를 침대에서 끌어내리며 엄숙한 말투로 "하늘의 운행은 굳건하니 군자라면 이를 본받아 부지런히 살아야 한다天行健, 君子自强不息"라고 했다. 그는 내게 토라진 게 분명했다. 그러던 어느 날 내가 나간 틈을 타 오후 내내 아래층, 위층을 오르내리며 모든 이웃에게 물어보고 나서야 그는 자기 나이의 노인은 위내시경 검사를 받으면 안 된다는 걸 믿게 되었다. 그때까지도 그는 아직 내게 토라진 상태였는데 웬일로 나를 끌고서 둥호에 등산을 하러 가자고 했다.

어릴 때 내가 매일 학교에 가려고 집을 나설 때면 그는 내게 "달려!"라고 소리쳤고 그때마다 나는 달리곤 했다. 그 후로 오랜 세월이 지났는데도 산에 오를 때 그는 내가 아무리 말려도 멀찍이 앞서 달리다가 홱 나를 돌아보며 또 "달려!"라고 소리쳤다. 하지만 결국 체력이 달려서 절반쯤 오른 뒤에는 더 소리치지 못하고 계단 위에 앉아 헐떡일 수밖에 없었다. 그는 부끄러워하는 눈초리로 나를 바라보고 있었다.

나는 앞으로 다가가서 그와 나란히 앉아 함께 헐떡거렸다. 작은 전쟁은 그렇게 막을 내렸고 우리는 다정한 시간을 맞이했다. 어느 순간부터인가 그는 말 잘 듣는 아이로 변해 조용히 내 곁에 앉아 있었다. 가슴에 불만이 가득한 것 같기도 했지만 그는 억울함을 하소연할 필요가 없었다. 순간적으로 나는 모든 걸 훤히 알게 되었다. 어떤 방법으로 나를 괴롭혔든 사실 그건 모두 그가 생기를 찾기 위한 노력이었다. 그가 무엇이든 소리를 내야 옆에 있는 사람이 그의 존재를 신경 써주고 또 누가 자기를 신경 써주는 느낌이 들어야 그는 기분이 좋은 것이다. 시 쓰기든, 밤새 티브이를 보는 것이든 그것들은 다 그가 먹는 약이었다. 눈앞에 가까이 있는 죽음 때문에 나의 사랑하는 할아버지는 진지하면서도 바쁘게 살고 있었다.

이와 동시에 요즘 나는 실종된 친구를 찾고 있었다. 팔 년 전 그는 내게 "인생에 한 가지 목표가 있어야 한다면 내 목표는 바로 철저한 실패야."라고 말했다.

　그는 말한 건 꼭 행동으로 옮기는 사람이다. 그 후로 몇 년간 직장을 관뒀고 쭉 결혼을 안 했으며 순식간에 자취를 감췄다. 보름 전 그의 옛 여자친구가 장쑤江蘇의 어느 고속도로에서 차를 몰다가 갑자기 울음이 터져 나와 내게 전화를 걸었다. 무슨 일이 있어도 그를 찾아달라고 했다.

　그러기로 하고 이번 일주일간 그를 찾기 위해 지난 한 달보다 더 많은 전화를 걸고 정체가 의심스러운 여러 모임에 참석했다. 그의 소식을 안다고 공언하는 사람이 계속 나왔지만, 매번 내가 곤드레만드레해서 술집을 나올 때마다 그는 여전히 의문부호로 내 눈앞에 걸려 있었다.

　강변의 어느 술집에서였을 것이다. 나는 문득 어떤 착각이 들었다. 내 친구가 정말로 떠난 게 아니라 그 술집에서 멀지 않은 곳에 숨어 우리를 살펴보고 있는 듯했다. "죽음은 삶의 반대편에 있는 게 아니라 삶의 일부로서 영원히 삶 속에 존재한다"는 무라카미 하루키의 명언처럼 말이다.

　"이렇게 새로워지는 세계에 이별을 고하는 게 슬프다."라고 체스와프 미워시는 말했다. 나는 이 말에 할아버지가 분명 공감할 것이라 믿는다. 그러나 내 친구는 이 말에 반대할 것이고 적어도 '슬프다'를 '무의미하다'로 바꿀 것이다. 오랜 세월 그는 위진魏晉이나 당나라에서 사는 사

람 같았다. 물론 나는 그가 우리 시대의 혜강嵇康이나 맹호
연孟浩然이라고까지 생각하지는 않는다. 하지만 그는 확실
히 삶을 농담처럼 여겼고 그러고 나서는 자기가 어디서나
웃음거리가 되는 걸 기꺼이 바랐다. 이른바 "꿈속에서 꿈
을 꾸는 게 가장 즐겁고, 나비를 쫓아 황홀한 경지에 빠지
네夢中做夢最怡情, 蝴蝶引人入勝"라는 말이 있다. 그렇다. 우리
는 모두 앞다퉈 빠져서 산다. 술에 빠지고, 티브이에 빠지
고, 신문에 빠져서 산다. 하지만 그렇다고 그의 목표가 떠
나는 것, 연달아 끊임없이 떠나는 것이어서는 안 된다는
법은 없지 않은가.

다시 본론으로 돌아가자.

아무리 설득해도 소용없었다. 어젯밤 기차역에서 할
아버지는 모셔다드리겠다는 내 제안을 거절하고 혼자 돌
아가는 기차를 탔다. 집에 올 때 나는 불현듯 하이쯔(海子
[1964~1989], 베이징대 출신으로 문화대혁명 이후 중국
본토에서 가장 유명한 시인 중 한 명으로 25세에 철로에
누워 자살했다)의 시가 생각났고, 또 연일 찾아도 찾을 수
없었던 내 친구가 맨 처음 내게 하이쯔의 시집을 빌려줬던
게 생각났다. 아득한 어둠 속에서 나의 할아버지와 친구가
이 인간 세상을 서둘러 가고 있었다. 올라갈 사람은 올라
가고, 내려갈 사람은 내려가고, 차를 탈 사람은 차를 타고,

걸어갈 사람은 걸어갔다.

이는 "돌멩이는 돌멩이에게 돌려주고 / 승리한 자가 승리하게 하라 / 오늘 밤 보리는 오직 그 자신의 것이다"라는 하이쯔의 시구와 똑같았다. 죄송해요, 할아버지. 제가 할아버지를 보리라고 말해도 되겠죠? 그리고 너도 내 말을 들어보렴. 오늘 밤 보리는 오직 그 자신의 거란다.

에밀리 디킨슨에게

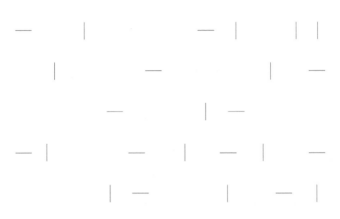

에밀리 디킨슨에게

에밀리 디킨슨, 당신에 관해 이야기해보려 한다. 어제 나는 여행을 마치고 집으로 가는 기차를 탔다. 그전에 산골 마을의 초라한 대합실에서 흐느끼는 중년 여성과 그녀의 말 없는 딸을 보았다. 두 사람이 어떤 곤란에 처해 있는지는 몰랐지만 그래도 그 중년 여성의 흐느낌은 어느 정도 이해가 갔다. 사람으로 태어나 살면서 누군들 그런 슬픔에서 벗어날 수 있겠는가. 언제든 우리 밖의 세상에는 눈물 흘리는 사람이 이곳저곳에 존재한다. 얼마 후 나는 두 사람과 함께 기차에 올랐고 거의 옆자리에 앉았다. 그래서 가는 내내 중년 여성의 울음소리가 내 귓가에 맴돌았다. 하지만 딸은 이미 들이닥친 슬픔을 받아들인 듯 마지못해 침착한 모습을 보이며 어머니의 눈물을 닦아주었다. 그리고 창가에 기댄 채 책을 읽었는데 그 책은 에밀리 디킨슨, 바로 너였다.

만약 당신이 내가 상상했던 것처럼 앰허스트의 무덤 속에 있지 않고 내 삶 속에 있었다면 틀림없이 보았을 것이다. 십수 년간 내가 쉬지 않고 당신을 읽어왔고 수술실 밖에서든 운구 행렬에서든 슬픔에 빠질 때마다 수도 없이 생명줄처럼 붙잡고 있었던 게 전부 당신의 글이었다는 것을. 십수 년간 그토록 많은 사람이 당신을 읽는 나를 가볍게 무시하거나 노골적으로 비웃었지만 그래도 좋았다. 나는 기어코 나의 외나무다리를 건너려 했다. 누구도 당신을 읽지 않고 오직 나 혼자 당신을 아는 게 가장 좋았다. "영혼은 자신의 반려자를 택하고, 그런 다음 굳게 문을 닫는다."라고 당신은 일찍이 말했다. "그녀의 신성한 결정은 더는 간섭을 용납지 않는다."

당신과의 만남은 내 기억에서 가장 도드라진 부분이다. 그때는 열일곱 살의 여름방학이었다. 몇 년을 하루같이 열등생으로 살던 나는 학교생활에 대한 인내심이 한계에 다다른 듯했다. 나중에 인연이 닿아 학교에 되돌아오긴 했지만, 여름방학이 시작되자 아버지의 제안을 반갑게 받아들여 어느 외딴 세무서에서 농업세를 받는 아르바이트생이 되었다. 그런데 어느 날 저수지 옆의 대장간을 지나다가 대장장이의 딸과 마주쳤다. 인근에서 유명한 그 노처녀는 종일 방에 처박혀 사는 국어 선생님이었다. 그녀는 뜻밖에도 내게 시 이야기를 했고 그러다가 '에밀리 디킨슨'이라는 이름을 못 들어봤다는 이유로 나를 실컷 비웃었다. 그날 밤 나는 바로 시내로 달려가 서점으로 직행했고 당신의 이름이 찍힌 세 권의 책을 샀다. 당신의 시와 일기와 편지였다.

다시 돌아갈 수 없는 그 8월과 청춘과 낙원에서 난 당신을 받아들였다. 아니, 당신에게 홀려버렸다. 세금 고지서를 갖고 자전거로 마을과 읍내를 다니며 강과 도랑과 무성한 관목숲을 지나고 과수원과 달빛 아래의 옥수수밭을 지날 때면 당신의 목소리가 메아리쳤다. 그것은 줄곧 내 몸속에서만 소용돌이치고 입 밖으로는 꺼낼 수 없는 말이었을 뿐만 아니라, 눈앞에 펼쳐진 만물의 내레이션이기도 했다. 당신은 "작은 돌멩이는 얼마나 행복한가! 의도치 않은 소박함 속에서 절대적인 천명을 완성한다."라고 말했고 "회열의 순간들을 위해 우리는 극도의 고통을 치러야 한다. 아픔과 떨림은 전부 미친 듯한 기쁨에 정비례한다."
라고도 말했다. 당신은 모두 알았다. 그 외딴 마을에서 내
가 방에 처박힌 노처녀를 당신으로 상상한 것 말고도 대장
간을 첨탑 모양의 교회로, 끝도 없는 채소밭을 앰허스트의
장미밭으로 생각했던 걸.

그 흔한 풍경에 왜 본 적도 없는 환상과 장엄함을 마
구 부여했던 걸까. 결국 나는 당신의 시와 편지 속에서 그
답을 찾으려 했다. "나의 반려자는 작은 산과 석양이다. 그
들은 전부 인간보다 우월하다. 모든 걸 알면서도 하소연하
지 않기 때문이다."

당신은 내가 항상 실패했다는 것도 안다. 이국땅 도쿄
에서도 예외는 없었다. 처음 비행기를 타고, 처음 그렇게
먼 길을 간 나는 간이 쪼그라들 대로 쪼그라들어 버렸다.
외국으로 건너가 어찌할 바를 몰랐던 열아홉 살 때의 일이
었다. 늘 비가 내렸고 또 늘 길을 잃었다. 너도밤나무가 가
득 심어진 부바이쵸에 얼마나 살았든 내가 도망쳐 숨는 건
정해진 일이었다. 연달아 집을 옮기고, 비자 기한을 넘기
고, 가짜 전화카드를 팔아 끼니를 이은 것도 다 정해진 일
이었다. 그래서 아직 먹을 게 남아 있을 때 아예 결심을 굳
혔다. 아파트에서 한 걸음도 나가지 않기로. 그곳을 감옥
으로 삼아 끝까지 갇혀 있음으로써 나 자신이 아무 쓸모가

없다는 걸 증명하기로.

하지만 당황과 공포는 그림자와도 같아서 그것들을 쫓아내는 건 근본적으로 불가능했다. 다행히 당신 에밀리가 있어서, 한 권의 시와 한 권의 편지와 한 권의 일기가 있어서 그것들은 사그라졌다. 이를 악물고 책장을 넘기던 나는 처음 불문佛門에 든 사미승 같았다. 눈을 뜨면 수천수만의 잡념이 떠올라, 얼른 두 눈을 질끈 감고 경문經文이 온몸을 고문하게 했다. 가장 좋은 건 불이 붙어 오장육부를 모두 태워버리는 것이었다. 그러면 불길 속에서 약간의 위로라고 할 만한 이런 섬망이 생겨날 것 같았다. 당신의 고독과 고난을 내가 조금이라도 이해한다면 어느 날엔가 나도 당신처럼 글쓰기로 의심과 불안을 몰아내고 또 글쓰기로 내 인생을 스스로 마음에 드는 감옥에 유폐시킬 수 있을까? 그럴 수만 있다면 나는 지금 다시 부끄러움에 빠질 필요가 없다. 근본적으로 그건 나의 행운이기 때문이다.

뜻밖에도 해탈은 이렇게 쉽게 왔으며 당신은 어디든 없는 곳이 없었다. 그건 당신이 존재하는 곤궁과 방랑이었고 역시 당신이 존재하는 아키하바라와 무사시노였으며 나도 정말 당신이 존재하는 나였다. 그 후로는 집주인에게 쫓겨나도, 숙취로 내가 어디 있는지 알 수 없어도 어떻게든 방법이 생겼다. 어떤 믿음이 내 마음속에 자리 잡았고 그 믿음은 하늘에서 뚝 떨어진 새로운 용기였다. 하지만 나 자신이 허약하고 쓸모없다는 것은 항상 잊지 않았다. 에밀리, 당신이 말한 것처럼 "마치 무덤 앞을 지나는 아이처럼 난 무서워서 노래를 부르기 시작했다. 이게 바로 나의 글쓰기다."

사실 에밀리는 누구에게나 필요하다. 성이 디킨슨이든, 자오趙든, 첸錢이든, 쑨孫이든, 리李든 그녀가 에밀리이기만 하면 된다. 누구든 그녀에게 편지를 쓰고 또 그녀가 그에게 답장을 보내면 그 답장 속에는 도움의 목소리가, 나아가 그를 사면해주는 어떤 기적이 담겨 있다. 만약 그가 사경에 처한 가족의 침상 앞에 서 있으면 그녀는, "죽음은 대중과 마찬가지다. 둘 다 내가 어찌할 수 없는 것들이다."라고 말한다. 또 그가 상사의 질책 앞에서 부끄러워 어쩔 줄 모를 때는 "당신이 먼저 내가 피를 흘리게 했기에 고약이 귀중한 줄 알게 되었다."라고 말한다. 그리고 수많은 실망의 순간마다 살지 말지, 사랑할지 말지로 인해 도움이 시급할 때 또 그녀의 목소리가 들려온다. "그것이 내게 속한다면 그걸 피해 갈 수 없고 그것이 내게 속하지 않는다면 그걸 쫓느라 긴 하루를 헛되이 보낼 시에는 내 개에게까지 경멸당할 것이다."

그런데 에밀리 당신, 당신은 대체 어떤 사람이었나?

에밀리 디킨슨은 1830년 매사추세츠주의 앰허스트라는 작은 마을에서 태어났고 스물다섯 살이 되던 해, 바깥세상을 버리고 자기 방에서 장장 삼십 년에 이르는 칩거를 시작한다. 가족도 문틈으로만 그녀와 이야기할 수 있었다. 한평생 그녀는 하얀 스커트만 입었고 그녀가 보기에 세상에서 가장 장엄한 일은 "순결한 몸으로 순결한 하나님을 만나는" 것이었다. 병약했던 그녀는 항상 눈병으로 고생했고 여러 해 정신착란에도 시달렸다. 몇 명의 남자를 사랑하기도 했지만 손도 잡아본 적이 없으며 그중 몇 년간 애태웠던 남자와는 평생 몇 차례 얼굴을 마주쳤을 뿐이었다. 그녀는 시를 쓰고, 편지를 쓰고, 일기를 쓰는 게 유일하게 할 수 있는 일이었지만 남이 아는 걸 원치 않았다. 그래서 그녀가 죽은 다음에야 여동생이 상자 속에서 그것들을 발견한다. 1886년 그녀는 인간 세상에 이별을 고했다. 장례식에서도 그녀는 하얀 스커트를 입고 있었다. "주름살도 흰 머리도 없었고 뭐라 말할 수 없이 평온해 보였다."

에밀리 디킨슨, 당신 이야기를 더 해보려 한다. 나에게도 틀림없이 주름살과 흰 머리가 찾아올 것이다. 그런데 나는 알고 싶다. 이 고단한 속세에 살면서 도대체 어떤 길을 걸어야 '뭐라 말할 수 없는 평온'을 얻을 수 있는가? 당신도 알고 있듯이 나는 지금 이 지점까지 왔다. 지금은 청춘이 이미 끝나고 번거로운 중년이 서막을 연 시점이다. 그리고 이 지점은 더 이상 달빛 아래의 옥수수밭이 아니라 부엌과 시장과 아픈 아이를 안고 병원으로 달려가는 길 위다. 돌멩이가 차츰 수면 위로 드러나듯 이 한바탕 인생이 그 본모습을 드러내고 있다. 병원에서는 울분을 참아가며 아무 말도 못 하고, 술자리에서는 만면에 미소를 짓고, 오래 시달린 끝에 이제는 남들이 듣고 싶어 하는 말을 더는 전전긍긍하지 않고도 말할 수 있게 되었다. 하지만 수줍어하다 못해 나약해 보이기까지 했던 그 사람은 어디로 갔을까? 외딴 마을의 관목숲에 있을 때든, 도쿄의 전차 정류장에서 머뭇거릴 때든 희미한 빛 속에서 작은 부스러기라도 쥐려고 열광하던 그 마음은 어디로 갔을까?

다시 말하지만 에밀리, 당신이 있어 다행이었다. 어쩔 수 없이 마음을 졸인 뒤에도, 아침에 일어나 회한에 잠겨 있을 때도 다시 당신을 펼쳐 들면, 탐욕스럽게 당신을 읽으면 얼마 안 가 다시 확인하곤 했다. 당신과 만난 후로 당신이 비춘 빛과, 또 당신이 뿌린 행운은 나를 저버린 적이 없음을. 그 행운은 진리처럼 말은 없어도 항상 존재했다. 그런데 오랜 내 난잡한 생활이 그걸 조각내 버렸고 이제 영혼을 모을 때가 되었다. 그 영혼은 다른 곳에 있지 않고 분주한 일상 속에, 난무하는 비난의 소리 속에 흩어져 있다. 그렇다. 예나 다름없이, 지금도 여전히 그것은 다 우리의 허약함과 쓸모없음이다. "새벽빛이나 저녁놀에 사로잡히기만 하면 나는 아름다운 풍경 속 유일한 캥거루가 돼버린다. 얼마나 이상한가, 아름다운 풍경은 어느새 내게 뼈아픈 고통이 된다."에서 이 고통은 은둔과 자멸일 뿐만 아니라, 글쓰기의 괴로움일 수도 있고 사무실에서 목 놓아우는 것일 수도 있다. 또 이 아름다운 풍경은 에밀리의 새벽빛이나 저녁놀일 뿐만 아니라, 막 큰 병을 치르고 난 우리 가족의 쾌유한 모습일 수도 있다.

우리는 다른 곳이 아닌, 이곳에 있을 수밖에 없다. 우리는 다른 곳을 경배하는 대신 이곳을 사랑할 수밖에 없다.

번개 같은 가르침에 난 스스로 깨닫는다. 미혹에서 벗어나 어렵고 곤궁한 이 끝에 서서 다시 왜소하고 겸연쩍은 쪽으로 돌아가 사방을 둘러본다. 변함없는 그 부엌과 시장과 병상이지만 그곳들은 내가 계속 잠복해 있어야 하는 전장이며 에밀리의 방과 다를 바 없다. 그녀의 방에는 심연과 폭풍이 존재했지만 그곳은 무엇보다도 보석 같은 글의 온상이었다. 내가 지금 발 디디고 있는 곳은 어둠 속 중년의 막다른 길이긴 하지만 그 끝에서 돌아갈 수 없는 그 팔월과 청춘과 낙원이 내게 다시 달음질쳐 올지도 모르지 않는가.

에밀리, 당신은 줄곧 거기에 있었다. 아침과 저녁 사이에서는 황혼 속에 있었고 기쁨과 고통 사이에서는 고통 속에 있었다. 모든 거대한 일 건너편의 어둠 속에 단정히 앉아 파도가 치면 파도가 사그라지길 기다렸으며 결코 운명에 순응하지 않고 깨어 있었다. 난 과거에 떠났었고 이제 다시 돌아오려 한다. 당신처럼 빵 부스러기에서 파티를 보고 꿀벌과 클로버와 백일몽으로 드넓은 초원을 창조하려 한다. 만약 기적과 조화가 와서 문을 두드리면 난 당신처럼 "당신이 어둠 속에서 내민 손을 꼭 쥐고 나서 몸을 돌려 피할 수밖에 없다. 적당한 말을 할 수 없으니까." 그렇다. 누구에게나 각자 에밀리가 필요하다. 그녀에게 편지를 쓰면 그녀는 답장을 줄 것이다. 새벽부터 밤늦게까지 힘들게 일할 때 그녀는 "선원은 북쪽이 어딘지 분간할 수 없어도 자침이 분간해 주리라는 걸 당연히 알고 있다."라고 말해줄 것이다. 어떤 일로 무서워 가슴이 두근거릴 때는 또 "번개에 대한 아이들의 두려움은 흥미진진한 이야기로 풀어줘야 한다. 강한 빛은 조금씩 방출해야지, 안 그러면 사람들이 실명한다."라고 말해줄 것이다. 그리고 어려운 여건 속에서 과오를 저질러, 되돌리려 해도 그게 도저히 여의치 않을 때는 "황제의 마차가 그녀의 낮은 문 앞에 멈췄는데도 그녀는 꼼짝도 하지 않았다. 황제가 그녀의 방석 위에 무릎을 꿇었는데도 그녀는 꼼짝도 하지 않았다. 그녀는 수많은 인구 중에 단 한 명을 택했고 그 후로는 마치 돌멩이처럼 마음의 문을 닫았다."라고 말해줄 것이다.

성이 디킨슨이든, 자오든, 첸이든, 쑨이든, 리든 그녀가 에밀리이기만 하면 된다. 그녀의 답장이 우리 손에 들어오기만 하면 된다. 만약 그녀와 그녀의 답장이 없다면 우리는 어떻게 미친 질주를 멈추고 또 어떻게 마비된 몸을 일으켜 세운단 말인가. 그리고 어떻게 자신을 갈라서 몸속 어둠에 숨어 있는 또 하나의 자신을, 심지어 헤아릴 수 없이 많은 자신을 끌어낸단 말인가. 그런데 에밀리, 그 오랜 세월 당신은 다 보았다. "내가 당신에게 감사하려 할 때면" 당신이 말했던 것처럼 "눈물이 용솟음쳐 아무 말도 못 했던 것을."

그대는 텐안먼을 사랑했다

그대는 텐안먼을 사랑했다

앨런 긴즈버그가 만년에 엘마이라라는 소도시를 지나간 적이 있었다. 그곳은 25년 전 '비트 세대'가 혁명을 꿈꿀 때 머물던 곳이었다. 25년 전 그 악당들이 왔을 때, 공장들이 가득했던 엘마이라는 말할 필요도 없이 짧고도 꿈같은 소란을 겪었다. 하지만 이제는 사람도 사물도 다 바뀌어서 "옛날에 농담으로 죽은 뒤의 일을 말했는데, 이제 모든 게 말한 대로 돼 버렸다"(昔日戲言身後意, 今朝都到眼前來, 당나라 시인 원진元稹의 「견비회遣悲懷」두 번째 수에 나오는 시구). 긴즈버그는 뜨거운 눈물을 흘리고 뉴욕으로 돌아온 후, 비 내리는 엘마이라의 초원과 병사들에 관해 글을 썼고 또 안개 긴 산봉우리들과 희뿌연 공장들에 관해서도 글을 썼다. 그러고 나서 "잭은 다시 나타나지 않을 테고 니어의 시체는 이미 식었다."라고 썼다.

긴즈버그는 죽을 때까지 두 번 다시 엘마이라에 가지 않았을 것이라 나는 믿는다. 우한에 있던 내가 샤오메이小梅의 총살형이 있고 나서 보름 동안 택시를 타고 내가 일했던 구치소를 지나칠 때마다 무의식적으로 그곳을 돌아갔던 것처럼. 철문으로 굳게 닫힌 그곳에 내가 다시 들어갈 리 없다는 사실이 의심스러웠다.

19년 전 샤오메이는 광시廣西의 구치소에서 태어났다. 그녀의 엄마는 그 덕분에 액운을 면하고 그녀를 데리고서 쓰촨四川의 고향으로 돌아갔다. 그리고 19년 후 내가 우한의 구치소에서 샤오메이를 만났을 때 그녀는 자기를 속인 남자를 죽여 사형 판결을 받고 난 후 인생의 마지막 시간을 보내고 있었다.

나는 거의 첫눈에 그 여자애가 마음에 들었다. 하루에 적어도 열 번 이상 그녀의 웃음소리를 들었는데 그 웃음소리는 영원히 멈출 것 같지 않았으며 크고, 맑고, 남의 눈치를 안 봤다. 나는 그녀가 성질을 내는 걸 본 적도 있다. 대부분 운동 시간이었고 또 누가 자기 언니 동생을 괴롭혔기 때문이었다. 그럴 때면 그녀는 씩씩대며 나서서 정의를 바로 세웠다. 사실 그녀의 언니 동생은 그녀보다 나이가 한참 많았다. 그 밖에 그녀의 기쁨과 분노도 많이 보았다. 이를테면 그녀가 구치소 노래대회에서 7등을 했을 때, 그리고 여러 사람을 해친 가짜 분유 뉴스를 티브이에서 보았을 때였다.

나는 그녀와 단둘이 이야기할 기회가 꽤 많았다. 그때마다 혹시 내가 방금 찻잔의 물을 한 모금이라도 마셨으면 그녀는 얼른 내 찻잔에 물을 가득 채워주었다. 그녀는 전에 작은 식당에서 종업원으로 일한 적이 있었다. 가까이에서 그녀가 깡충깡충 뛰고 있으면 나는 그녀에 대한 호기심이 뭉게뭉게 일었다. 뭐가 그렇게 즐거울까? 내 생활은 뭐가 그렇게 재미없는지 알 수 없는데. 한번은 자기가 두피 마사지를 해주면 내가 덜 힘들 것이라고 그녀가 말했다. 예전에 어느 미용실 최고의 샴푸 직원이었던 적도 있었기 때문이다. 나는 몇 번이나 필요 없다고 말했다. 첫째는 내가 일 때문에 힘든 게 아니었기 때문이고 둘째는 내가 좀 데면데면했기 때문이다. 그 데면데면함은 내가 얼마나 진실하게 살지 못했고 또 그녀처럼 자기가 아는 거의 모든 사람을 이웃처럼 대하지 못했는지를 증명해주었다.

그전에 내가 만난 다른 범인들과 달리 그녀는 내가 무슨 말을 해도 고개를 끄덕이고 미소를 지으면서 계속 놀라고 희한해하는 눈빛을 보였다. 전에 구치소 생활을 해본 사람이라면 이게 얼마나 어려운 일인지 알 것이다. 범인들은 대부분 책 한 권은 쓸 만한 사연을 갖고 있다. 그래서 그들은 놀라거나 신뢰하는 눈빛을 보이는 법이 거의 없다. 그런 신뢰 속에서 구치소 정원에 있는 포도나무 시렁 아래에 앉아 나는 그녀가 태어난 마을과 처음 우한에 와서 우창武昌남역 밖에 섰을 때 당황했던 일에 관해 들었고 또 한 남자를 만나기 전 찬물로 샤워를 하고 갔다가 독감에 걸려 병가를 낸 이야기도 들었다. 그녀는 자기가 베이징의 톈안먼天安門을 좋아한다고도 했다.

"맙소사, 내가 얼마나 당황했는지 당신은 모를 거예요. 짐을 땅바닥에 떨어뜨렸는데도 감히 못 줍겠더라고요, 사람들이 좀도둑으로 볼까 봐."

"날씨가 정말 추웠어요. 물 두 통을 뒤집어쓰고 나서 집을 나섰는데 팔이 다 얼어버릴 것 같았어요."

"쓰촨을 떠나면서 생각했어요. 톈안먼에 가서 국기 게양식을 한번 볼 수 있으면 좋겠다고 말이죠."

그녀는 깔깔 웃으며 꼭 남의 일인 것처럼 말했다.

"나중에도 꽤 여러 번 그 생각을 했어요. 그런데 매번 일이 생겨 집에 돈을 부쳐야 했어요. 에이, 이제는 못 가게 됐죠, 뭐."

　그전에 여러 명의 구치소 동료들이 내게 샤오메이가 처음 체포되어 재판에 회부됐을 때의 일을 이야기해준 적이 있었다. 그때 그녀는 경찰이 뭘 물어봐도 입을 열지 않았다. 그러다가 베이징에 가서 톈안먼을 보고 싶다고, 톈안먼을 보고 나면 뭐든 말하겠다고 했다는 것이다. 하지만 법규 때문에 아무도 그녀의 청을 들어주지 않았다. 희한하게도 지난해 겨울, 나는 톈안먼에서 국기 게양식을 보는 소녀를 꿈에서 보았다. 아침 해가 막 솟아오를 때 몰려든 인파 속에서 그 소녀는 고개를 들고 뚫어져라 국기를 바라보았으며 사람들과 함께 국가를 불렀다. 감동한 그녀는 줄곧 작은 주먹을 꼭 쥐고 있었다.

　꿈속의 한 장면에 불과했지만 나는 비슷한 광경이 샤오메이의 꿈속에서도 펼쳐진 적이 있었을 거라고 믿었다. 결국 그녀는 톈안먼을 머릿속에서 지운 채 언니 동생들과 함께 체조를 하고, 노래를 부르고, 십자수를 놓았다. 마치 그녀가 죽음을 머릿속에서 지운 채 웃어야 할 때 깔깔 웃고 화내야 할 때 이를 악문 것처럼. 내 기억에 그녀가 유일하게 죽음을 언급한 건 그녀가 내 엠피스리 플레이어를 듣고 싶어 했을 때였다. 나는 당연히 이어폰을 빼서 건넸다.

그녀가 안에 있는 노래를 마음에 들어 하지 않는 듯해 얼른 뭘 좋아하는지 물었다. 그리고 집에 돌아가서 그녀가 좋아하는 노래를 넣어 다음에 들려주겠다고 했다.

"아, 그럴 수도 있어요?"

그녀는 재미있어하면서 발에 찬 족쇄를 두드리며 내 엠피스리 플레이어를 다시 살폈다.

"그러면 빨리 해줘요. 난 곧 죽으니까."

그녀의 뒷모습을 보며 넋을 잃은 적이 한두 번이 아니다. 《눈보라》, 《그리움의 비바람 속에서》, 《일흔두 번 변할 나를 봐줘요》 같은 발라드를 그녀는 좋아했다. 때로 나는 눈앞의 그 뒷모습이 음악 속에서 족쇄에서 벗어나 우한 세관의 시계탑을 뛰어넘은 뒤 쓰촨으로 돌아가는 기차에 오르기를 바랐다. 그리고 계속 어려져서 마지막에는 여덟아홉 살 때로 돌아가 쓰촨의 외딴 마을에서 그녀가 얘기한, 십여 킬로나 이어진 유채꽃밭 속에 맨발로 들어가기를 바랐다.

하지만 현실의 샤오메이는 구치소에서 삶을 맞이했고 역시 구치소에서 죽음도 맞이해야 했다. 『밤으로의 긴 여로』를 쓴 유진 오닐이 유언으로 "호텔에서 태어났는데 빌어먹을, 죽는 것도 호텔에서 죽는다니."라고 말한 것처럼. 하지만 우리 곁의 세상은, 이 광대하면서도 물샐틈없

103

는 세상은 멈추는 법이 없으며 결국 우리는 묵묵히 쉬지 않고 돌아가는 그것을 가만히 보고 있을 수밖에 없다.

6월 7일, 샤오메이의 총살형이 집행되었다. 나약한 나는 그녀를 배웅하러 가지 못했다.

고인을 회상하며

고인을 회상하며

어젯밤 너를 꿈에서 보았다. 꿈속에서 너는 나룻배를 타고 있었다. 우창에서 한커우(漢口, 우창과 한커우는 모두 후베이성 우한시의 주요 지역이다)까지 강을 건너는 배였다. 강을 반쯤 건넜을 때 갑자기 비바람이 불었고 네가 든 우산이 허공으로 날아갔다. 여느 때처럼 너는 부끄러워하며 난간을 붙잡은 채 우산이 멀리 날아가는 것을 보며 어쩔 줄 몰라 했다. 그렇다. 너는 툭하면 부끄러워했다. 하지만 네가 부끄러워한 건 다른 사람보다 못해서가 아니었다.

지난 세월, 네가 이해하지 못하는 너무나 많은 일이 너를 향해 밀려들었고 너는 그중 견딜 수 없는 것 앞에서 아이처럼 경이로워했다. 그럴 때면 어떤 천진함이 밝은 달처럼 네 경이 속에서 반짝반짝 빛났고 이어서 너는 부끄러움에 빠져들곤 했다. 그때 함께 배 위에 있던 나는 또 참지 못하고 네 곁에 가서 일러주려 했다. 천진함과 부끄러움은 사람을 죽이는 두 자루 칼일 수도 있다고. 바로 그때 갑자기 내가 꿈을 꾸고 있다는 생각이 들었고 잠깐 멍해진 틈에 너는 온데간데없이 사라졌다.

깨자마자 정신이 몽롱할 때는 네가 등진 속세에 있지 않고 꿈속의 그 양철 배 위에 서 있는 듯했다. 나중에 완전히 정신이 들고 나서야 너와 나룻배를 내가 짜깁기했다는 걸 깨달았다. 내 기억이 틀리지 않다면 장강長江의 그 나룻배는 네가 죽기 한참 전에 운행을 멈췄다.

꿈에서 너를 본 건 당연히 그게 처음은 아니었다. 그 전에도 너는 내 꿈속에서 강둑 위를 환호하며 달리기도 했고, 쓰려는 이야기를 내게 들려주기도 했고, 경극 속 노래를 부르기도 했다. 나는 그 꿈들을 대부분 전국 각지의 여인숙에서 꾸었다. 너도 알다시피 그 당시에는 생계 때문에 여인숙을 전전했다. 그 상황은 네가 살아 있을 때 내가 "나도 유명해지지 못했고 너도 시집을 못 갔으니, 우리 둘 다

남보다 못하다고 할 수 있을까?(我未成名卿未嫁, 可能俱是不如人, 당나라 시인 나은羅隱이 쓴 「증기운영贈妓雲英」의 한 구절)라고 한 농담을 연상시켰다.

한번은 쓰촨의 어느 작은 현성(縣城, 우리의 군에 해당하는 '현縣'의 행정 중심지)에서 연일 폭우가 내려 현성 밖의 강물이 드디어 범람하기 시작했다. 한밤중에 강물이 제방을 무너뜨리고 제방 옆 여인숙을 덮쳤는데 사원을 개조해 지은 그 여인숙에는 당시 숙박객이 나 혼자뿐이었다. 아마도 자기 직전 네가 쓴 동화를 읽었기 때문인지 또 네 꿈을 꾸고 있었다. 네가 안개 낀 산 정상에서 내게 소리를 질렀다. 그런데 나는 네가 뭐라고 하는지 전혀 안 들렸다. 아예 구름을 타고 네게 날아갔지만 산 정상에 내려서니 너는 온데간데없었다. 나는 네 이름을 부르기 시작했고 그 소리에 잠이 깼다. 순간 범람한 강물이 내 방으로 쏟아져 들어왔다. 나는 방문을 열고 미친 듯이 밖으로 뛰어나가며 이런 생각을 한 것 같다. 내가 지금 너의 꿈속에 있는 것인지도 모른다고. 그렇다. 흘러넘치는 강물, 허름한 여인숙, 세찬 빗줄기 그리고 어렴풋한 주변의 사물까지 모든 게 너의 꿈이고 나는 그저 너의 꿈속을 허둥대며 달리고 있는 듯했다.

나는 네가 쓴 적이 있는 그 오리를 무척 닮았다. 늘 좌

충우돌하면서도 자신을 가둔 우리에서조차 못 벗어나고 있다. 고백하건대 네가 쓴 그 오리에 관한 이야기는 안데르센 이후 내가 읽어본 가장 훌륭한 동화다. 한 오리가 식당의 우리에 갇혀 도살되기만 기다리고 있다가 어느 소녀에게 구조된다. 둘은 그때부터 함께 지내면서 서로 싸우기도 하고 좋아하기도 한다. 그러다가 이야기가 끝나갈 때 오리의 친구들이 찾아와 같이 가자고 했지만 오리는 거절하고 소녀와 계속 같이 사는 걸 택한다. 이때 소녀는 "자유로워질 기회를 잃는다는 생각은 안 들어? 넌 알아야 해. 사람들 속에 있으면 넌 영원히 진정한 자유를 얻을 수 없어."라고 말한다. 하지만 오리는 "자유롭지 못해도 너랑 함께하고 싶어."라고 답한다.

이 말은 거의 모든 사람의 묘비에 새겨야 한다. 내 생각에 이것은 누구도 예외일 수 없는 운명적인 진술이다. 이 세상에서 장작과 쌀이든, 기름과 소금이든 또 은원과 이치든 간에 서로 부자유하게 함께하지 않는 게 있을까. 그렇다. 매정하게 떠나는 경우가 많긴 하지만 마찬가지로 순순히 돌아오는 경우도 많다. 떠남과 돌아옴은 마치 서로 사랑하는 두 사람 같다. 서로 사랑하는 두 사람처럼 그것은 결국 부자유하게 함께하곤 한다.

너는 몇 가지 천기天機를 간파했으면서도 어떠한 비

밀도 간직하지 않았다. 또 일 년 내내 칩거하면서도 네가 있는 곳에 어두운 그늘을 만들지 않았다. 정반대로 어떤 밝은 기운이 변함없는 천성인 듯했고 그것은 겨우 미약한 빛을 발할 뿐이었지만 그래도 너의 당황한 친구들을 비춰주기에는 충분했다.

너무나 많은 기쁨이 믿을 수 없을 정도로 네게서 펼쳐졌다. 장미가 피었을 때 넌 기뻐했다.『어두운 상점들의 거리』(프랑스의 소설가 파트릭 모디아노의 1978년 콩쿠르상 수상작. 부분 기억상실증에 걸린 주인공이 자신의 잃어버린 기억을 찾아가는 여정을 그렸다)의 개정판이 나왔을 때도 넌 기뻐했다. 너는 잘 모를 테지만 너의 그런 기쁨은 적어도 내게는 참된 위로였다. 자연 속을 달릴 때도, 혹은 영화촬영장에서 잡일을 할 때도 네가 기뻐하던 게 저절로 생각나곤 했다. 어쩌면 어느 날엔가는 나도 그 모든 망상과 곤경에서 벗어나 너처럼 꽃을 심고 풀을 심는 것만으로도, 몇 권의 동화와 한 권의 보르헤스만으로도 많은 기쁨을 얻을 수 있을 것 같았다.

어느 해엔가 황하 기슭의 한 촬영장에서 네 전화를 받았다. 그때는 설이었는데 네가 사는 집 아래층에 치자꽃이 나무 한가득 피었다. 네 방에서는 그 치자꽃이 보이지 않았지만 짙은 향기는 전해졌고 그 순간의 느낌에 너는 문득 여러 가지 생각이 났다. 예전이나 심지어 아주 먼 옛날의 어떤 시대에는 단어 하나하나마다 지금과는 다른 독특한 분위기가 있었을 것 같았다. 예컨대 '국가'와 '민족', 또 '산해경山海經'과 '도처에 이재민이 가득하다哀鴻遍野' 같은 단어마다 다 그랬을 것 같았다. 내가 미처 대답하기도 전에 너는 이미 답을 찾았는지 흥분해서 "분명히 그랬을 거야. 분명히 그랬을 거라고!"라고 소리쳤다.

그때는 저물녘이어서 황하가 온통 금빛으로 출렁였다. 전화를 끊자마자 제작자에게 지청구를 듣기는 했지만 그래도 너 같은 사람과 같은 하늘 아래 있기에, 아무리 치욕스러워도 어쨌든 살아갈 만하다는 생각이 들었다. 하지만 너는 이미 이 세상에 없고 "위로는 하늘 끝 아래로는 황천까지, 두 곳 다 아득하여 보이지 않는다."(上窮碧落下黃泉, 兩處茫茫皆不見, 백거이, 「장한가長恨歌」의 한 구절) 다소 푸념인 것 같지만 나는 인정해야만 하겠다. 비밀스럽고 반짝이며, 서로 진실한 마음을 내보이던 호시절은 이미 가버려서 다시는 돌아오지 않는다는 걸. 때로는 만취하고 때로는 낙담하며 나는 계속 이 세상에서 살아가고 있다. 수없이 떠들며 농담을 하다가도 불쑥불쑥 네가 떠오르곤 한다. 경극 속 노래를 부르던 네 모습과 이야기를 들려주던 네 모습이. 그럴 때면 농담을 하고 있는 내가 후회스럽기 그지

없지만 일 분만 지나면 또 스스로를 용서한다. 내가 마음을 거스르며 산다고, 나와 그 모든 농담이 부자유하게 함께한다고 넌 생각하겠지.

이런 까닭에 꿈속뿐만 아니라 물러서려야 물러설 수 없는 현실에서도 자주 너를 본다. 네가 생전에 살던 동네를 지날 때도, 강 밑 터널을 지날 때도, 심지어 치자꽃이 필 때도 너를 본다. 너는 허공에서 불쑥 나타나기도 하고 그냥 가만히 서 있기도 하지만 미소를 띤 채 아무 말도 하지 않는다. 나는 미친 듯이 네게 달려가지는 않는다. 대신 기쁜 눈으로 너를 주시하며 네가 사라지기를 기다린다. 앞으로 내게 펼쳐진 길을 나는 계속 서둘러 나아갈 것이다. 하지만 너도 알고 있듯이 그 좋았던 나날은 그림자처럼 나를 따라다니며 언제라도 나를 후회하게 할 준비가 되어 있을 것이다.

그것은 정말로 반짝반짝 빛나던 날들이었다. 걸핏하면 비행기나 기차에서 내리자마자 다들 모여 있는 작은 식당으로 허겁지겁 달려가곤 했다. 남들에게는 이상하게 들릴 테지만 우리는 덥고 연기 자욱한 식당 안에서 시를 읽었다. 실비아 플라스, 엘리자베스 비숍, 로버트 프로스트, 라이너 마리아 릴케 같은 훌륭한 시인들의 훌륭한 시구를 나는 너의 암송을 통해 처음 듣고 읽었다.

다소 부끄럽지만 그렇게 오래 글을 쓰고 시를 읽었는데도 나는 너로 인해 처음 진실한 시적 정취를 가까이에서 느꼈다. 그 시적 정취는 결코 아득한 곳에 있지 않았고 마치 식어가는 안주와 타오르는 화롯불처럼 바로 내 눈앞에 있는 듯했다. 전부 더 이상 소박할 수 없는 사물이면서도 어떤 사자후의 한순간이거나 홀연히 승천하는 것들의 일부였다. 말수 적은 너의 여자친구도 속에서 뭔가가 깨어난 듯 술기운을 빌려 일리야 카민스키의 시를 암송했다.

"내가 죽은 자를 위해 말한다면 / 몸속의 이 짐승에게서 떠나야 하고 / 같은 시를 되풀이해 써야 한다 / 빈 종이는 그들이 투항하는 백기이므로…."

어둠 속에서 눈이 내렸다. 식당의 때 묻은 유리창 너머로 밖을 보았다. 고양이 한 마리가 처마 밑에 웅크리고 있었고 과일 노점상이 한창 사과를 닦고 있었다. 조금 더 멀리서는 손에 동상이 난 미용실 아가씨가 남자와 시시덕대고 있었고 막 물건을 훔친 도둑이 전봇대를 붙잡고 정신없이 헐떡이고 있었다. 이 평범한 장면들로 인해 나는 시가 자라나고 있다는 느낌을 받았다. 이것이야말로 네게 가장 감사하는 일이다. 시를 암송하면서 너는 내게 일깨워주었다. 눈앞에서 천재지변이 일어나더라도 이 세상은 동시에 천재지변 이외의 또 다른 부분을 보여준다는 것을. 만물은 나와 뒤엉켜 있지만 각기 소리를 갖고 있다. 내가 맹목적으로 뒤쫓거나 정면으로 무릎 꿇지 않고 꼿꼿이 서서 겸손하게 보고 귀 기울이면 그 침묵의 소리와 그윽한 그림자는 나로 인해 깨어날 것이다.

나는 장강 기슭의 그 작은 동물들도 잊을 수 없다.

겨울에 강둑 위 나무들은 잎이 거의 시들었지만 공기는 청량하고 햇빛이 차가운 강물 위를 비추고 있었다. 우리 몇 명은 함께 강둑에 내려가 강 둔덕에 세워진 잔교 배를 향해 걸어갔다. 걸어가며 너는 뭐가 그리 기쁜지 깡충깡충 뛰었다. 그리고 그렇게 많은 동화를 쓴 게 정말로 당연해 보였다. 짧은 거리였는데도 바짝 마른 관목숲에서 계속 작은 동물이 튀어나와 네게 달려들었다. 산비둘기와 다람쥐도 있었고 수탉과 들개도 있었다. 너는 누구에게도 소홀히 대하지 않았다. 손을 흔들어주기도 하고 먹이를 주기도 했다. 아기 다람쥐에게도 허리를 숙이고 한참 눈을 마주쳐주었다. 아기 다람쥐가 멀어지고 나서야 깔깔 웃으며 허리를 펴고는 살짝 의기양양한 표정을 지었다.

그러고 나서 너는 계속 의기양양하게 걸어갔고 나는 네 뒤를 따르며 이런 생각을 했다. 너처럼 이렇게 분명하면서도 무의식적으로 어른이 되기를 포기한 사람이 또 있을까? 어른이 되기를 포기했기에 여러 사물의 어두운 면이 네 삶에 밀어닥치지 않았고 그래서 사람들이 무시하는 다람쥐도 너와 평등하게 눈을 마주칠 수 있었다. 나는 네가 '계급'이나 '아부', '애걸'이나 '투쟁' 같은 단어들을 단일 분이라도 떠올려본 적이 있을까 싶다. 자기도 모르는 사이에 너는 그 단어들에게 버려졌다. 하지만 그러는 편이 좋았고 너는 바로 그렇게 한평생을 살았다. 단어들 속에서 하루하루를 살았지만 모르는 단어가 더 많았다.

그다음 번에 강변을 산책할 때 너는 잔교 배 위에서 내게 막 완성한 동화를 들려주었다. 「아기 생쥐의 크리스마스」라는 그 동화에는 한 여성 작가가 등장한다. 세상에서 가장 가난한 사람일지도 모르는 그녀는 가진 게 아무것도 없고 집에 찾아오는 사람도 없다. 크리스마스에도 혼자 지내야 했는데 놀랍게도 그녀의 집에 사는 생쥐가 찾아와 크리스마스를 함께 보내자고 한다. 그래서 세상에서 가장 가난한 사람과 가장 가난한 생쥐가 아름다운 밤을 함께 보낸다. 가난은 크리스마스를 망치기는커녕 오히려 그들에게 가장 순수한 즐거움을 가져다준다. 거센 강바람 속에서 너는 가만히 이 이야기를 들려주었고 나는 들으면서 내 생애에 네 이야기를 들을 기회를 얻은 게 너무나 행운이라는 생각이 들었다.

사실 너는 신이 각별하게 보살피는 사람이었다. 신은

네게 천진하고 집중할 줄 알며 쥐에게도 고개 숙이는 마음을 선사했다. 만약 이 세상에 궁극의 비밀이 있다면 너는 그 비밀에 다가가도록 신이 선택한 소수의 사람이었을 거라고 나는 믿는다.

이렇게 말하고 있기는 하지만 나는 네가 죽은 뒤로 오랜 세월 동안 어떤 원망과 분노에 시달려왔다. 어느 밤에는 천 리 밖에서 비행기를 타고 돌아와 장강을 건너다가 문득 네가 보고 싶었다. 그래서 곧장 전에 네가 살던 동네로 달려갔다.

때는 마침 봄이어서 치자꽃 향기가 온 천지에 감돌았지만 네 방에는 더 이상 불이 켜져 있지 않았다. 나는 갑자기 원망에 사로잡혔다. 네가 떠나서 나는, 우리는 죄다 불구자가 돼버렸어. 이 불구는 손발을 잃은 게 아니라 영혼이 통째로 두 동강이 난 거야. 또 굴욕을 뒤집어썼을 때, 또 복잡한 세상사를 하늘 저편으로 날려버리고 싶을 때 우리는 어느 술집과 어느 잔교 배에 가야 너를 찾을 수 있는 거지?

죽기 한 달여 전, 아마도 자기 병이 벌써 손쓸 수 없는 지경인 줄 알았는지 너는 내게 휴대폰으로 「무지개 옷」이라는 시를 보냈다. 너의 절명시絶命詩나 다름없는 그 시는 겨우 수십 자에 불과했다.

이 옷들을 다 입자마자

겨울이 왔다

이 천들을 다 쓰자마자

난 죽으리라

겨울은 아름다운 옷이 더 필요하고 죽음은

희열 속에 집으로 돌아간다

그때 나는 베이징의 시내버스에서 그 수십 자를 읽었고 버스가 정류장에 서자마자 뛰어내려 사람들 사이를 비집고 미친 듯이 거리를 달렸다. 흐느끼다가 점차 목 놓아 울었다. 죽음이 언제라도 너를 낚아채 가려 하는데 나는 어떡해야 하나? 그 오랜 세월 너희가, 시와 글쓰기와 백일몽과 네가 내 곁에 있었고 역시 그 오랜 세월 내 세계 안에는 너희밖에 없었다. 심지어 너희를 빼고는 가치 있는 삶이 없다고까지 생각했다. 그런데 너는 죽음을 통해 내 눈앞에 무시무시한 가능성을 펼쳐 보였다. 내가 한순간도 멀리할 수 없는 너희가 침묵하고, 사라지고, 심지어 썩어버릴 수 있다는 것을. 그래서 나도 넋이 나가 한 글자도 쓰지 못하고 기껏해야 눈앞의 재미나 찾기 위해 머리를 쥐어짜게 되리라는 것을.

정말로 너의 죽음은 나를 공포의 수렁에 빠뜨렸다.

생각해보면 누가 선뜻 믿을 수 있었을까. 하루, 더 나아가 일 년 중 대부분의 시간을 나는 너의 죽음을 피해 다녔다. 하지만 죽음은 번쩍이는 비수나 보이지 않는 암기처럼 어디를 가든 내 뒤를 따라다녔다. 그리고 너의 죽음에서 태어난 무력감은 한층 더 가까이 우뚝 솟아 있어서 한 걸음만 움직여도 부딪혀 난 우두커니 멈춰 서 있어야 했다. 그러지 않으면 도둑처럼 미친 듯이 달아나며 도대체 언제쯤 이런 삶이 끝날 것인지 속으로 생각하고 또 생각했다.

네게 도움을 청하는 것 외에는 다른 방법이 없었다. 네가 다시 내 꿈에 나타나 도와주기를, 꿈에서 깨어나자마자 내가 새사람이 될 수 있도록 그 끝없는 무력감을 말끔히 없애주기를 바랐다. 혹은 이런 말도 안 되는 생각도 해보았다. 이 세상 어딘가에 네가 남긴 쪽지가 있어서 마치 제갈량의 비단주머니(『삼국연의』에서 유비가 손권의 여동생을 아내로 맞으러 오나라로 갈 때 그를 수행하는 조운에게 제갈량이 위기에 빠지면 열어보라고 건넸던, 묘책이 담긴 주머니)처럼 그것만 찾으면 눈앞의 벽이 한순간에 다 무너지고 심지어 내 몸이 제비처럼 가뿐해져 속세와의 인연을 끊을 수 있지 않을까 싶었다.

하늘이 나를 불쌍히 여겼는지 드디어 너를 만났다. 산둥성 짜오좡棗莊의 영화 촬영장에서 해고를 당해 한밤중에 혼자 간단한 짐을 들고 기차역에 가고 있을 때였다. 실로 궁지에 몰렸다고 밖에 말할 수 없는 처지였다. 하늘에서 가랑비가 내리고 플랫폼의 불빛은 어슴푸레했다. 난 지저분한 벤치에 앉아 평생을 기다려도 안 올 듯한 기차를 기다리고 있었다. 돌연 몸을 기울이다 너를 보았다. 너는 내 곁에 앉아 있었다. 전혀 방금 온 것 같지 않았고 오히려 나와 함께 길을 나서 역시 나와 함께 돌아가는 기차를 기다리고 있는 듯했다. 그때만큼은 우리가 생사의 이별을 했다는 게 도저히 믿어지지 않았다. 순간 나는 쌓였던 질문을 죄다 쏟아부었고 마침 그때 기차가 역으로 들어섰다. 너는 나와 함께 기차에 오르며 일일이 답해주었다. 내 기억에 너는 이런 말을 했다.

"작은 동물은 아름다워. 걔들의 아름다움은 연약함에 있지. 연약해서 세상에 해를 끼치지 않기도 하고. 심지어 더 많은 단어로 걔들을 묘사하지도 못해. 사람이든 사물이든 묘사하지만 않으면 아름다워."

기차가 앞으로 나아가자 너는 또 자기가 쓰고 있는 동화를 이야기해줬다. 어느 물귀신이 집으로 돌아가는 길을 찾고 있었고, 함곡관函谷關을 나선 푸른 소(전설에 노자老子가 함곡관에서 『도덕경』을 쓴 뒤 푸른 소를 타고 홀연히 떠났다고 한다)가 연인에게 쫓겼고, 또 혜능(惠能, 중국 당나라의 승려로 중국 선종의 제6조 대사)이 바다를 건너서 절도 하나 없는 영국에 갔다. 자욱한 비안개 속을 기차가 느릿느릿 달리는 가운데 너는 드디어 시를 암송하기 시작 했다. 그 시는 네 삶의 막바지에 쓴 작품으로 「무지개 옷」 보다 겨우 며칠 일찍 쓴 것이었다.

> 네가 나를 사랑하면 여기 있을게
> 네가 나를 떠나면 여기 있을게
> 울지 말라고 난 꽃에게 말했지
> 시간은 갈 길 급한 나그네고
> 새는 봄에 다시 돌아올 거야
> 울지 말라고 난 내게 말했지

지금 와서는 이미 기억이 안 난다. 삶과 죽음 사이에 아무 울타리도 없던 그 밤이 끝났을 때 네가 어떻게 떠났 는지. 심지어 그 밤이 꿈이었는지, 돌연한 환상이었는지 도. 하지만 그 밤의 기차에서 거대한 빛이 내 몸속에서 자 라기 시작한 건 확신할 수 있다. 그 반짝이는 존재는 물 흐 르는 소리 같기도 하고, 원수와 악수한 뒤 한잔하는 것 같 기도 하고, 멈춰 있던 깃발이 다시 펄럭이기 시작하는 것 같기도 했다. 또 예나 다름없는 이야기와 암송을 다 듣고

120

나서 난 스스로에게 말할 수 있었다. 너처럼 기쁘게 살아야 하며 그 기쁨을 정지된 마그마로 여기고 그것이 움직이든 말든 스스로를 그것이 생긴 자리에 단단히 묶어둬야 한다고. 이른바 나와 만물은 정情이 있지만 동시에 거리도 존재하므로. 나는 또 내게 말했다. 앞으로 오래도록 싸움에 물들지도, 사물과 마주칠 때마다 본능의 쾌락에 몰두하지도 말라고.

이 모든 게 어떻게 생긴 걸까? 그 기차에서 탄생한 거대한 빛은 또 어디서 생긴 걸까? 아무리 생각해도 알 수 없으니 짜오촹과 그 환상에 감사할 수밖에 없다. 우리는 불명확한 시간과 공간에서 만났지만 그 만남은 어떤 희망을, 어디서 나왔든 갈 곳 있는 그 희망을 새로 되살아나게 했다. 사실 죽음은 여태껏 너와 나를 갈라놓은 적이 없다. 너는 줄곧 존재했고 나아가 허상으로 존재한 게 아니라 엄연한 꽃과 나무처럼 존재했다. 그건 정말 대단히 근사한 일이었다. 그날 이후, 네가 알고 있듯이 난 나만의 작디작은 종교를 만들기 시작했다. 그 은밀한 종교 안에서 나는 당연히 무지한 추종자일 뿐이었지만 너는 사도이면서 또 교황이었다. 그 후로는 가서 머무는 곳마다 내 종교가 답하며 와 주었다. 마치 불교 신자가 '나무아미타불'이라고 말하기만 하면 위로와 가호가 와 주는 것처럼. 만약 네가 믿지 못한다면 이야기를 하나 들려주겠다.

원난雲南의 산길에서 한밤중에 폭우를 만나 내가 탄 자동차가 깊은 계곡 속에 떨어진 적이 있었다. 다행히 다친 사람은 없었지만 다시 산길로 돌아가는 건 불가능했다. 나는 동료들과 함께 계곡을 걸었다. 가다 보면 쉴 곳을 찾을 수 있지 않을까 멋대로 생각한 것이다. 그러나 몇 시간이 지나고 나서 우리는 온몸이 폭우에 흠뻑 젖고 덤불에 찔려 얼굴과 손이 피투성이가 됐는데도 쉴 곳을 찾지 못했다. 또 번개를 피하려고 커다란 바위 뒤에 웅크린 채 번개가 연달아 눈앞에 떨어져 불꽃을 일으키는 걸 빤히 바라보고 있었다. 우리는 그 밤이 언제 끝날까 생각하며 저마다 절망에 빠졌다.

그러나 절망은 좋은 것이다. 절망 속에서 너는 항상 방법을 생각해내 그것과 정면으로 마주앉곤 했다. 내가 생각해낸 방법은 마음을 다잡고 계속 미친 듯이 달리는 것이었다. 나는 무작정 바위 뒤에서 뛰쳐나갔고 동료들도 나를 말리기는커녕 거꾸로 내게 끌려 다시 숲속으로 뛰어들었다. 천만뜻밖에 숲속을 걸은 지 이십 분 만에 우리는 불 켜진 마을을 발견했다. 모두 환호하며 마을을 향해 달려갔지만 나는 네가 그 마을에서 걸어 나오고 있다는 느낌이 들었다. 거기까지 갈 수 있었던 건 너 덕분이었다. 네가 썼던 그 수많은 절망의 시 덕분이었다. 네 시에서 선물 가게의 액자에 새겨진 청동 기사는 크리스털 아가씨와 작별해야 했고, 물살 거센 강변에서 강을 건너던 개미는 꽃잎 배가 뒤집혔고, 겨울밤에 아기 양은 어미 양이 굶주려 죽어가는 장면을 마주했다. 하지만 그들은 거기서 포기하지 않았다. 기사는 이별의 고통을 딛고 운명이 정해준 주인에게 충성을 맹세했고, 개미는 안 돌아가고 버티다가 흘러온 등롱을 새 배로 맞이했고, 슬퍼하던 아기 양은 밤새 달려 어미 양을 살릴 만두 한 그릇을 구해왔다.

그렇다. 네가 나를 향해 다가오기만 하면 난 미친 듯이 달리는 걸 멈출 리가 없었다.

또 이런 적도 있었다. 지난 시절 나는 가까운 이들에게 여러 번 직설적인 충고를 들었다. 그들은 내가 더 이상 괜찮은 소설을 못 쓸 수도 있다고 했다. 최근에 그런 말을 들은 건 폭설이 오기 전의 우수리烏蘇里 강변에서였다. 나는 당연히 인정하지 않았고 곧바로 묵고 있던 벌목장에 돌아가 내리 십여 일을 두문불출하며 괜찮은 소설 한 편을 쓰려고 몸부림쳤다. 그때 겪은 고통은 어떤 말로도 다 형용하기 어렵다. 하지만 십여 일 후 방에 누워 고열이 오르기 시작했을 때 나는 겨우 백 자짜리 소설도 쓸 수 없다는 사실을 받아들여야 했다. 때는 겨울이라 차가운 강풍이 보름 동안 멈출 기미 없이 불어댔고 흰 눈이 천지간의 모든 걸 뒤덮었다. 창문을 여니 폭설이 펑펑 쏟아지고 있었다. 그 모든 게 다 내 무능 때문인 것 같았으며 그 무능은 마치 끝없는 밧줄처럼 먼저 나를 옭아매고 또 나를 한 발 한 발 앞으로 끌어당겼다. 거기에는 회피와, 전에 경험해본 적 없는 모든 위험에 대한 때 이른 거부가 존재했다.

고열 속에 다시 정신없이 자리에 누운 그때, 갑자기 네 목소리가 들렸다. 네가 자기 시를 읊어주고 있었다.

"네가 나를 사랑하면 여기 있을게 / 네가 나를 떠나면 여기 있을게 / 울지 말라고 난 꽃에게 말했지 / 시간은 갈 길 급한 나그네고 / 새는 봄에 다시 돌아올 거야 / 울지 말 라고 난 내게 말했지…."

순간 그 구절들이 전광석화처럼 나를 깨웠고 나는 그 구절들이 네가 어떤 한 사람을 위해 쓴 게 아니란 걸 깨달 았다. 실은 이 끝없는 인간 세상에 대한, 태어날 적의 네 속 삭임이면서 나아가 죽기 전 네가 남긴 격려의 말이었다. 그런 생각이 들자 너에 관한 수많은 기억이 밀려들었다. 하지만 그것들은 네가 경극 속 노래를 부르던 순간도, 나 룻배에서 있는 힘껏 우산을 잡아당기던 순간도 아니었다. 그때 떠오른 건 내가 직접 보지는 않았어도 분명 네 인생 에서 거듭 연출됐던 순간이었다. 너는 폭우가 쏟아지는 밤에 테라스에서 넋을 잃고 서 있었고, 수입이 부족해 변변한 옷 한 벌도 사지 못했고, 중병에 걸려 병원에 갈 때는 걷다가 너무 아파 울음을 터뜨렸다.

결국 머나먼 우수리 강변에서도 넌 내게 나타나 진실한 인간 세상의 길을 눈앞에 또렷하게 보여주었다. 그 길 위에서, 스스로 어른이 되기를 포기한 너는 사실 다른 누구에 비해 조금이라도 불행이 줄어드는 행운이 없었는데도 그런 건 전혀 신경 쓰지 않았다. 심지어 그것은 천성 때문이 아니라, 폭우와 가난과 병을 전부 천성의 주머니에 집어넣었기 때문이었다. 그렇게 그것들을 받아들이고 또 너무 흔들리지 말아야만 비로소 꽃 앞에서 깡충깡충 뛰고 다람쥐와 눈을 마주칠 수 있었을 것이다. 또 그래야만 허약함과 허영심 그 어느 쪽에도 포획당하지 않을 수 있었을 것이다. 마치 이 세상에 태어나본 적이 없는 것처럼.

그래서 네가 알고 있듯이 나는 그때 그 고립된 강변의 벌목장에서 다시 일어나 앉아 펜을 들었다. 물론 여전히 괜찮은 소설을 써낼 수 있을 것 같진 않았다. 하지만 그것 때문에 너무 흔들리지는 말자고 결심했다. 그것 외에 나는 고열과 강풍과 천지 가득한 흰 눈도 신경 쓰지 않기로 했다. 그러면 네가 당연히 알 것이라 생각했다. 내가 단 한 순간도 너를 그리워하지 않은 적이 없다는 것을.

어느 어머니

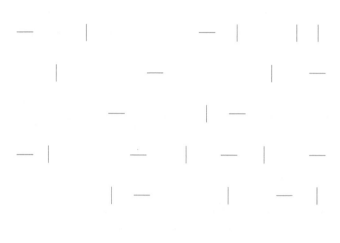

어느 어머니

　　하루하루가 고단했다. 날이 밝기 전에 그녀는 갑자기 가슴이 너무 아파 소리치며 잠에서 깼다. 깨어나는 순간, 자기가 이미 죽은 건 아닌지 의심하며 힘껏 가슴을 움켜쥔 채 어둠 속에서 한참을 헐떡였다. 천천히 빗소리가 들렸고 하늘도 조금씩 하얘졌다. 빗소리와 하늘색이 드디어 그녀를 다시 인간 세상으로 불러주었다. 문밖의 뽕나무는 열매를 맺는 중이었고 산밑의 강물은 벌써 범람했으며 반년 전 팔아버린 소가 웬일로 밤길을 더듬어 집에 돌아와 있었다.

읍내로 가는 오솔길은 어둡고 미끄러웠다. 그녀는 헐떡이며 있는 힘껏 대나무를 부러뜨려 지팡이로 삼고서야 다시 넘어지지 않았다. 집에 돌아온 소를 다시 새 주인에게 데려다주고 난 뒤라 시간이 벌써 늦었다. 그녀가 거의 뛰다시피 한 것도 이상하지 않았다. 읍내 사람들은 매일 그녀가 줄곧 뛰어오는 모습을 보곤 했다. 일 년 내내 진료소에 있는 그녀의 아들이 조금 있으면 깨어난다는 걸 그들은 모두 알고 있었다. 그녀는 아들이 깨어나기 전에 가서 아침밥을 해줘야 했다.

이런 세월이 벌써 거의 십 년이었다. 아들이 미친 뒤로 어느 한의사가 운영하는 진료소만 그를 받아주었다. 물론 어엿한 정신병원은 아니어도 없는 것보다는 나았다. 사실 아들은 일 년 내내 묶인 채 진료소 별채에 갇혀 있었지만 그녀는 아들에게 면목이 없지는 않았다. 아들은 어쨌든 약을 먹었고 또 그 한의사라는 사람도 날마다 그녀에게 아들이 금방 좋아질 거라고, 금방 그녀를 다시 알아볼 거라고 했다. 하지만 누구나 아는 사실을 오직 그녀만 모르고 있었다. 그녀가 계속 돈을 갖다주기만 하면 그 한의사라는 사람은 영원히 그녀의 아들을 묶어두고 약을 지어 먹일 게 뻔했다.

헛수고로 돌아갈 또 하루였다. 그녀 아들의 이를 닦아

주고 한 숟갈 한 숟갈 아침밥을 먹인 뒤 처마 밑에서 마주
앉아 있었다. 평소처럼 아들은 그녀를 못 알아보았다. 마
지막으로 알아본 건 석 달 전이었고 겨우 이삼 분에 불과
했다. 그때 집에 가겠다고 하여 그녀는 기뻐서 어쩔 줄을
몰랐고 황급히 그러자고 하며 밖으로 데려나갔다. 그런데
문가에 이르기도 전에 그는 다시 그녀를 못 알아보았다.
하지만 그녀는 단념하지 않았다. 거의 매일 아들과 마주앉
기만 하면 한 마리 암늑대로 변해 흉악한 눈빛을 번뜩였
다. 아들이 벌컥 화를 내며 꺼지라고 해도 멀리 도망쳤다
가 다시 돌아와서는 또 흉악한 눈빛을 번뜩였다. 아들이
다시 자기를 알아보기를 흉악하게 침을 흘리며 고대할 때
그녀는 꼭 암늑대가 고깃덩이를 뚫어지게 노려보고 있는
듯했다.

　　정오가 가까워지자 그녀는 진료소를 나와 읍내 밖 작
은 기차역으로 가서 젊은 맹인과 만났다. 그 젊은 맹인은
눈만 먼 게 아니라 머리도 문제가 있었다. 하지만 얼후(二
胡, 현이 두 줄인 중국의 전통 현악기)를 잘 켜서 그 재주로
굶어 죽지는 않았다. 대략 일 년 전쯤 그녀는 맹인과 한패
가 되었다. 매일 같이 그를 끌고 삼십 분 기차를 타고 가서
현성에 내리는 순간부터 그의 어머니로 가장했다. 그런 다
음 기차역 앞과 상가 안팎, 심지어 학교 주변까지 사람이

많은 곳이면 어디든지 갔다. 그렇게 하루 종일 구걸하면 이튿날 연명할 돈이 제법 생기곤 했다.

그건 당연히 인연이라 할 만했다. 그 맹인은 작년에 이 읍내에 왔다. 그의 말에 따르면 그는 여기서 태어났는데 눈이 먼 탓에 두 살 때 부모에게 버려졌다가 이제야 돌아왔다고 했다. 하지만 누구를 귀찮게 할 생각은 없고 그저 부모의 아들로 되돌아가고 싶을 뿐이라고 했다. 또 자기는 얼후를 켜 생활할 수 있으므로 부모 집 식량을 축낼 일은 절대 없을 거라고도 했다. 하지만 그와 서로 알아보는 사람은 끝내 없었고 또 그는 정신이 깜박깜박했기 때문에 그의 말이 진짜인지 가짜인지도 알 수 없었다.

그녀에게 그 젊은 맹인은 거의 구세주나 다름없었다. 아들에게 약을 먹이려고 그녀가 소도 팔고 땅도 팔아 이제 남은 것이라곤 자그만 채소밭밖에 없다는 걸 모르는 사람은 없었다. 그런데 더 이상 아무것도 팔 물건이 없을 때 그녀는 뜻밖에도 맹인의 어머니 흉내를 내며 함께 현성을 돌아다니는 것만으로 그와 돈을 나눠 가질 수 있게 되었다. 그 돈으로 자기도 굶어 죽지 않을 수 있고 아들의 약값까지 충당할 수 있었으니 세상에 이보다 좋은 일이 어디 있었겠는가. 그래서 성가신 일이 생기기도 했다. 끊임없이 누가 맹인을 찾아와 자기가 그의 부모 또는 형제이며 앞으로는 자기가 그를 데리고 구걸하러 다니겠다고 했다. 옆에서 그걸 보고 있을 때 그녀는 속이 타 죽을 지경이었지만 감히 말을 섞지 못했다. 미친 자식의 어머니로서 침묵하고, 욕을 먹고, 남을 피해 다니는 게 그녀 자신조차 당연하다고 여겼다.

그토록 두려워하던 일이 오고야 말았다. 오늘 그녀가 젊은 맹인의 손을 잡고 기차를 타러 가는데 말썽이 생겼다. 한 부부가 삼 형제를 데리고 대합실 안에서 두 사람을 막아섰다. 그리고 다짜고짜 맹인에게 자신들이 그의 부모 형제라고 하면서 이제부터 자신들이 정식으로 그를 책임지겠다고 했다. 그런데 하늘도 무심하게 그렇게 중요한 순간, 맹인은 정신이 나가서 웃기만 하고 아무 말도 하지 않았다. 그녀는 순식간에 얼굴색이 하얘져서 생각하고 또 생각하고, 다시 생각하고 또 생각하다가 끝내 입을 열었다. 몇 마디 말다툼을 해보려 했지만 첫마디가 끝나기도 전에 상대방이 미친 할망구, 사기꾼, 염치없는 년이라고 욕을 퍼부었다. 그녀는 계속 듣기만 하고 하려던 말은 번번이 되삼켜야 했다. 자기가 무슨 말을 하려고 했는지 거의 잊었을 때 기적 소리를 울리며 기차가 역에 들어왔다. 갑자기 그녀는 심장이 몸 밖으로 튀어나올 것 같았고 얼굴색도 더 하얘졌다. 더 물러설 데가 없어 마침내 입을 열었다. 당신들을 안 지 삼십 년이 넘었는데 이런 아들이 어디 있었느냐고 했다. 그런데 막 여기까지 말했을 때 그녀는 상대의 발에 차여 벤치 옆에 나동그라졌다.

결국 그녀는 가슴을 꽉 누른 채 기차역에서 돌아와야만 했다. 그 젊은 맹인은 이미 납치되어 현성으로 가는 기차에 올랐다. 그녀는 오는 길에 행인들의 손가락질을 피했다. 누구는 그녀가 곱게 죽기는 글렀다고 했고 또 누구는 그녀의 아들이 정신을 못 차리는 게 그녀가 죄를 짓기 때문이라고 했다. 그런 소리를 들으면서 그녀는 코가 시큰해져 울고 싶었지만 결국 그러지 못했다. 눈을 들어 사방을 둘러보다가 읍내 남쪽의 작은 여관에 가기로 결심했다. 거기 묵고 있는 어느 외지인에게 몇 마디 묻고 싶었다. 안 그러면 마음이 너무 괴로울 것 같았다. 그 외지인은 처음 이 읍내에 와서 그녀에게 길을 물어본 적이 있었고, 그래서 그 뒤로 길에서 마주칠 때마다 항상 인사를 했다. 이토록 혼란스러울 때 그녀는 그 사람 말고는 말을 나눌 사람이 아무도 떠오르지 않았다.

작은 여관에서 글을 쓰고 있던 그 외지인을 만나 그녀는 바라던 대로 질문을 던졌다. 자기가 도대체 사기꾼인지 아닌지, 만약 사기꾼이면 아들이 사기꾼이 된 자기 때문에 정신을 못 차리는 건지 물었다. 그런데 그 외지인은 아예 대답을 못하고 한참 주저하다 입을 열었다. 그가 이 지역에 온 건 가까이 있는 관광지의 명소들에 이야기를 지어주기 위해서였다. 그 명소들은 개발된 지 겨우 일 년밖에 안 됐지만 그는 그것들 하나하나마다 정교금(程較金, 당나라의 개국공신으로 고전소설 『설당說唐』, 『수당연의隋唐演義』의 등장인물이기도 하다), 일곱 선녀, 서왕모 등과 연관된 이야기를 써줘야 했다. 당연히 전부 황당무계한 이야기였지만 몇 푼 안 되는 돈 때문에 어쩔 수 없었다. 따라서 그녀가 사기꾼이면 자기도 사기꾼이라고 했다.

조금 놀라기는 했지만 그 외지인의 말에 그녀는 마음이 조금 나아졌다. 그날 밤에는 전날보다 잠도 더 잘 잤다.

이튿날 날이 밝기 직전, 그녀는 또 가슴이 격렬히 아파서 비명을 지르며 눈을 번쩍 떴다. 온몸이 꼼짝도 안 했다. 물론 그렇게 죽을 수는 없어서 어렴풋한 빛에 의지해 목숨을 살릴 만한 것이 있는지 사방을 살폈다. 하지만 눈에 들어오는 것이라곤 전부 쓸모없는 물건뿐이었다. 잠시 후 문밖의 빗소리가 또 그녀를 구해주었다. 그녀는 지푸라기라도 붙잡는 심정으로 생각했다. 물 한 모금만 마시면 나아질 거야. 그래서 그녀는 있는 힘껏 몸을 일으킨 뒤 비틀비틀 방문을 열고 처마 밑으로 달려갔다. 고개를 들고 허겁지겁 빗물을 들이켜니 감지덕지하게도 증상이 훨씬 나아졌다. 빗물을 한껏 들이켜고 나서 다시 허리를 숙이고 숨을 헐떡거렸다.

하늘이 막 희끄무레해졌을 때 그녀는 맹인을 빼앗아 간 그 가족의 집 앞으로 달걀 한 바구니를 들고 가서 바로 무릎을 꿇었다. 그렇다. 일이 이렇게 됐는데도 그녀는 아직 그들이 그 젊은 맹인을 자신에게 돌려주기를 바랐다. 정말 그 길이 아니면 달리 갈 수 있는 길이 없기 때문이었다. 사람들이 계속 옆을 스치고 지나갔지만 그녀는 그런 걸 신경 쓸 여유가 없었다. 그들은 저마다 비웃으며 그녀에게 인사를 했다. 그녀는 몸을 꼿꼿이 세우고 무릎을 꿇은 채 한 발짝도 움직이지 않았다. 그런데 그 집 사람들은 전날 현성에 간 뒤로 전부 집에 안 돌아왔다. 그것도 모르고 그녀는 한참을 그렇게 기다렸다. 나와서 그녀를 욕하는 사람도 없었고 손 내밀어 그녀의 달걀을 받는 사람도 없었다. 그녀는 점점 버티기가 힘들어져 몸을 구부리고 가슴을 콱 움켜쥐었다. 그러고서 숨을 헐떡이려 하는데 그 한의사라는 사람이 달려와 그녀를 찾았다. 그녀의 아들이 정신을 차렸다고, 지금 그녀를 찾고 있다고 했다.

거의 번개 같은 속도로 그녀는 번쩍 허리를 폈다. 그리고 믿을 수 없다는 듯이 한의사를 보다가 돌연 일어나서 진료소 쪽으로 뛰었고 몇 걸음 만에 달걀이 떠올라 다시 돌아와서 그걸 챙긴 뒤 다시 뛰었다. 하지만 이번에도 다시 돌아와 그 달걀 바구니를 자기가 무릎 꿇었던 그 집의 마당 담벼락 위에 조심조심 올려놓았다. 그러고 나서야 비로소 헐떡이며 미친 듯이 뛰어갔다.

간 지 얼마 안 돼서, 아마 한 시간도 못 돼서 그녀는 진료소에서 나왔다. 그런데 집에 가려고 아들을 데리고 나오기는커녕 얼굴에서 피가 철철 흘렀다. 아들이 정신을 차린 시간을 또 놓친 것이다. 알고 보니 그녀가 진료소에 도착했을 때 아들은 다시 광기에 빠졌다. 게다가 어디서 구했는지 부엌칼을 높이 들고 밖으로 나가려 하면서 이놈도 죽여야 하고 저놈도 죽여야 한다며 고함을 쳤다. 그녀는 소스라치게 놀라서 목숨을 걸고 달려들어 아들의 다리를 붙잡고 늘어졌다. 그런데 아들이 그녀의 얼굴에 칼을 내리친 것이다.

가까스로 아들을 다시 결박해 안정시키고 나서야 그녀는 진료소를 나와 읍내의 다른 병원에 얼굴을 싸매러 갔다. 이때 진료소 밖에는 진작부터 구경꾼이 구름처럼 모여 있었지만 그녀에게 이런 장면은 그리 낯설지 않았다. 아들이 미친 뒤로는 사람들에게 둘러싸여 손가락질당하는 게 마치 농사일처럼 익숙한 일이 돼버렸다. 그런데 이번 손가락질은 웬일로 그녀와 무관했다. 한 마디, 한 마디가 다 그 한의사라는 사람과 연관이 있었다. 그가 상처를 싸맬 줄도 모른다고도 했고, 당귀가 무슨 병에 좋은지도 모른다고도 했다. 이에 그녀는 아들이 그 한의사라는 사람한테 쫓겨날까 봐 또 안절부절못했다. 부랴부랴 얼굴을 누른 채 그런 말은 하지 말아 달라고 사람들에게 빌었다.

정오가 지나 큰비가 또 쏟아지기 시작했다. 병원에서 나온 그녀는 막 여관으로 돌아가려던 그 외지인과 정면으로 마주쳤다. 그리고 돌연 아픔도 잊고 잰걸음으로 쫓아가서 그를 처음 알자마자 묻고 싶었던 말을 꺼냈다. 만약 자기 아들이 나으면 아들에게 일자리를 찾아줄 수 있느냐고 했다. 그녀의 아들은 그와 마찬가지로 항상 방에 처박혀 글을 쓰고 그림을 그렸었기 때문이다. 하지만 그가 대답도 하기 전에 그녀는 아들이 글을 쓰고 그림을 그리지 않았다면 미치지 않았을 거라고 했다. 그리고 불현듯 중요한 일이 생각나, 상대가 자기 말을 듣는지 안 듣는지도 무시하고 돌아서서 비의 장막 속으로 뛰어들었다.

맹인을 빼앗아 간 그 집 앞에 그녀는 또 갔다. 비가 갈수록 거세져 문밖이 전부 진창이 되었지만 조금도 주저하지 않고 무릎을 꿇었다. 그 집은 과연 그녀가 두고 간 달걀한 바구니를 받지 않았다. 지금 달걀은 전부 담벼락 밑에 떨어져 깨져 있었다. 그걸 아까워할 겨를도 없이 그녀는 다시 흉악한 눈빛의 암늑대가 돼서 거기 꿇어앉아 필사적으로 대문을 노려보았다. 젊은 맹인이 그 문 뒤에서 나와 그녀에게 함께 가자고 말하기를 흉악하게 침을 흘리며 기다렸다. 물론 그것은 어리석은 망상이었다. 대문이 발칵 열리고 삼 형제가 나란히 뛰어나와 그녀를 붙잡고 쫓아내려 했다. 입으로도 사정없이 꺼지라느니, 미친 할망구라느니, 꿈도 꾸지 말라느니, 네 아들은 다시는 정신을 못 차릴 거라느니 악다구니를 썼다.

자기 아들이 다시는 정신을 못 차릴 거라는 말을 듣고 그녀는 잠시 넋이 나갔다가 갑자기 늑대처럼 소리를 질렀다. 자기 아들은 곧 깨어날 거라고, 믿지 못하겠으면 여기를 보라고 했다. 그녀는 옷소매를 걷어 그들에게 기다란 상처 자국을 보여주었다. 그리고 아들은 칼로 사람을 벨 때마다 얼마 안 가 정신을 차렸다고 말했다. 정말이야, 제발 부탁이야. 그 애는 약 몇 첩만 먹으면 좋아질 거야. 이걸 보라고, 이 상처도 그 애가 벤 거야. 베고 나서 얼마 안 가 정신을 차렸다니까.

그녀는 늑대처럼 소리쳤지만 보살의 자비로운 도움 같은 건 없었다. 삼 형제 중 한 명이 집 안으로 뛰어 들어가 오토바이 한 대를 끌고 나왔고 다른 두 명이 다짜고짜 그녀를 들어 오토바이 뒷자리에 앉혔다. 이렇게 한 사람은 오토바이를 끌고 다른 두 명은 뒤에서 그녀를 꼼짝 못 하게 했다. 그녀는 형장으로 가는 죄수처럼 몇 번 헛된 몸부림을 친 뒤, 더 움직일 힘이 없어 그들이 계속 오토바이를 끌고 가게 내버려 둘 수밖에 없었다. 삼십 분 후 그들은 그녀를 읍내 밖 그녀의 집에 내려놓은 뒤, 돌아서서 가버렸다. 그녀는 집 안에서 잠시 멍하니 있다가 문득 꿈에서 깬 듯 쫓아 나갔지만 삼 형제는 진작에 비의 장막 속으로 사라진 뒤였다.

이튿날 새벽, 그녀는 또 소리를 지르며 가슴을 움켜쥐고 깨어났다. 평소보다 조금 늦은 시간이었고 연일 이어지던 장마가 드디어 끝나 새들이 지저귀기 시작했다. 그 순간 햇빛이 비쳐 들고 가슴의 통증도 사라져서 그녀는 자기가 백 살까지 장수할지도 모른다는 생각까지 들었다. 잠시 후에는 쌓아놓은 농기구 더미에서 벌목도를 찾아 처마 밑에서 쓱쓱 날을 갈았다. 무릎을 꿇어도 소용없으니 벌목도를 갖고 가서 맹인을 되찾아올 셈이었다. 그런데 칼을 가는 중에 그녀는 문득 자신한테 화가 났다. 만약 아들이 약 몇 첩만 먹고 집에 돌아오면, 그때 자기 방이 엉망이 된 걸 보면 어쩔 것인가. 그녀는 마음이 급해져 얼른 칼 갈이를 끝내고 거의 미친 듯이 아들의 방으로 달려가 정리를 시작했다.

정리를 다 마치고 그녀는 집을 나섰다. 그런데 비는 이미 그쳤지만 산길은 연일 계속된 비에 씻겨 무너진 상태였다. 그래서 그녀는 평소보다 더 걷기가 힘들었다. 몇 걸음마다 한 번씩 허우적거렸고 산 아래 읍내가 내려다보일 즈음에 하마터면 또 넘어질 뻔했다. 그녀는 급한 김에 옆에 있던 대나무를 붙잡고는 갑자기 웃음을 터뜨렸다. 벌목도를 갖고 있는데도 대나무를 베어 지팡이로 쓸 생각을 못 했으니 정말 이런 바보가 없었다. 그래서 대나무를 베려고 허리를 굽혔는데, 순간 가슴의 통증이 전기 충격처럼 그녀를 덮쳤다. 가슴을 움켜잡을 틈도, 소리를 지를 틈도 없었다. 그녀는 곧장 대나무 옆에 힘없이 쓰러졌다.

하지만 그녀는 이번에는 다시 깨어나지 못했다.

샤오저우와 샤오저우

샤오저우와 샤오저우

"그녀는 세상이 다채로우면서도 올바르다고 보았고 누구든 정중하게 대했으며 또 사람들도 자기를 좋아한다는 걸 알았다. 때로 나는 그녀와 함께 밖을 돌아다녔는데 강가 사람들은 그녀가 태어날 때 받아낸 인연으로 모두 그녀를 알아보았다. 가는 내내 인사하고 안부를 묻는 그녀의 목소리는 햇살처럼 화사했다. 또 그녀의 사람됨은 밟을 때마다 발자국이 찍히며 물이 배어 나오는, 강변의 새로 젖은 모래사장 같았다."

후란청(胡蘭成[1906~1981], 중국의 언론인, 학자, 문학가로 저장성 성현嵊縣 출신이며 왕징웨이汪精衛 정권에서 선전부 차관을 역임했다. 중국의 대표적인 여성 작가 장아이링의 전 남편이었고 1949년 중화인민공화국 성립 후 일본에 정착했다가 1972년 타이완에 가서 문화대학 교수로 일했다)의 책을 보면 한양(漢陽, 후베이성 우한의 한 지역이다)의 소녀 샤오저우(小周, 중국에서는 나이 많은 사람이 어린 사람을 성 앞에 접두사 샤오小를 붙여 부르곤 한다)에 관해 서술한 대목이 있다. 공교롭게도 내가 아는 사람 중에도 한양 출신의 샤오저우라는 소녀가 있다.

민국 시대(1911년 신해혁명으로 중화민국中華民國이 탄생하고 1949년 중화인민공화국이 수립되기까지의 기간)의 샤오저우처럼 내가 아는 샤오저우도 이웃의 사랑을 듬뿍 받았다. 미용실을 운영하는 그녀는 어린아이가 머리를 자르러 오면 대부분 돈을 안 받았다. 한가할 때면 아이처럼 건물 위아래층을 미친 듯이 뛰어다녔다. 평소에 그녀는 강아지를 키우는 것 말고도 비둘기도 한 무리를 키웠다. 이 때문에 훗날 그녀를 떠올리면 제일 먼저 드는 생각이 그녀가 강아지를 끌고 골목을 뛰어다닌 것이었다. 비오는 날에는 치마에 진흙이 튀는데도 그녀는 아랑곳하지 않았다. 그렇게 뛰면서, 웃으면서 온 거리를 환하게, 선연하게 밝혔다.

그녀는, 비둘기는 항상 미용실의 테라스에서 실컷 모이를 먹었다. 그리고 한 마리씩 자기 손바닥 위에 올리고 잠시 뚫어지게 바라보다가 하늘로 날렸다. 비둘기들이 멀리 날아가면 역시 뚫어지게 바라보고 있었다. 진지하면서도 딴 데 마음이 팔린 듯했다.

그녀가 딴 데 마음이 팔린 건 어떤 일에 열심이었기 때문이다. 그건 배우가 되는 것이었다. 내가 처음 그녀를 알았을 때부터 그녀는 현지의 극단들을 다니며 시험을 쳤지만 번번이 고배를 들었다. 실패가 계속되며 실의에 빠지지 않을 수 없었지만 그녀는 또 금세 마음을 다잡고서 다시 강아지를 끌고 골목을 뛰어다녔다. 이건 잠시일 뿐이고 자기는 저우쉰(周迅[1974~] 중국의 여배우 겸 가수로 저장성 출신이다. 소도시 극장 직원인 아버지와 백화점 점원인 어머니 사이에서 태어나 모델 아르바이트를 하며 예술고등학교를 다녔다. 1991년 영화 《고묘황재古墓荒齋》로 데뷔했고 1998년 《쑤저우강蘇州河》으로 제15회 파리영화제 여우주연상을 받으며 국제적인 명성을 얻었다)이 걸었던 길을 걷고 있을 뿐이라고 믿었다.

그렇다. 많은 여배우 중에서도 그녀는 저우쉰을 가장 좋아했다. 아니, 그냥 좋아하는 게 아니었다. 미용실 벽을 보면 가격표 말고는 온통 저우쉰의 사진이었다. 포스터, 잡지의 표지와 사진, 달력 등등 종류도 다양했다. 그녀가 처음 배우가 되려 한 게 저우쉰 때문은 아니었지만 이 세상에 저우쉰이라는 존재가 있다는 게 그녀에게는 가장 큰 위안이었다. 그 위안은 저우쉰처럼 온 국민이 다 아는 배우가 되겠다는 야심과는 관계가 없었다. 처음에는 그저 그녀가 스크린에서 보여주는 면면이 다 좋았을 뿐이었고 나중에야 그것이 숭배로 발전했다. 나도 저우쉰처럼 소도시에서 출발해 마침내 나라의 꽃이 될 수 있다면, 그럴 수만 있다면 얼마나 좋을까.

저우쉰이라는 그 여배우가 계속 연기를 하는 동안에는 한양에 사는 샤오저우의 그녀에 대한 상상은, 배우가 되려는 집념은 멈출 리가 없었다. 직시하기 힘든 현실을 잊기 위해 그녀는 그래야만 했고 그럴 수밖에 없었다. 병치레가 잦은 어머니는 점점 늙어갔고 미용실은 손님이 없었으며 그녀는 갈수록 사람들의 웃음거리가 되었다.

나도 저우쉰이 출연한 영화를 본 적이 있었다. 언젠가 어두운 영화관에서 스크린의 저우쉰을 보고 있는데 문득 깨달았다. 샤오저우에게서 풍기는 분위기가, 진지하면서도 딴 데 마음이 팔린 듯한 분위기가 저우쉰에게서 왔다는 것을. 그녀는 계속 저우쉰을 흉내 내고 있었고 그러려고 무척이나 힘을 들였다. 그녀의 흉내가 정말 그럴싸하다는 걸 인정하지 않을 수 없었다. 나는 그녀의 표정과 달음질에서 정확히 저우쉰의 그림자를 읽어낼 수 있었다.

그러다가 혼담이 들어온 걸 여러 차례 거절한 후로 그녀는 이웃들에게 거의 별종 취급을 받았다. 그들의 비웃음은 갈수록 심해졌다. 하지만 그녀는 전혀 개의치 않았고 띄엄띄엄 미용실 문을 열면서 대부분의 시간을 입원한 어머니를 돌보는 데 썼다. 그리고 남는 시간에는 전처럼 강아지를 산책시키고 비둘기에게 모이를 줬다. 비둘기들이 멀리 날아갈 때면 역시 뚫어지게 바라보고 있었다.

어느 비 오는 날, 나는 골목 어귀에서 샤오저우와 마주쳤다. 그녀는 온몸이 비에 흠뻑 젖어 있었다. 원래는 내 옆으로 달려갔는데 다시 돌아와 내 우산 밑에 서서 말을 걸었다. 자기가 저우쉰을 보러 갔는데 정말 운이 나빠 타고 있던 버스가 중간에 고장이 났다는 것이었다. 그래서 그녀가 가까스로 강변의 영화관에 도착했을 때는 이미 저우쉰이 막 영화 홍보 행사를 마치고 떠난 뒤였다.

과거와 비교해서 그녀는 말이 줄었고 잘 웃지도 않았다. 내가 가장 놀랐던 건 그녀가 자신의 이번 생이 이 꼴로 끝나게 된 게 아닐까 의심하기 시작한 것이었다. 그녀는 내게 떠날 거라고, 베이징으로 갈 거라고 했다. 그래도 쉽

사리 마음을 접지는 못하는 듯했다. 뭐라고 해줄 말이 없어 그녀의 말을 듣기만 했다. 가는 내내 그녀는 떠날 거라고, 꼭 떠날 거라고 되풀이해 말했다.

하지만 떠나는 게 어디 그리 쉬운 일인가? 어머니의 병 치료를 위해 그녀는 이미 집의 절반을 팔았고 미용실도 당연히 문을 닫았지만 어머니는 병이 호전되기는커녕 얼마 안 가 세상을 떠날 지경이 되었다. 하지만 그럴수록 그녀는 자신에게, 그리고 더 많은 사람에게 자기는 떠날 거라고, 금방 떠날 거라고, 늦어도 다음 달에는 꼭 떠날 거라고 했다. 차차 사람들은 그녀가 배우가 되려 하는 것 말고도 조만간 베이징에 가려 한다는 것까지 웃음거리로 삼았다. 그들은 사정을 훤히 알면서도 일부러 그녀에게 언제 베이징에 가는지 물었고, 혹은 단도직입적으로 요즘 베이징 날씨가 좋다면서 가고 나면 서두르지 말고 오래 있다 오라고 권했다. 그럴 때면 그녀는 차분하게, 마치 한 자루 칼처럼 꼿꼿이 서서 자기는 금방 갈 거라고, 늦어도 다음 달에는 꼭 갈 거라고 또 말했다.

결국 샤오저우는 베이징에 다녀오기는 했다. 그녀가 결혼하기 전의 일이었다.

사람들의 말에 따르면 그녀는 본래 결혼할 필요가 없었다고 한다. 그녀는 집의 나머지 절반을 팔아 어머니의 모자란 치료비와 약값을 채울 생각이었다. 하지만 어머니는 극구 거부하고 몇 번이나 자살을 시도했다. 차라리 며칠 일찍 죽을지언정 자기 딸이 앞으로 살 집까지 처분하는 건 원치 않았다. 이런 일이 여러 차례 반복된 후, 무슨 인연 때문이었는지는 몰라도 그녀는 결혼했다. 상대방은 그녀 대신 어머니의 의료비를 내주겠다고 했고 또 그녀와 함께 베이징에 가주겠다고도 했다.

베이징에 사흘 동안 머물면서 그녀는 날마다 베이징 영화제작소에 다녀왔다. 입을 꾹 다문 채 정문 앞에 앉아 있었다. 베이징영화제작소 정문은 많은 연예 뉴스에 신기한 장소로 소개된 바 있다. 수많은 배우 지망생이 그곳에서 기회를 기다렸으며 어떤 뉴스에서는 심지어 저우쉰도 거기에 나타난 적이 있다고 했다. 따라서 샤오저우가 거기에 간 건 이상한 일이 아니었다. 그런데 뜻밖에도 떠나기 전날 그녀는 실제로 영화에 출연할 기회를 잡았다. 누가 그녀를 제작소 안으로 부르더니 청나라 배경의 영화에서 완의국(浣衣局, 황궁 안에서 잡무를 처리한 여덟 부서 중 하나로 황족의 빨래를 전담했다)의 궁녀역을 맡아 온종일 옷을 빨게 했다.

돌아온 후 그녀는 바로 결혼했고 얼마 안 가 어머니가 세상을 떠났으며 또 얼마 후 남겨둔 집의 절반도 팔아치웠다. 알고 보니 그녀가 결혼한 사람은 마약에 중독된 지 오래된 사람이었다. 그가 샤오저우와 결혼한 건 그의 부모가 사실을 숨긴 채로 자기 아들을 돌보고 단속해 줄 여자를 찾아주려 했기 때문이었다. 게다가 그에게는 이미 빚이 산더미였다. 결혼한 지 얼마 안 돼 그와 샤오저우의 집은 채권자들에게 넘어갔다. 두 사람은 할 수 없이 샤오저우가 미용실을 열었던 집으로 돌아갔지만 또 얼마 안 돼 빼앗겼다. 남편의 빚을 갚기 위해 샤오저우는 모진 마음을 먹고 그 집을 팔았다. 이번에야말로 그녀는 그 거리를 진짜 떠난 셈이었다.

이사를 가야 했지만 그래도 그녀는 벽에 붙은 그 사진들을 잊지 않았다. 한 장, 한 장 다 조심스레 떼서 가져갔다. 또 그녀의 강아지와 비둘기들도 그녀를 따라 종적도 없이 사라졌다. 나는 그 집 앞을 지날 때면 늘 발을 멈추고 잠깐씩 기다리곤 했다. 깡충깡충 뛰어다니던 그녀가 금세 나타날 것만 같았다. 하지만 그런 일은 생기지 않았고 그녀가 떠난 후로 여러 해가 흐르는 동안 난 그녀를 딱 세 번 보았다.

첫 번째는 셰허協和병원에서였다. 사람이 붐비는 외래진료센터에서 막 나오는데 갑자기 그녀가 보였다. 그녀는 주차장에 노점을 차려놓고 한 노인의 머리를 열심히 잘

라주고 있었다. 다들 세월 앞에 장사 없다고들 하지만 그녀는 전혀 늙은 것 같지 않았다. 단지 머리가 조금 길어졌을 뿐이었다. 머리를 자르면서 그녀는 옆에서 구경하던 이들과 웃으며 이야기를 나누었다. 꼼짝 안 하고 서 있을 때 오른발을 살짝 치켜들고 있는 품이 옛날과 똑같았다. 그렇게 보고 있는데 단속 공무원이 왔다. 노점상들이 우르르 도망쳤고 그녀도 예외가 아니었다. 하지만 손님 머리를 절반밖에 못 잘라서 할 수 없이 그 노인을 부축해 함께 뛰었다. 그런데 몇 걸음 못 가서 미용 도구들이 떨어져 땅바닥에 흩어지는 바람에 되돌아와 하나하나 주워야 했다. 그래도 그녀는 여전히 웃고 있었다. 그리 당황해하지 않았다.

　두 번째는 우창의 대교 밑에서였다. 그녀는 이번에는 머리를 자르지 않고 비둘기를 팔았다. 그곳에서 비둘기는 어디에나 있었다. 강가에도, 계단 위에도, 계수나무 꼭대기에도 그녀의 비둘기가 가득 앉아 있었다. 나무 꼭대기의 비둘기들이 자기를 향해 날아들면 그녀는 입을 삐죽 내민 채 두 팔 벌려 자기 아이처럼 꼭 안아주고서 한 마리, 한 마리 뽀뽀를 해주고 또 한 마리, 한 마리 말을 건넸다. 그때 그녀의 남편은 가까운 계단 위에 누워 있었다. 아마도 마약을 못 끊었는지 몸이 약해 보이고 말수도 적었다. 비둘기들이 자기에게 날아올 때만 짜증을 내며 샤오저우의 이름을 불러댔다.

내가 마지막으로 본 샤오저우는 사실 그녀 본인이 아니라 그녀의 영정 사진이었다. 마약값을 구하려고 그녀의 남편이 그 영정 사진을 들고서 전에 그녀가 살던 집으로 돌아가 지금 주인에게 하루 종일 난리를 쳤다. 전에 집을 너무 싸게 팔았으니 당장 돈을 더 내놓으라고 했고 안 그러면 돌아가지 않겠다며 뻗댔다. 나는 우연히 그 장면을 보고서야 알았다. 샤오저우가 이미 죽었다는 것을. 말끔히 차려입고 장강에 뛰어내렸다는 것을.

이제는 이 세상에 샤오저우라는 사람이 없다니. 한 사람이 이렇게 쉽게, 그리고 철저히 사라졌는데도 이 거대한 속세는 미동조차 하지 않았다. 마치 살아생전 그녀의 웃음과 달음질과 배우가 되려는 집념이 에스엔에스에서 별다른 호응을 못 얻었던 것처럼.

샤오저우는 모를 것이다. 몇 년 뒤 나는 영화관에서 《공작孔雀》이라는 영화(구창웨이顧長衛 감독, 장징추張靜初와 뤼위라이呂聿來 주연의 2005년 상영작. 1980년대 중국 북방의 소도시 안양安陽에 살던 다섯 식구의 이야기를 다뤘다)를 보았다. 영화 속 여주인공은 과거의 그녀보다 나이가 많았지만 역시 그녀처럼 자기가 곧 떠날 거라고 사람들에게 선언했다. 먼지 날리는 시내를 여주인공이 혼자 걸으며 두리번대는 모습을 보면서 나는 잠시 슬픔을 감추기 어려웠다. 그때 샤오저우가 단호하게 했던 말이 머릿속을 꽉 채웠다. 난 떠날 거예요. 금방 떠날 거예요. 늦어도 다음 달에는 꼭 떠날 거예요.

샤오저우는 역시 모를 것이다. 또 몇 년 뒤 나는 샤먼廈門에서 저우쉰을 만났다. 그때 비로소 저우쉰의 친구들도 그녀를 샤오저우라고 부르는 걸 알게 되었다. 그날 밤 구랑위鼓浪嶼 맞은편 기슭의 어느 호텔에서 나는 저우쉰과 함께 퉁다웨이(佟大爲[1979~] 랴오닝성 출신의 중국 남자 배우로 2003년 드라마 《옥관음玉觀音》의 남자 주연을 맡아 스타덤에 올랐다)의 방에서 유쾌하게 술을 마셨다. 저우쉰은 음악을 틀더니 우리는 상관하지 않고 혼자 구석에서 춤을 추었다. 갑자기 나는 네가, 한양의 샤오저우가 생각났다. 너는 사람들의 머리를 잘라주었고, 비둘기에게 모이를 주었고, 깡충깡충 건물 계단을 뛰어 내려왔지. 너는 벽에 붙은 사진을 보고 또 보았으며 진지하면서도 딴 데 마음이 팔린 듯했어.

가난한 친척들

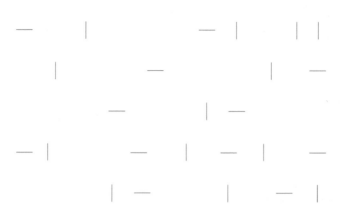

가난한 친척들

유채꽃의 사촌누나는 모란꽃이 아니고 수탉의 사촌누이도 백조가 아니다. 이 세상 가난뱅이의 친척이 대부분 가난뱅이이고 심지어 가난뱅이보다 더 가난한 사람인 것과 같다. 나도 예외가 아니다. 일 년 내내 고향에서 온 멀거나 가까운 친척들이 이 도시에 사는 나를 찾곤 한다. 하지만 그들이 내게 부탁하는 건 별로 큰일이 아니다. 일주일간의 밥값, 밤을 보낼 곳, 떼였거나 남에게 빌려준 임금 때문에 나에게 연락해 어떻게 해야 할지 묻는 정도다.

그런데 이번에 맞닥뜨린 일은 훨씬 까다로웠다. 교외의 공장에서 일하던 내 막내 사촌누이가 어느 날 아침 기숙사에서 눈을 떴는데, 갑자기 살기가 싫어져서 죽기로 마음을 먹고 공장 밖 작은 진료소에서 수면제를 구입해 꿀꺽 삼켰다. 하지만 죽지는 않았고 목숨을 건진 뒤에 두말할 필요 없이 공장에서 해고되었다. 그 후 한동안 그녀는 다시 자살 시도를 하지는 않았지만 고향에 돌아가고 싶지도 않았다. 이 도시에는 같은 일을 하던 언니 동생들이 많아서 그들의 숙소를 이리저리 떠돌았다. 그와 동시에 또 다른 일을 자기 목숨을 구해줄 희망으로 삼기도 했다.

그녀를 외면할 수는 없었다. 고향에서 온 전화를 받고 족히 일주일은 찾아다닌 끝에 결국 어느 세탁소 다락방에서 그녀를 찾았고 거의 강제로 데려와 내 작업실에 집어넣었다. 그곳은 열 평도 안 되는 집이었지만 그녀를 재우기에는 충분했다.

그때 드디어 그녀가 자기 목숨을 구해줄 희망이라고 생각하는 일이 뭔지 알았다. 그건 굉장히 단순했다. 그녀에게는 어얼둬쓰(중국 네이멍구자치구 남쪽 고원지대에 있는 인구 200만 명의 소도시)에 사는 친구가 있었는데, 어얼둬쓰가 돈 벌기가 쉬울 뿐만 아니라 생활도 심심치가 않아서 종일 선반 앞에 꼼짝 안 하고 서 있는 것과는 전혀 딴판이라고 했다는 것이었다. 그런데 기쁘게도 그 친구가 곧 가족을 보러 돌아오므로 그때 자기를 데리고 함께 어얼 둬쓰에 갈 수 있다고 했다. 그래서 그녀는 계속 기다렸고 기다리면서 환상까지 생겼다. 몇 번이나 내게 어얼둬쓰의 호텔과 네온사인과 지하 카지노에 관해 이야기했다. 하지만 난 그 모든 게 그녀가 상상해낸 거라는 걸 알고 있었다.

나는 그녀가 테라스에서, 그리고 자기 방에서 계속 울면서도 울음소리를 못 내는 것도 알고 있었다. 때로 그녀는 몰래 거울 앞에 서서 한참 동안 거울 속 자기 자신을 훑어보며 울음소리가 나오기를 기다렸다. "인생은 꿈이야."는 그녀가 막 배운 말이었고 나는 그녀가 한 친구와 전화통화를 하며 "난 울 줄도 몰라!"라고 말하는 걸 들었다. 하지만 그녀는 자기가 사실 울 줄 안다는 걸 몰랐다. 가끔 거실에서 글을 쓰다 보면 방 안에서 그녀가 꿈을 꾸면서 잠꼬대하고 절규하는 소리가 어렴풋이 들렸다. 어떤 두려운 것들이 꿈속에서 그녀의 적으로 등장했고 그녀는 화를 내며 그것들을 꾸짖다가 결국 목 놓아 울었다.

고도를 기다리는 것처럼 그녀는 그 친구가 어얼둬쓰에서 돌아오기만을 기다렸다. 기다림 속에서 갈수록 초조해져 거의 가만히 앉아 있지를 못했고 점차 하나의 그녀에서 두 개의 그녀로 변했다. 그중 하나는 드라마가 사람을

152

속인다는 이유로 티브이를 안 보고 오로지 잡지만 끼고 살았으며 더 나아가 소리 내어 읽기까지 했다. 또 잡지의 어떤 문장이나 단락에 크게 탄복하면 어떻게든 그걸 입에 달고 살았다. 나와 이야기를 나눌 때면 무의식중에 자기가 관심 있는 쪽으로 화제를 돌린 뒤, 마지막에 자연스럽게 자기가 외운 그 말들로 대화의 결론을 삼았다. "날마다 새로운 태양이 뜬다", "사람은 알아야 너그러워진다", "모든 게 뜻대로 되기는 어려우니 마음에 부끄러움만 없으면 된다" 같은 것들이었다.

또 다른 그녀는 전에 없이 비뚤어지고 신랄해졌다. 이유 없이 화를 내고 과자를 잠시도 손에서 떼지 않았으며 전화번호부를 든 채 여기저기 전화를 걸어댔다. 하지만 전화는 매번 말다툼과 흐느낌으로 끝이 났다. 멋대로 세상 탓, 남 탓을 하면 안 된다고 내가 타이르기라도 하면 그녀는 즉시 내게 말했다. 자기는 기다리는 중이라고, 자기는 곧 어얼뒤쓰로 갈 거라고. 기다림은 그녀에게 이미 거대한 용기容器로 변해 있었다. 모든 슬픔과 허전함이 다 그것 때문이었고 또 그것으로 인해 그녀는 걸핏하면 심한 걱정에 빠졌다. 건강을 걱정했고, 어얼뒤쓰의 친구가 자신과의 약속을 잊은 게 아닌가 걱정했고, 아직 일어나지 않은 거의 모든 일을 걱정했다. 그리고 마지막에는 그 걱정들을 새로운 분노와 무기력함 속으로 끌고 들어갔다.

하지만 어얼뒈쓰의 친구는 끝내 오지 않았고 그녀의 기다림도 한계에 이르렀다. 그녀는 더 기다리지 않고 자기가 그 친구를 찾아가기로 마음먹었다. 그래서 내게 차비로 약간의 돈을 달라고 했다. 하지만 나는 그녀에게 한 가지 조건을 달았다. 왜 매일 꿈속에서 비명을 지르는지, 전에 공장에서 일할 때 무슨 일이 있었는지, 그리고 왜 자살을 시도했는지 명확히 설명해줘야 돈을 주겠다고 했다.

그것들은 사실 그전에도 내가 반복해서 물어본 것이었지만 매번 말만 꺼내면 그녀에게 묵살을 당하곤 했다. 하지만 그녀는 이번만큼은 피해 갈 수 없었다. 대답을 해서 그것과 어얼뒈쓰로 갈 차비를 맞바꿔야 했다. 그녀는 잠시 생각한 뒤에야 입을 열었다.

일의 발단은 어떤 빨간색 알약이었다. 그녀가 일하던 공장에는 듣도 보도 못한 살벌한 규정들이 잔뜩 있었다. 한 번 지각할 때마다 다섯 시간 잔업을 해야 한다거나 점심은 선반 뒤에 서서 먹어야 한다거나 같은 것들이었다. 그 규정들 때문에 다들 몹시 괴로워했다. 밥을 먹어도 밥이 내려가지 않았고 잠을 자도 잠을 잔 것 같지 않았다. 그때 상사가 그들에게 어떤 빨간색 알약을 나눠주며 그걸 먹으면 기운이 날 거라고 했다. 그래서 거의 모두가 먹었고 그녀도 먹었다. 먹고 나니 과연 훨씬 기운이 났다. 상당히 오랫동안 그 빨간색 알약은 그녀의 생명줄이었으며 다른 여러 사람에게도 그랬다. 하지만 나중에 그들은 차츰 알게 되었다. 사실은 그 약이 평범한 피임약이라는 것을. 다시 말해 약을 먹기 전에 그들은 몸에 아무 문제가 없었다는 것을. 기운이 난다고 느꼈던 건 전적으로 심리적 암시 때문이었다.

다른 사람들은 자기 몸이 괜찮다며 안도하고 있을 때 사촌누이는 도저히 참을 수가 없었다. 자기가 어리석다는 생각이 들었기 때문이다. 어려서부터 그녀는 진지하고 극단적인 면이 있었다. 공부는 별로 못 해봤지만 그래도 이런 추측은 할 수 있었다. 빨간색 알약 한 알에도 이렇게 속는다면 다른 때는 또 얼마나 많이 속을 것이며 계속 이런 속임수 속에서 살아야 한다면 더 살 필요가 있을까?

"나도 어쩔 수 없었어. 다른 사람한테는 별일 아닌 것 같았지만 나는 그냥 넘어갈 수 없었다고. 그래서 나는 꼭 어얼둬쓰에 가야 해."

그녀는 또 말했다.

"전에는 내가 선반을 조작하고 있다고 생각했는데 나중에 보니까 아니더라고. 선반을 뚫어지게 보고 있다가 내가 아예 존재하지 않는다는 걸 깨달았어. 난 리벳, 펀치, 냉

155

각관이었어. 그러니까 머리가 없는 거였어. 그렇다면 난 도대체 누구인 거야?"

난 아무 말도 못하고 속으로 탄식만 했다. 그녀에게 차비를 주었고 두 달 치 생활비도 주었다. 이 세상에 '먼 곳'에 대한 갈망과 추구에서 벗어날 수 있는 사람이 있을까? 더욱이 모욕과 침해를 당할 때 어떤 '먼 곳'을 생각하고 위로로 삼지 못한다면 우리는 또 어떻게 스스로를 속이며 그 숱한 견디기 어려운 순간들을 넘기겠는가? 밀란 쿤데라에게는 파리가 있었고, 남당南唐의 이욱李煜에게는 함락된 옛 도읍이 있었고, 천릿길을 마다하지 않고 경낭京娘 고향에 데려다준 조광윤(훗날 송 태조가 되는 조광윤은 젊은 시절 불량배들에게 납치된 경낭이라는 아가씨를 구해주고 천릿길도 넘는 그녀의 집까지 데려다 주었다)에게는 개봉開封이 있었고, 내게는 글쓰기가 있었고, 사촌누이에게는 바로 어얼둬쓰가 있었다. 그렇게 가고 싶어 하니 조만간 갈 게 분명했다. 이른바 어얼둬쓰란 게 또 다른 빨간색 알약일 뿐이란 걸 결국 그녀가 알게 되더라도 지금은 먼저 그녀를 '먼 곳'에 보내줘야 했다. '먼 곳'에 보내 상상 속에서 깨어나게 해야 했다. 그렇게 깨어나기 위해 그녀가 얼마나 많은 문장과 단락을 외워야 할지는 아무도 몰랐다.

이튿날 아침, 그녀는 어얼둬쓰행 기차를 탔다. 그리고

내 생활은 계속됐다. 계속 글을 썼고, 계속 멍을 때렸고, 이 도시 곳곳에 흩어져 사는 가난한 친척들을 계속 맞이했다.

이어서 나를 찾아온 가난한 친척은 사실 아주 먼 친척이었다. 내가 당숙이라고 부르긴 해야 했지만 그의 나이는 나보다 몇 살 안 많았다. 지난 십 년간 몇 번 못 만나긴 했어도 그가 무골호인이자 효자라는 칭찬을 익히 들었었다. 그래서 그의 연락을 받았을 때 그가 털어놓은 얘기가 무척 희한하긴 했지만 그래도 얼른 그를 맞이해 내 작업실에 묵게 했다.

공장에서 일하던 그는 대략 반년 전 다른 동료와 함께 지게차에 치였다. 두 사람은 그 자리에서 허리를 다쳤고 곧장 병원으로 이송됐다. 그는 부상이 다소 가벼워서 입원한 지 두 달 만에 그럭저럭 다시 일어설 수 있었지만 그의 동료는 그렇게 운이 좋지 못했다. 지금도 반신불수로 치료를 받는 중이었다. 그런데 그것은 비극의 시작일 뿐이었다. 공장은 그들에게 형편없는 수준의 보상금을 제시했고 소심한 호인인 그는 그걸 받아들였다. 하지만 동료의 가족은 그럴 수가 없어 상급 기관들에 문제 해결을 호소하러 다니는, 기나긴 싸움을 시작했다.

호소의 효과를 높이기 위해 그들은 나무판을 마련하고 나의 당숙에게 그 나무판 위에 누워 계속 반신불수 환자 흉내를 내라고 강요했다. 그러고서 그 나무판을 메고 이 기관, 저 기관을 돌아다닐 셈이었다. 진짜 반신불수 환자는 계속 치료를 받아야 하는데, 그는 공동 피해자로서 마땅히 함께 상급 기관을 돌아다녀야지 혼자서만 그 쥐꼬리만 한 배상액을 받아들이는 건 자신들에 대한 배반 행위라고 했다. 그는 한편으로 동료의 가족들이 자신을 이렇게 쥐고 흔드는 게 무서웠고, 다른 한편으로는 이 일로 경찰에 붙잡힐까 무서웠다. 그가 붙잡혀가면 가족의 생계는 누가 책임진단 말인가?

두 달간 가짜 반신불수 환자 행세를 한 후, 그는 두려움이 너무 커져 도저히 견딜 수가 없었다. 그래서 결국 동료의 가족들 몰래 내 작업실에 숨어든 것이었다. 그때부터 그는 문을 닫아걸고 밖으로 안 나왔으며 또 자기는 그래야 한다고 계속 내게 강조했다. 종일 그가 하는 일이라고는 바닥에 무릎을 꿇고 허공의 시방보살(十方菩薩, 동, 서, 남, 북, 동북, 동남, 서남, 서북, 상, 하, 이렇게 열 개 방향, 즉 우주 전체에 존재하는 열 명의 부처를 뜻한다)을 향해 필사적으로 고개를 조아리면서 모든 소란이 어서 진정되기를, 그래서 자기도 밖에 나가 새 일자리를 찾을 수 있기를 눈이 빠지게 기다리는 것뿐이었다.

두려움에 불안도 그림자처럼 따라붙었다. 그는 머리

를 조아릴 때 웅얼웅얼 주문을 외웠고 머리를 조아리지 않을 때도 역시 웅얼웅얼 주문을 외웠다. 또 밤늦게까지 커튼을 꼭 닫은 채 그 뒤에 숨어서 자신을 나무판 위에 눕게 한 그들이 찾아오지는 않았는지 살폈다. 그는 그들이 오늘은 자신을 찾지 못했어도 내일은 꼭 찾아낼 거라고 굳게 믿었다.

"그러면 어쩌지?"

그의 눈빛 속에는 타들어 가는 듯한 초조함이 가득했다.

"그러면 어쩐다지?"

나는 그를 위로해 조금 안심시키려 했고 실제로 그는 열심히 내 위로를 듣고 조금 나아지는 듯했다. 그런데 내 말이 끝나면 다시 안절부절못하며 웃음을 터뜨렸다.

"네가 나를 달래려고 하는 말인 거 다 알아."

그런데 사실 이 소심하고 나약한 사람은 자기가 정한 금기를 어기지 않는 날이 없었다. 매일 밖에 나가 다른 곳도 아니고 병원에 가서 아직도 침대에 누워 있는 동료를 보고 왔다.

"어쨌든 우리는 좋은 친구니까."

이렇게 그는 내게 말했다. 매일 거기에 다녀오는 건 그에게 사투와도 같았다. 동료의 아내와 딸에게 들키지 않기 위해 병실에는 들어가지도 못한 채 멀리서 슬쩍 보기만 하고 돌아서서 미친 듯이 뛰어왔다. 돌아와서는 또 내게 그와의 의리를 되풀이해 이야기했다. 자기가 가장 궁핍했을 때 그 동료가 돈을 꿔준 적이 있었으며 만약 경찰에 붙잡히는 게 무섭지만 않았다면 정말 그들에게 협조해 계속 반신불수 환자 연기를 했을 거라고 했다. 하지만 그는 무서움을 떨치지 못했다.

그런데 내가 보기에 그는 지나치게 현재의 삶에 탐닉했다. 부끄러워하고, 두려워하고, 처박혀 있고, 머리를 조아리고, 자신과 동료의 정을 반복해서 이야기하는 것에 지나치게 탐닉했다. 사실 그러지 않으면 어떻게 뒤숭숭한 현재를 보낼지 그는 알지 못했다. 또 그래야만 스스로를 납득시킬 수 있었다. 그렇게 긴장된 상황에서 할 수 있는 게 별로 없었다. 말과 망상으로 거듭 스스로를 겁주고 나서 다시 병원에 몰래 문병을 다녀오는 게 다였다. 그런 식으로 자기가 여전히 착한 사람이라는 걸 확인해야 마음을 놓을 수 있었고, 동시에 자기가 그런 대단한 일을 함으로써 나무판에 계속 누워 있어야 하는, 그 초조하고 자책감 드는 일을 안 해도 된다고 스스로를 설득할 수 있었다.

그는 왜 밤마다 비밀공작원처럼 불안에 떨며 병원을 다녀왔을까? 그의 말에 따르면 사실 위험이 점차 가중되고 있었다. 그는 동료에게 과일과 건강식품을 사 가기 시작했고 심지어 병실에 들어가 말을 걸기까지 했다. 가장 위험했을 때는 동료의 딸과 아내에게 들킨 순간이었다. 그들은 병원 밖까지 그를 쫓아왔다. 그래도 다행히 그는 별일 없이 도망칠 수 있었다. 내가 보기에 그는 내심 그들이 자신을 찾기를 바라는 듯했다. 그는 심지어 일부러 위험을 높이면서까지 그들이 좀 더 일찍 자신을 찾기를 바랐다.

용기라고 하는 것은 무송武松이 호랑이를 때려잡거나 노지심魯智深이 버드나무를 뽑는 것뿐만이 아니다. 용기는 그저 한 번의 술자리, 한순간의 어리석은 생각, 한 차례 의식儀式만 필요할 때도 있다. 그런 건 용기를 촉발하기도 하고 마모시키기도 한다. 그런데 계속 마모되는 과정에서 용기는 또 점차 두드러지고, 심각해지고, 더 나아가 신성해져 결국에는 일상적인 것으로 여겨짐으로써 겁쟁이 무골호인도 가져볼 가능성이 생긴다.

그의 노력은 헛되지 않았다. 그날 아침, 나는 작업실 문을 열다가 놀라운 광경을 보았다. 일고여덟 명의 남녀가 작업실 문 앞에 꿇어앉아 있었다. 나는 그들과 초면이었지만 그들이 누군지 바로 알아챘다. 그들은 당숙을 나무판자 위에 눕히고 사방팔방으로 메고 다닌 이들이었다. 단지 이번에는 강제에서 애걸로 태도를 바꿨다. 안에서 탄식하는 소리가 들리더니 결국 당숙이 밖으로 나왔다. 그는 나를 보고는 또 그들을 보며 손을 비비면서 되풀이해 물었다.

"이걸 어쩌지? 이걸 어쩐담?"

족히 십여 번은 묻고서야 그는 거의 울먹이는 목소리로 무릎 꿇은 사람들에게 말했다.

"어쩔 수 없네요. 같이 갈게요."

그의 말에 섞인 울음소리는 처음에는 당연히 억울함 때문이었다. 이번에 가게 되면 정말 경찰에 체포당할지도 모른다는 두려움이 그가 꽁꽁 닫아놓은 방 안에서 풀려나 다시 그의 삶 속에 생생하게 들어설 것이다. 하지만 그 울음소리 속에는 미묘한 흥분이 감춰져 있기도 했다. 그건 나중에 결과가 어찌 되든 우선 해보자는 데에서 비롯된 흥분이었다. "계속 기다리고 있었는데 왜 이제야 나를 찾아온 거예요?"라는 느낌마저 들었다.

난 그를 배웅하지 않았다. 바깥에 북풍이 요란하게 불고 하늘에서 함박눈이 내리기 때문이 아니었다. 사촌누이에게서 전화가 왔기 때문이었다. 그렇다. 바로 어얼둬쓰로 떠난 그 막내 사촌누이의 전화였다. 그리고 나는 당숙이 사람들을 따라 떠날 때, 그들 사이에 어느새 모종의 괴이한 친밀함이 싹텄음을 거의 확신할 수 있었다. 눈이 너무 많이 내려서 그들은 잠시 가지 못하고 일 층 복도에서 눈을 피하고 있었다. 그래서 나는 사촌누이의 전화를 받으면서 복도에서 오가는 이야기를 들을 수 있었다. 당숙은 상대방을 나무라고 있었다. 나무판자가 너무 딱딱하고 차가워서 누워 있기가 힘들다는 것이었다.

먼저 사촌누이 얘기를 해보자. 어얼둬쓰가 그녀를 무료함과 번잡함의 모순 속에서 끌어내 줄 수 없다는 걸 진작부터 알기는 했다. 하지만 그녀의 꿈이 이렇게 빨리 깨질 줄은 몰랐다. 요약해 보면 그녀가 자기를 살려줄 것으로 기대한 그 친구는 무슨 휘황찬란한 일을 한 게 아니라 사실 창녀였다. 사촌누이가 어얼둬쓰로 달려갔을 때 그녀는 막 경찰에 잡혀간 상태였다. 그래서 사촌누이는 지금까지 혼자 어얼둬쓰를 쏘다니다 결국 변변한 일도 못 구했고 방금 전에는 얼마 안 남은 돈까지 소매치기를 당했다. 그녀는 이미 어얼둬쓰를 떠나기로 마음먹었지만 내가 돈을 안 부쳐주면 돌아올 차표도 살 수 없었다.

통화 중에 사촌누이는 말투가 다급했고 때로는 무슨 이야기를 하는지도 알아듣기 힘들었다. 결국에는 큰소리로 엉엉 울기까지 했다. 하지만 나는 막지 않고 그냥 내버려 두었다. 세상일은 다 이렇지 않은가. 천릿길을 마다않고 어얼둬쓰까지 달려가 겨우 우는 법을 다시 배우는 데 그쳤지만 그것도 썩 나쁘지만은 않았다. 그 순간 "날마다 새로운 태양이 뜬다"는 게 무슨 의미가 있었을까? "사람은 알아야 너그러워진다"는 또 무슨 의미가 있었을까? 그것들은 호텔과 네온사인과 지하 카지노에 대한 그녀의 환상을 없애주지는 못했다. 한때 그런 문장과 단락들을 외우면서 그녀는 자기가 당한 굴욕을 확인하고 미미하지만 참된 '깨달음'을 얻었을 것이다. 하지만 그 '깨달음'을 얻은 뒤, 또 미지의 어얼둬쓰를 찾아가야 했다.

다행히 울고 나서, 전화를 끊고 나서 사촌누이는 내게 문자를 보냈다. 문자에는 내가 그녀에게 돈을 부칠 주소가 적혀 있었다. 그곳은 그녀가 막 설거지 일을 찾은 어느 식당이었다. 주소 뒤에 그녀는 몇 마디 말을 덧붙였다. 그 말은 어느 잡지에 나온 게 아니라 그녀가 직접 쓴 것이었다. 내가 보기에는 그녀가 잡지에서 외운 그 어떤 말보다 더 훌륭했다.

"내가 겪은 일이 불행일까? 정말 그렇다면 나 자신도 나를 위로하고 싶지 않을 거야. 난 드디어 깨달았어. 여기를 가든, 저기를 가든 그건 결국 하나의 증거일 뿐이란 걸. 그건 속고, 방황하고, 궁지에 빠지는 게 다 정말로 존재한다는 걸 증명해줘. 또 정말 잘 사는 사람, 정말 잘 사는 삶 같은 건 아예 존재하지 않는다는 것도."

일 층 복도에서는 여전히 열띤 논의가 이어지고 있었다. 마침내 당숙은 나무판자를 새걸로 바꿔야 한다는 걸

164

옆의 사람에게 납득시켰다. 하늘 가득 내리는 폭설을 창밖으로 바라보다가 문득 어떤 생각이 들었다. 지금 이 순간, 전혀 별다를 게 없는 이 풍경 속에서 조물주는 누구도 예외가 아닌 세 가지 운명을 펼쳐 보여주고 있는 듯했다. 하나는 나였다. 창문 커튼 뒤에 숨어 평온히 있지도 못하고 밖에 나가지도 못했다. 또 하나는 내 사촌누이였다. 소리치며 '먼 곳'으로 달려갔지만 다시 그 '먼 곳'에 의해 속절없이 쫓겨 돌아와야 했다. 남은 하나는 바로 내 당숙이었다. 자신이 감옥에 있는지는 이미 중요치 않고 그 감옥을 더 쾌적하게 잘 만드는 게 초미의 관심사였다.

이런 엉뚱한 생각을 하는 중에 눈발이 점차 수그러졌고 당숙은 자신의 동료들과 함께 천천히 멀어져갔다. 시내를 건너고 버려진 철로를 돌고 나서 그들은 걸음을 멈췄다. 약속한 대로 당숙은 오랜만에 다시 그 나무판자 위에 누웠다. 날씨가 역시 너무 추워서 그는 눕기도 여의찮고 앉기도 여의찮았다. 그 모습이 꼭 붙잡힌 산적 두목 같기도 하고 가엾은 인간 제물 같기도 했다. 그들은 계속 나아가야 했다. 한 무리의 사람들이 천천히 눈밭 속을 행진했다. 가면 갈수록 서글픈 장례 행렬처럼 보였다.

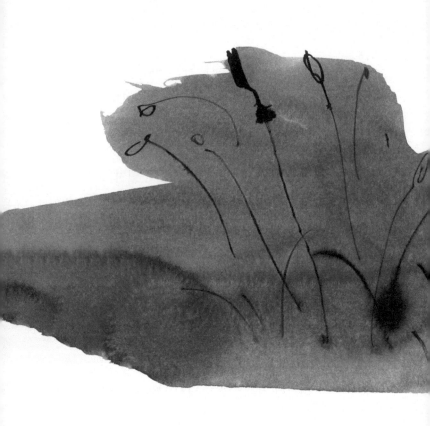

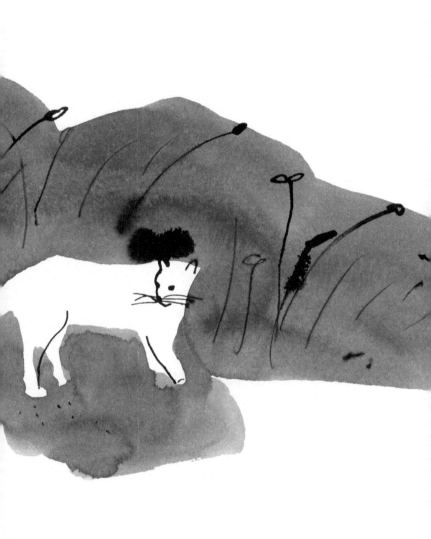

귀신 이야기

귀신 이야기

　　펑두(豊都, 충칭시에 속한 현급 지역으로 강족羌族, 저족氐族의 부족사회 시절부터 샤머니즘 문화가 발달해 귀신 관련 사원과 유적이 많다. 그래서 따로 귀성鬼城이라고 불린다.) 지역에 들어서자 고속도로 위에서 동행자들이 앞다퉈 귀신 이야기를 하기 시작했다. 누구는 버려진 마을의 외진 가게 이야기를 했고 또 누구는 위험한 건물과 주인 없는 무덤 이야기를 했다. 동서고금의 귀신들이 참 많기도 했다. 밤이 된 후 시내에 짐을 풀고 나서 내가 술을 마시러 가자고 했다. 그런데 귀신 이야기를 한 사람들은 모두 가지 않았다. 정말 귀신을 만날까 무섭다는 것이었다. 이리저리 묻다가 겨우 같이 갈 사람을 찾았다. 나처럼 방금 전 고속도로에서 귀신 이야기에 입을 다물고 있던 사람이었다.

깊은 밤, 거리에서 술 몇 잔이 속에 들어가자 말이 많아지기 시작했고 난 그에게 왜 귀신 이야기를 안 했냐고 물었다. 그는 거듭 망설이다 결국 입을 열었다. 어릴 적부터 어머니와 둘이 의지하며 살던 그는 어머니 곁을 떠난 후로 계속 생계가 곤란했다. 그래서 어머니를 모셔 와 함께 살지 못했고 자신도 늦게까지 결혼을 못 해 어머니의 속을 태웠다. 그러던 어느 날 갑자기 어머니가 세상을 떠났다. 마침 그는 당시 광시廣西의 소식도 닿지 않는 지역에 출장을 가 있었기 때문에 서둘러 돌아왔을 때는 이미 어머니의 장례식이 끝난 뒤였다.

그 후로 그의 고향에서는 그의 어머니가 귀신이 됐다는 얘기가 이웃들 사이에 돌았다. 번개 치는 밤이면 그녀의 어머니가 나타나 사람들에게 자기 아들이 결혼을 했는지 묻는다는 것이었다. 그 황당한 소문을 그는 당연히 믿지 않았다. 하지만 그 얘기를 입에 담는 사람이 정말 너무나 많았다. 몇 차례 그는 술을 마시고 울컥해 비행기를 타고 고향으로 돌아갔다. 그리고 사람들이 어머니를 봤다는 뽕나무숲, 정류장, 기름집 그리고 이미 퇴락한 자기 집을 다 돌아보고 서성이며 기다렸지만 끝내 어머니를 만나지는 못했다.

나는 그가 왜 귀신 이야기를 하려고 하지 않는지 대충 이해가 갔다. 그와 마찬가지로 나도 거의 귀신 이야기를 하지 않았고 그것은 내 먼 친척과 관련이 있었다. 그러니까 내게는 고모라고 불러야 하는 사람이 있었는데 그녀는 비명횡사라 부를만한 죽음을 당했다. 부부가 함께 강을 건너다 혼자 물에 빠져 죽은 것이다. 고모부는 그녀가 급류에 휩쓸려 가는 것을 울부짖으며 빤히 보고 있을 수밖에 없었다. 그녀의 시신조차 찾지 못했다. 그런데 모든 이의 예상과 다르게 죽음은 그들을 갈라놓지 못했다. 고모부의 눈에서, 더 나아가 그의 여생에서 그녀는 멀어지지 않았다. 단지 귀신으로 변해 다시 익숙한 곳으로 돌아왔을 뿐이었다.

봄에 씨를 뿌릴 때나 가을에 작물을 수확할 때나 고모는 늘 고모부와 함께했다. 고모부의 얘기에 따르면 고모는 거의 언제 어디서든 나타났다. 밭두렁 위에서, 시장 안에서, 취한 뒤에, 병이 났을 때 그는 쉽게 그녀를 발견했다. 그들은 때로는 이야기를 나눴고 때로는 말없이 보고만 있었다. 그렇게 고모는 반경 수십 리 안에서 가장 유명한 귀신이 되었다. 그녀에 관한 갖가지 소문은 갈수록 신기한 게 늘었는데 역시 가장 신기했던 건 고모부에게 직접 들은 것이었다. 어느 날 그는 물에 빠진 생쥐 꼴로 집에 돌아와 엉엉 울며 자식들에게 말했다. 방금 그도 강에서 발이 미끄러져 물에 빠졌다가 생사가 교차하는 시점에 악귀들에게 끌려 저승에 갔다는 것이었다. 그런데 어렴풋한 와중에 돌연 고모가 나타나 목이 쉬도록 소리쳐서 그 악귀들을 쫓아냈고 덕분에 그는 이승으로 돌아올 수 있었다. 다만 고모는 그에게 자기는 이제 환생할 때가 다 됐다고, 앞으로 다시는 그와 못 만난다고 말했다.

그 후로도 고모에 대한 소문은 끊임없이 퍼졌지만 고모부는 입을 닫고 더는 언급하지 않았다. 아내가 사후에도 자신과 십 년을 함께했다고 믿은 것처럼 그는 죽기 전까지 아내가 이미 환생했다고 믿었다. 그것이 마치 보살이 알려준 진리인 양 믿었다.

고모의 이 사연 때문에 그 후로 난 어떤 귀신 이야기를 들어도 무서워하기는커녕 오히려 그 귀신들을 친근하게 느꼈다. 꽃과 새, 강과 호수 그리고 정자와 나무까지 귀신 이야기 속에는 없는 게 없다. 더구나 이야기이기 때문에 정지와 단절이 빈번한 이 세상이 귀신 이야기 속에서 조금은 확장되는 느낌마저 든다. 이승과 저승이 뒤섞이면서 무거운 육신과 공허한 욕망이 모두 비밀스럽고 뭐라 표현하기 어려운 꽃을 피운다.

이 때문에 괴이한 이야기를 기록한 대부분의 글은 내 마음에 안 든다.『옥력보초玉歷寶鈔』에서는 귀신들의 거처가 다 연옥과 흡사하고『이견정지夷堅丁志』에서는 귀신이 이승에 돌아가 사기를 치는 게 단지 한 끼 배불리 먹기 위해서이며『수신기搜神記』에서는 누가 술을 마실 때 이유 없이 술잔 속 술이 줄면 그건 대체로 귀신이 몰래 마셨기 때문이라고 한다. 다행히『요재지이聊齋志异』와『수신후기搜神後記』는 좀 다르다.『요재지이』의 섭생葉生은 은혜를 갚기 위해 반생을 떠돌면서도 자기가 오래전에 죽은 걸 몰랐고『수신후기』에서 급류에 빠져 죽은 기생이 무수한 왕조가 바뀐 뒤에도 계속 힘들게 강바닥을 지킨 건, 오가는 배들이 거기서 조난되지 않게 경고하기 위해서였다. 이거야말로 내 마음에 쏙 드는 사후 세계다. 형제의 우애와 부모 자식의 사랑이 다 갖춰져 저 세상이 이 세상과 다를 바 없으며 귀신과 사람이 인연을 맺고 겁난을 넘어 만남을 이룬다.

그러고 보니『요재지이』의 섭생과 비슷한 이야기를 나도 들은 적이 있다. 언젠가 뜻하지 않게 원난의 작은 마을에 글을 쓰러 간 적이 있다. 거기에서 버려진 집에 짐을 풀었는데 며칠 안 돼 고열이 나고 온몸이 떨려 마치 장티푸스에 걸린 듯했다. 여러 곳을 거쳐 수십 리 밖의 작은 진료소에 드나들었지만 여전히 차도가 없었다. 그래서 어찌할 바를 모르고 있을 때 마을 사람이 와서 산 밑의 어느 묘지에 가서 향을 사르면 깨끗이 나을 거라고 했다. 난 당연히 무슨 소리인지 이해하지 못했다. 그러자 그 사람은 친절하게 민국 시기 그 집에서 있었던 귀신 이야기를 들려주었다.

알고 보니 그 집 주인은 옛날에 한 극단의 악사였고 단장을 따라다니며 이십 년간 거문고 연주를 했다. 줄곧 독신이었지만 다행히 단장의 보살핌을 받아 이십 년간 거리를 쏘다니면서 적어도 굶어 죽지는 않았다. 그런데 한번은 국경 너머 미얀마로 극단이 공연을 하러 갔다가 그의 연주 솜씨에 반한 현지 군벌이 강제로 그를 눌러 앉혔다. 그를 다시 윈난으로 데려가기 위해 단장은 공연이 끝났는데도 돌아가지 않았다. 자기도 거기에 남아 군벌의 집에서 막일을 했다. 오로지 그가 풀려나는 그날을 기다리기 위해서였다. 이 년 뒤 미얀마에 내란이 일어나서 그 군벌이 유탄에 맞아 죽은 뒤에야 두 사람은 비로소 윈난에 있는 각자의 집으로 돌아갔다.

윈난도 난세였다. 단장이 오랜만에 집에 돌아가 보니

가족이 끼니를 못 잇고 있었다. 빌어먹기 위해서라도 또 극단을 꾸려야 했고 그래서 악사를 찾아가 다시 극단에 들어오라고 권했다. 당시 악사는 미얀마에서 돌아오자마자 고질병에 걸려 침상에서 일어나지도 못하는 상태였지만 그래도 쾌히 승낙했다. 억지로 몸을 일으키고 그때부터 또 십 년간 단장을 따라다녔다. 그들의 발걸음은 멀리 남부 지방까지 미쳤으며 단장이 죽고 나서야 그는 천 리 먼 곳의 외진 이 마을로 다시 돌아왔다.

그런데 악사가 마을에 돌아왔을 때 그를 맞이한 것은 뜻밖에도 사람들의 공포에 질린 얼굴이었다. 그를 보기만 해도 다들 놀라서 줄행랑을 쳤다. 그는 어리둥절해 사방을 둘러보았지만 왜 그러는지 알 수가 없었고 결국 한 사람을 붙잡고 이유를 물어봐야 했다. 그런데 그 물음의 답을 듣고 그는 경악하지 않을 수 없었다. 이미 십 년 전에 자기는 죽었다는 것이었다. 그렇다면 지난 십 년간 단장을 따라 타지를 돌아다닌 건 그의 육신이 아니라 영혼이었다. 악사는 당연히 믿지 않았고 만나는 사람마다 질문을 해댔다. 그러다 십 년 전 자기를 매장해준 사람을 따라 자기 무덤 앞에 가보고 나서야 슬피 울며 숲속으로 들어갔고 그 후로는 종적을 감췄다.

하지만 민국 시대부터 지금까지 악사의 영혼은 자주

말썽을 부렸다. 걸핏하면 길을 막고 행인에게 자기가 사람인지 귀신인지 물었다. 만약 사람이라고 답하면 기뻐하며 가버렸고 뭘 모르는 사람이 귀신이라고 답하면 병에 걸리게 했다. 이번에 나 같은 경우는 길에서 그를 만난 건 아니었지만 어쨌든 그의 옛집에 묵다가 원인 모를 병에 걸렸으므로 그와 관계가 없을 수 없었다.

옛집의 사연을 듣고 나서 나는 당연히 지전과 향을 구입해 악사의 무덤 앞에서 태웠다. 그런데 정말 희한하게도 이틀도 안 돼 열과 오한이 다 사라졌다. 이에 다시 지전과 향을 갖고 가서 그 무덤 앞에 잠시 앉아 있을 때 내 마음속에는 원망 대신 안쓰러움이 가득했다. 악사의 영혼이 출몰하는 건 결국 고향을 떠난 그리움 때문이고 아직 이승에 연연하는 건 자기가 살아생전 온전히 못 살았기 때문이다. 난 인간 세상에 대한 악사의 그런 미련이 이해가 갔다. 그리고 그가 지금의 거처에서 방랑에 종지부를 찍고 모든 난세를 피해 가기만을 바랐다.

사람과 귀신은 길이 달라도 둘 다 의지할 곳을 잃고 떠도는 걸 두려워한다. 만약 이 세상이 고향이라고 한다면 다리 위와 박의정(剝衣亭, 망자가 저승을 갈 때 반드시 지나쳐야 하는 정자로 귀신이 망자의 옷을 벗겨준다고 한다) 안과 맹파점(孟婆店, 맹파라는 노파가 운영하는 찻집

으로 영혼이 그녀가 주는 차를 마시면 생전의 기억을 잃게
된다) 바깥에서 아무리 많은 영혼이 떠돌아도 그건 금기
를 어긴 게 아니지 않을까? 당나라 사람이 쓴『회창해이록
會昌解頤錄』을 보면 이런 이야기가 나온다. 어느 황량한 산
에 있는 호수에서 귀신이 온종일 흐느껴 울곤 했다. 이에
배짱 좋은 사람이 몰래 귀를 기울여 그 이유를 알게 됐다.
그 호수에는 이미 수백 년간 빠져 죽은 사람이 없었고 금
기에 따르면 대체할 사람이 없을 시에 그 귀신은 환생할
수가 없었다. 그런데 시간이 너무 오래 지나 어느새 그의
이름은 귀신 명부에서 빠졌으며 이승에서도 그의 제사를
지내주는 사람이 없었다. 이렇게 떠도는 넋이 되고 만 그
는 이승과 자신의 운명이 생각날 때마다 울지 않을 수 없
었던 것이다.

　귀신에 관한 기록을 하도 많이 읽다 보니 이따금 공상
에 잠기곤 한다. 자신의 손가락도 안 보이는 곳에 있으면
서 귀신들은 어떻게 이승의 자기 고향을 상상하는 걸까?
유비의 귀신은 형주(荊州, 적벽대전 후 유비는 손권과 합의
해 형주에 둥지를 틀고 천하 삼분의 기틀을 마련했다)에
서, 현장의 귀신은 뇌음사(雷音寺, 당나라 때 현장이 불경
을 가지러 갔던 인도의 사원)에서 볼 수 있을까? 내가 이
런 생각을 하는 건 별도의 이유가 있어서가 아니다. 조금

만 신경 쓰면 그 숱한 일화들 속에서 속세에 대한 귀신들의 미련을 너무나 많이 확인할 수 있기 때문이다. 예컨대 송나라의 구양수歐陽修가 면성沔城을 지날 때 사방에 인적이 없는데도 웬일로 노랫소리, 울음소리가 들렸다. 그가 알아보니 그곳은 바로 옛날에 전란이 일어난 곳이었다. 또 청나라 가경嘉慶 연간의 진회하秦淮河에서는 매일 자정마다 불이 꺼지고 조용해지면 처량한 노랫소리가 돌다리 아래에서 들려왔다. 소문에 따르면 청나라군이 산해관山海關을 넘어 명나라로 쳐들어왔을 때 많은 기생들이 그 진회하에 빠져 죽었다고 했다. 청나라가 벌써 중엽에 접어들었는데도 그녀들은 여전히 명나라 노래를 부르고 있었다.

그래서 추모의 의식이 필요하다. 당나라 개원開元 연간에 어떤 사람이 강가에서 해골 한 구를 발견하고 불쌍한 생각이 들어 먹을 것을 던져주었다. 그리고 막 떠나려는데 느닷없이 허공에서 목소리가 들려왔다. 부끄럽고 감사하다는 것이었다. 오랜 세월 그런 연민의 마음이 쌓여 결국 두 가지 명절이 되었다. 바로 청명절(淸明節, 중국 4대 명절 중 하나로 음력 3월에 있으며 성묘와 제사로 조상을 기린다)과 중원절(中元節, 음력 7월에 있으며 제사를 지내고 강에 등을 띄워 망자의 넋을 기린다)이다. 섣달그믐날만큼 성대하지는 않았지만 그래도 사람들은 이 두 날을 쇠는 데

정성을 다했다. 내가 보기에 이 두 날은 두 통의 편지와도 같다. "이쪽은 다 잘 지내는데 그쪽은 또 어떠시오?"라는. 아니면 몇 잔의 박주薄酒와도 유사하다. 내가 이미 한 잔 들이켰으니 당신도 취할 때까지 마셔야 합니다. 사람 노릇이든 귀신 노릇이든 모름지기 재미가 있어야죠. 안 그러면 사람이 어떻게 사람 노릇을 하고 귀신은 또 어떻게 귀신 노릇을 하겠습니까? 안 그러면 이승과 저승이 서로 떨어져 있는데도 우리가 죽음이라는 술자리에 이렇게 한데 앉아 있는 걸 어떻게 설명하겠습니까?

무속 신앙이 강한 샹시(湘西, 후난성 서부)의 어느 작은 마을에서 7월 16일에 귀신에게 제사를 지내는 걸 본 적이 있다.

그 마을의 귀신 이야기는 이랬다. 그 지역은 묘족苗族과 한족의 접경지라 예로부터 전란이 자주 일어나서 불가피하게 많은 원혼들이 사람들을 괴롭혔다. 그래서 매년 7월 16일 읍내 성황당에서 귀신에게 제사를 지냈다. 그런데 왜 하필 7월 16일이었을까? 바로 전날이 중원절이기 때문이었다. 중원절에는 귀계의 문이 활짝 열려 귀신들이 가족이나 친구를 찾아가는 게 깨지지 않는 불문율인데, 그중 일부는 그날이 지나도 어딘가에 처박히거나 여기저기 다니면서 돌아가지 않는다. 이는 규칙을 깨는 것이어서 그들을 쫓아내지 않으면 안 된다. 그래서 7월 16일 그날, 그들을 그들이 가야 할 곳으로 보냈다. 즉, 그 마을에서 귀신에게 제사를 지내는 건 사실 귀신을 쫓아내는 것이었다.

무속 신앙이 강한 곳이기 때문이었는지 그 마을에 가자마자 며칠도 안 돼 귀신이 사람을 괴롭히는 사건을 꽤 여러 가지 전해 들었다. 그중 하나는 읍내 병원 앞의 커다란 시계에 관한 것이었다. 그 시계는 오래전에 고장 난 것인데도 요 며칠 이유 없이 울리곤 했고 시계가 울릴 때마다 바람도 안 부는데 시계 밑의 나뭇잎과 다른 부스러기들이 날린다고 했다. 그래서 귀신들이 거기에 모여 있는 게 틀림없다고들 했다. 다른 하나는 어느 술집 앞에서 일어났다. 밤마다 누가 술을 사겠다고 고함을 지르는데 주인과 주변 이웃들이 목소리를 쫓아 나가봐도 사람 그림자 하나 보이지 않는다고 했다. 그것은 귀신이라고 마을 사람들은 모두 확언했다. 누구는 다짜고짜 내게 귀신을 본 적이 있느냐고 물었고 나는 당연히 고개를 흔들었다. 그들은 거듭 내게 진상을 이야기해주었다. 마을에는 귀신이 있을 뿐만 아니라 아주 바글바글하다고 했다. 밤이 되기 전에 담 구석에 붙어 성황당 쪽으로 다가간다고도 했다. 하지만 그들은 괜찮다고 말했다. 옛날 귀신이든 요즘 귀신이든 7월 16일에 제사를 주관하는 도사가 다 가려낸다는 것이었다.

179

과연 7월 16일 저녁, 옛날 귀신과 요즘 귀신의 이름이 다 황색 종이에 적히고 종이 앞마다 등잔불이 켜졌다. 그 등잔불들은 제사상 위에 일렬로 놓여 깜박였고 어느 등잔불이 일찍 꺼지면 그건 그 등잔불의 주인이 이미 정신을 차리고 운명을 받아들였음을 뜻했다. 인간 세상이 좋기는 해도 오래 머물 곳이 아니므로 내년에 다시 오기 위해 오늘 떠나기로 한 것이다. 다른 등잔불들은 아직 안 꺼진 채 어떤 것은 늦잠을 자는 듯했고 또 어떤 것은 정거장 벤치에 앉아 기차가 타기 싫어 미적거리는 듯했다. 그러자 도사들이 술법을 쓰기 시작했다. 폭죽 터지는 소리가 울리고, 종규(鍾馗, 역귀를 쫓아내는 신) 상이 높이 걸리고, 제사상 가장자리에 닭 모양 전지(剪紙, 가위로 오려 만드는 여러 가지 색깔과 형상의 종이 공예물)가 뿌려졌다. 도사들이 외우는 주문은 하나같이 옛이야기 속 악귀를 쫓은 내용과 관련이 있었다.

　이에 더 많은 귀신이 운명을 받아들여 등잔불이 하나둘 꺼지고 겨우 몇 개만 남았다. 그중 가장 밝게 타오르는 것은 그 주인이 살아생전 가장 비참하게 죽었다고들 했다. 일곱 살짜리 소녀였는데 엄마를 한 살 때 여의었고 아빠는 생계를 위해 일 년 내내 외지에서 일을 해야 했다. 그러던 어느 날 그녀는 혼자 불을 피워 밥을 짓다가 불이 나서 그만 부엌에서 타죽고 말았다.

결국 소녀의 등잔불만 남고 다른 등잔불이 다 꺼졌을 때 도사들은 복숭아나무 칼을 꺼내 들었다. 사람들이 예상했던 것처럼, 그 마지막 도구가 등장하자 불꽃은 두어 번 깜박이더니 갑자기 어두워져 금방이라도 꺼질 듯했다. 그런데 그 결정적인 순간에 돌연 통곡 소리가 들리더니 누가 복숭아나무 칼을 잡아채 어둠 속으로 내던졌다. 그는 수염이 덥수룩한 젊은이였다. 먼 곳에서 막 돌아왔는지 온몸이 진흙투성이이고 어깨에 짐을 메고 있었다. 그는 목 놓아 울면서 도사들을 뚫고 들어가 그 꺼져가는 등잔불을 필사적으로 꼭 감쌌다.

두말할 필요 없이 그는 바로 죽은 소녀의 아빠였다.

사람들이 연이어 다가가 그 젊은 아빠를 달랬다. 이제 등잔을 내려놓고 망령이 잘 가게 보내줘야 한다고 했다. 하지만 젊은 아빠는 말없이 등잔을 부둥켜안은 채 울기만 했다. 나중에는 친척 몇 명이 다가서서 등잔을 빼앗으려는 듯했다. 순간 젊은 아빠가 사람들을 홱 밀치더니 불꽃을 감싼 채 미친 듯이 달아났다. 쫓는 사람도 없는데 광기에 빠져 허둥대며 고함을 질렀다. 얼마 안 가 그는 성황당 문 앞의 강물에 빠졌다. 다행히 그 강은 깊지 않아서 비틀대며 일어나 한 발 한 발 앞으로 나아갔다. 그는 등잔을 머리 위에 높이 들고 있었다. 강바람이 부는데도 불꽃은 줄곧 꺼지지 않았다.

　구경꾼들 사이에 서서 나는 몇 번이나 눈물을 흘릴 뻔했다. 이 세상에 사연 없는 귀신 이야기가 어디 있을까. 어느 귀신 이야기에든 속세에서 상처 입은 이들이 득시글하다. 달빛 아래 헤매고, 광야에서 우연히 마주치고, 황폐한 마을에서 기이한 짓을 일삼는 그들은 알고 보면 미처 못 흘린 눈물이 으스스한 얼굴로 탈바꿈한 것일 뿐이다. 은침을 몸에 꽂고 입에서 불을 뿜어도 그들의 목적은 한결같다. 사람과 귀신은 같은 길을 가고 저승과 이승은 본래 같은 삶의 두 가지 면모임을, 우리는 여전히 지척에 살며 서로 계속 사랑하고 다투고 소중히 여길 수 있음을 산 사람들이 믿게 만드는 것이다. 강물 속의 젊은 아빠만 봐도 그랬다. 이미 광기에서 깨어났는데도 계속 등잔을 머리 위에 높이 든 채 한 발 한 발, 조심조심 앞으로 나아가고 있었다. 마치 하늘과 땅 사이에 다른 사람은 없고 오직 자기와 자기 딸만 무인지경을 걸어가고 있는 듯했다.

광야의 제문

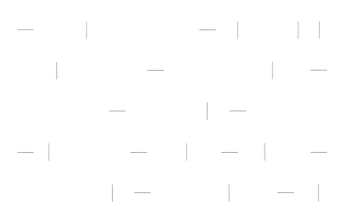

광야의 제문

그날은 마침 춘분이었다. 나는 죽은 가족의 이장 때문에 고향에 갔다. 시간이 막 정오를 지났는데도 어둠이 걷힌 새벽녘처럼 사방이 고요했다. 나는 마을을 나와 가족이 묻힌 언덕 쪽으로 걸어갔다. 절기가 춘분이어도 진짜 봄이 오기까지는 아직 한참이 남았다. 광야에 쌩쌩 부는 서풍에 마른 풀 몇 떨기가 휩쓸려 날아갔다. 눈앞의 농작물은 얇은 서리에 덮여 있었다. 그것들은 작고 애처로워서 하나하나가 다 죽어가는 소년 같았다.

수확이 끝난 논을 가로지르자 멀리 개 한 마리가 보였다. 처음엔 들개인 줄 알았는데 그렇지 않았다. 내가 다가오는 걸 보고 녀석은 우선 달아났다가 다시 돌아왔다. 그리고 자기 옆의 무덤 근처만 계속 맴돌았다. 간혹 나와 눈이 마주쳐도 소심하게 몸을 뺐고 내가 작정하고 다가갔을 때는 한 번 끼잉, 하고 슬프게 울기만 했다. 마치 녀석은 불행 속에 깊이 빠져 있고 나는 녀석의 불행을 이해해 줄 수 있는 사람 같았다.

실제로도 그랬다. 묘비의 이름을 보자마자 나는 녀석을 이해했다. 무덤 속의 그 사람, 그러니까 그 개의 주인이 죽었는지 나는 몰랐었다. 아무도 내게 그가 죽었다고 말해 주지 않았기 때문이다. 아마 누구도 다른 사람에게 그가 죽었다는 소식을 전하지 않았을 것이다. 그의 무덤에도 어쨌든 묘비가 꽂혀 있긴 했지만 묘비 귀퉁이에 낙관이 하나도 없어서 마치 갈라져 허물어진 봉분처럼 허술해 보였다. 확실히 그의 죽음은 그의 삶과 흡사했다. 그가 살아 있을 때 모두가 그를 보았지만 아무도 그의 동정을 알지 못했다. 그는 언제나 우리 사이에 있었으면서도 또 언제나 우리 사이에 있지 않았다. 만약 그의 묘비에 굳이 친지의 낙관을 새겨 넣으려 했다면 아마 눈앞의 그 개의 이름을 새길 수밖에 없었을 것이다. 어쩌면 그것도 이상한 일이 아니다. 이른바 세상은 살벌하다고 하고 생사는 엄중하다고 하며 사람들은 각자 자기 상황 속에서 산다. 더구나 각각의 상황마다 겹겹이 위험이 도사리고 있어서 항상 대처해야 하고 또 아무리 대처해도 끝이 안 난다.

공교롭게도 이장을 도와줄 사람이 좀처럼 오지 않아 드넓은 광야에 사람 한 명, 개 한 마리만 덩그러니 남아 있었다. 하지만 그 개가 같이 있으려는 사람은 이미 죽은 사람이었다. 그리고 마치 무덤 속 시신에 지각이 생겨 땅속의 뿌리를 바깥에 나가게 해달라고 애걸하는 듯, 자세히 보면 봉분에 깔린 남가새 풀 사이로 버드나무가 한 마디 자라 있었다. 또 더 짧은 그 나뭇가지에는 새싹 몇 개가 나서 꿈틀대고 있었다. 그 개는 수시로 거기에 다가가 혀로 핥으려 했지만 매번 혀가 닿으려 할 때마다 겁을 먹고 움츠리곤 했다. 자기가 새싹들을 괴롭힐까 봐 두려운 듯했다.

그 광경을 보고 순간적으로 감동해 할 말을 잃었다. 비록 고향을 떠나 여러 해 외지에서 살긴 했지만 나와 무덤 속 사람은 각자의 인생에서 서로 적잖이 모이고 마주친 적이 있었다. 아무래도 몸에 지닌 종이와 펜을 꺼내, 조금 바람 피할 데를 찾아 그를 위해 한마디 적어야 할 것 같았다. 그리고 그걸 그의 무덤 앞에서 태워 남모를 제문으로 삼고 싶었다. 그 제문은 당연히 쓸모없는 것이다. 무덤 앞

185

의 개처럼, 남가새 수풀 속의 버드나무 새싹처럼. 하지만 이 세상에는 쓸모 있는 게 너무 많으므로 쓸모없는 것도 마땅히 존재해야 한다. 그 사소한 쓸모없는 것들이 칼날이나 불꽃처럼 어두운 빛을 발하며 잠시라도 존재하게 하고 또 끝도 없는 쓸모 있는 것들 속에서 "우리는 계속 존재했다"고 말하게 해야 한다.

다소 황당하기는 하지만 그렇게 일이 벌어졌다. 서풍이 쌩쌩 부는 그 오후에 난 무덤에 기댄 채 종이와 펜을 꺼냈다. 그리고 어느 부서진 묘비 뒤에 숨어 지난날을 회상하며 한 구절, 한 구절 글을 떠올렸다. 물론 다시 말하지만 그 글은 아무리 많이 써도 이 광대한 세상에서는 결국 쓸모없는 것이었다.

먼저 그의 다리에 관해 썼다. 그는 한쪽 다리를 절었다. 하지만 스무 살이 넘은 어느 해에 수구繡球를 차지했다. 이 지역의 결혼식에서는 매번 식이 끝나갈 때 신랑이 총각들을 향해 수구를 던진다. 서양의 결혼식에서 신부가 화환을 던질 때처럼, 그 수구를 주운 사람은 행운을 잡아 자칫하면 다음번 신랑이 되는 것으로 여겨진다. 그런데 그때 결혼식장에서 우연찮게 수구가 그에게 날아갔고 그는 자기 눈을 못 믿겠다는 표정을 지으면서도 수구를 안은 채 즉시 미친 듯이 달아났다. 다른 총각들이 쫓아오는 걸 따

돌리기 위해서였다. 하지만 절름발이인 그는 몇 걸음 못
가 따라잡혔고 총각들의 몸에 겹겹이 깔리는 신세가 되었
다. 이윽고 총각들이 일어나 가버렸을 때는 옷이 엉망이
된 채 수구에서 떨어진 조화 한 송이만 달랑 단추 구멍에
끼워져 있었다. 그는 무의식중에 쫓아가려다가 다시 겸연
쩍어하며 발을 멈췄다. 자기가 여태껏 다른 사람과 함께
쫓고 쫓겨볼 기회가 없었다는 게 문득 생각난 듯했다. 그
짧은 시간 동안 그의 얼굴은 계속 웃고 있었으며 결국에는
포기를 못 하고 무작정 쫓아 나섰다. 그 갑작스러운 기쁨
이 지나치게 컸던 탓에 그는 뛰면서 다른 사람처럼 흥분을
표출했고 심지어 미친 듯이 고함을 쳤다.

　　그때 난 아직 어리긴 했지만 그에게는 감히 그 수구를
차지하려는 욕심이 없다는 것 정도는 간파할 수 있었다.
그는 수구를 쫓는 즐거움에 미련이 있었을 뿐이고 그 즐거
움은 결국 그의 저는 발만큼이나 짧았다. 얼마 안 가 그는
사람들 속에서 밀려났고 다시 파고들었지만 또 밀려났다.
그렇게 여러 번 반복하고 난 뒤 끝내 자신의 운명 속으로
되돌아갔다. 총각들로부터 조금 떨어진 곳에서 그는 한쪽
발을 끌며 오락가락 달리고 있었다. 아래위로 몸을 크게
흔들면서 총각들이 동쪽으로 가면 그도 동쪽으로 갔고, 총
각들이 서쪽으로 가면 그도 서쪽으로 갔다. 한편으로는 손

을 흔들며 총각들에게 고함을 쳤고, 한편으로는 부끄러워
하며 자기를 비웃는 사람들을 힐끔힐끔 돌아보았다. 결국
손동작이 어색해지긴 했지만 그래도 그는 포기하지 않았
다. 사실 그것만으로도 괜찮았다. 그것만으로도 어쨌든 그
크나큰 즐거움 앞에서 그가 스스로를 소외시키지 않았음
을 증명할 수 있었다.

그 조마조마한 즐거움은 어느 미친 말로 인해 무너졌
다. 총각들이 다투며 추격전을 벌이는 통에 마구간의 대추
색 말 한 마리가 크게 놀랐고 돌연 발광하며 그들을 향해
돌진했다. 이에 그들은 뿔뿔이 흩어졌지만 그는 도망치기
가 여의치 않아 할 수 없이 한쪽 발을 끌며 엉거주춤 말 반
대쪽으로 몸을 비틀었다. 그걸 보고 사람들이 깔깔 웃자
그도 덩달아 웃을 수밖에 없었다. 그런데 그의 웃음은 어
느 정도 마음속에서 우러나온 것이었다. 모든 사람이 그렇
게 자기를 주목해주는 걸 예전에는 감히 상상도 못 했기
때문이다. 한편 그가 자신이 절름발이란 걸 거의 잊은 듯
싶을 때 말이 드디어 그를 겨냥해 집요하게 달려들었다.
사람들의 비명 속에서 그는 벌러덩 하늘을 보고 쓰러졌고
미친 말은 울면서 눈 깜짝할 사이에 멀어졌다. 이윽고 일
어나 앉은 그가 멍한 눈으로 사람들을 바라보았다. 마치
딴 세상에 와 있는 듯한 표정이었고 얼굴에 온통 피가 흘

러내렸다. 그는 여전히 웃고 있었으며 그렇게 계속 웃다가 울음을 터뜨렸다.

세상을 살면서 그가 운 건 당연히 그때 그 한번만이 아니었다. 여러 해가 흘러 그가 이미 머리가 희끗희끗한 중년이 되었을 때 나는 또다시 그의 울음을 목격했다.

그곳은 어느 장례식장이었고 죽은 사람은 그의 먼 친척 아주머니였다. 그녀는 이따금 그에게 먹을 것을 가져다주곤 했었다. 겨우 달걀 몇 개, 토마토와 호박 몇 개에 불과했지만 그의 부모가 죽은 뒤로 수십 년간 그만큼이라도 그를 생각해준 사람은 그 아주머니가 유일했을 것이다. 하지만 그에게 아주머니의 부고를 알려준 사람은 없었고 그건 전혀 이상할 게 없었다. 아마도 아주머니의 자녀조차 자신들의 어머니가 알게 모르게 그를 챙겨 준 걸 몰랐을 것이다. 그렇다. 그녀는 알게 모르게 그를 챙겨 주었다. 그 두메산골에서는 가난이 사람들 안의 동정심을 조금씩 다 갉아먹었으므로 그녀가 그런 건 불똥처럼 금세 사라져버릴 마음의 표현이었을 것이다.

그래도 아주머니가 죽었다는 소식을 전해 듣고서 그는 도둑처럼 장례식에 찾아갔다. 살금살금 문상객들 사이에 끼어 지금 자기가 어떠한 존재인지 확인했다. 세월이 흐르고 나이를 먹으면서 그는 점점 더 불길한 징조로 여겨졌다. 아내도 없고, 아이도 없고, 소와 말도 없고, 헝겊으로 기우지 않은 옷도 없었다. 당연히 사람들은 그를 무시했고 땅도 마찬가지였다. 다른 사람도 농사를 짓고 그도 농사를 지었지만 왠지 모르게 그는 수확이 남에게 한참 못 미쳤다. 과거에는 그가 다른 사람 앞을 지나갈 때면 그들에게 손가락질을 당했다. 그런데 나중에는 그러는 사람도 사라졌다. 그는 마치 한 그루 나무나 도랑가의 잡초 더미 같았다. 여기에 있든 저기에 있든 아무도 그에게 눈길을 주지 않았다. 단지 아이와 가축만 그와 정면으로 마주치곤 했는데, 그러면 아이의 부모와 가축의 주인이 소리 지르며 달려왔다. 마치 그의 몸속에 불결한 것이라도 감춰져 있는 것처럼.

그래서 친척 아주머니의 장례식에서 그는 곁채 귀퉁이에 피해 있기도 하고 마당의 오동나무 뒤에 숨어 있기도 했다. 그렇게 힘들게 시간을 보내며 어서 장례식이 시작되기만 고대했다. 그는 사람들 사이에 끼어 관에 다가가서 곡을 하고 절을 올릴 생각이었다. 하지만 그의 바람은 이뤄지지 않았다. 아주머니의 자식들이 그를 보고 다짜고짜 쫓아냈기 때문이다. 쫓겨나기 전, 그는 다리를 절며 오동나무 주위를 빙빙 돌면서 사실 자기도 친척이라고 거듭 호소했다. 하지만 전혀 소용이 없었고 그들이 소리를 지른

지 얼마 안 돼 그는 그곳을 떠났다.

하지만 그는 가지 않았다. 나는 그가 집 뒤편 논두렁 위에 서 있는 걸 보았다. 잠시 후에 그는 누가 볼까 두려웠는지 논두렁 옆 고랑 속에 엎드렸다. 그렇게 있으니 집 안에서 울리는 슬픈 음악 소리가 어렴풋이 들렸고 문상객들과 함께 절을 올릴 수도 있었다. 그들은 관 앞에서 무릎을 꿇었는데 그는 고랑 속에서 무릎을 꿇은 것만 달랐다. 사람들이 울자 그도 울었다. 처음에는 그리 심하게 울지 않았지만 얼마 안 돼 무슨 생각이 났는지 고랑 속에 누워 몸을 웅크린 채 이를 악물고 흐느껴 울었다. 그의 몸이 계속 부들부들 떨리는 게 보였다. 또 오른손으로 흙 한 줌을 꽉 움켜쥐고 있었다. 마치 전에 아주머니에게 받은 달걀과 토마토와 호박을 움켜쥐고 있는 듯했다. 그런데 그가 우느라 정신이 없을 때 상여 대열이 집 문을 나와 그가 있는 쪽으로 왔다. 그 대열에 끼어 있던 나는 그가 사람들의 눈에 띌 줄 알았다. 하지만 심하게 우는데도 몸을 잔뜩 웅크리고 있어서 전혀 눈에 띄지 않았다. 대열이 멀어진 후 나는 몸을 돌려 뒤를 돌아보았다. 그는 여전히 몸을 드러내지 않았다. 그가 숨어 있는 곳 위로 방금 뿌린 종이돈 몇 장만 날아다녔다.

아마도 나는 그를 위해 증언해야 할 듯하다. 그가 불

결한 사람이 아니었을 뿐만 아니라, 정반대로 청결한 사람이었다는 것을. 어느 해, 마을에서 극단을 초청해 공연이 열렸다. 마침 고향에 돌아와 있던 나도 공연을 보러 갔고 공교롭게도 그의 옆자리에 앉았다. 그는 내게 말을 걸고 싶어 하는 눈치였지만 결국 입을 열지 않았다. 그런데 그에게서 향기로운 샴푸 냄새가 났다. 다시 보니 아래위로 옷이 낡긴 했지만 무척 단정하게 차려입은 상태였다. 나는 당장 주변 사람들에게 그가 불결한 사람이 아니라고, 더 나아가 찢어지게 가난한데도 이렇게 깔끔하게 하고 다니는 사람을 알고 있냐고 말하고 싶었다. 하지만 끝내 말하지 못했다. '삶'이라는 단어는 태반이 '관성'이라는 두 글자의 장난질로 채워지며 그때 나도 그 '관성'의 압력에서 못 벗어났다. 결국 무대 밑의 관중은 다 그를 제대로 못 보게 하는 장애물이었고 나 역시 그중의 한 명이었다.

전에 그와 열심히 대화를 해본 적이 있었다. 무엇 때문인지 내가 아무리 말을 걸어도 그는 대답하기를 꺼렸다. 그때 나는 고향으로 돌아가는 고속버스 위에 있었고 그 역시 멀리 집을 나섰다가 막 돌아가는 참이었다. 나는 다른 사람과 자리를 바꿔 그의 옆에 앉아서 계속 이런저런 질문을 해댔다. 하지만 그는 계속 고개만 끄덕이고 필요 없는 말은 하지 않았다. 몇 년이 지난 뒤에야 나는 우연히 그의

192

입을 통해 당시 그가 어디에 갔다 오는 길이었는지 알았다. 그는 한 여자를 만나러 갔다가 엉뚱하게 파출소에 갇혔었다.

그날 나는 그와 함께 걸어서 마을로 돌아갔다. 봄이어서 유채화가 만발했고 꿀벌들이 계속 앞에서 윙윙거렸다. 그가 갑자기 걸음을 멈추고 내게 말했다.

"…… 그래도 너희는 낫잖아."

그랬다. 우리는 줄곧 그보다 나았다. 우리는 아내가 있고, 아이가 있고, 소와 말이 있고, 헝겊으로 기우지 않은 옷이 있었지만 그는 아니었다. 한 여자가 그의 곁에 온 적이 있긴 했지만 결국에는 그 여자도 다른 사람의 아내였다.

그 여자는 이웃 현에서 왔고 정신병자였다. 어느 날 정신병이 발작해 지나가는 화물차에 올라탔다가 우리 마을까지 흘러들어왔고 그와 마찬가지로 유채밭 옆, 버려진 가마에 기거하게 되었다. 그들이 동침하는 관계였는지는 아는 사람이 없었다. 어쨌든 그 두 사람은 마을 출입을 거의 안 했기 때문이다. 그 여자가 걸핏하면 백주 대낮에 소리 지르며 뛰어다니고 또 그가 할 수 없이 그 뒤를 쫓아다니지 않았다면 마을에 여자 한 명이 늘었는지도 아는 사람이 없었을 것이다. 그런데 나중에 그 여자의 남편이 어렵게 우리 마을을 찾아왔고 자기 아내가 절름발이인 그를 남편 취급을 하는 걸 보았다. 성난 남편은 다짜고짜 그에게 매 세례를 퍼부었다. 옆에 마을 사람 몇 명이 모여 있긴 했지만 일의 경위를 몰라 뜯어말리지 못했다. 그저 그가 되풀이해 하소연하는 소리를 듣고만 있었다. 처음부터 끝까지 자기는 그녀에게 먹을 것과 입을 것을 줬을 뿐이라고, 자기와 그녀는 깨끗하다고 그는 말했다.

그 일은 거기에서 끝나지 않았다. 이듬해 음력설이 지나고 나서 그는 작물을 판 돈으로 여자의 옷 몇 벌을 산 뒤, 버스를 타고 이웃 현으로 갔다. 그 미친 여자를 보러 가고 싶었던 것이다. 결국 그는 어렵사리 물어물어 그녀를 찾아갔지만 그를 맞이한 건 이번에도 혹독한 매질이었고 어이없게도 현지의 파출소에 갇히는 신세가 되었다. 그런데 엎친 데 덮친 격으로 하필 그때 현지에 물난리가 나서 강둑이 무너질 위기에 처했다. 그래서 그가 갇힌 방을 잠근 채 경찰들이 몽땅 강둑으로 출동해 버렸다. 그 후로 그들은 꼬박 나흘 반 동안 그의 존재를 잊었으며 홍수가 그치고 돌아왔을 때 그는 이미 굶주려 숨이 간들간들해진 상태였다.

그 후로 오랜 세월 동안, 남에게 말하기 힘든 그 나흘 반은 줄곧 그의 마음속에 조용히 담겨 있었다. 그러던 어느 날 한바탕 눈이 내린 후 그는 갑자기 딴사람이 되었다.

얼굴에 홍조를 띠고 두 눈에서 이상한 열정을 뿜어내며 "그건 운명이었어!"라고 말했다. 그는 더 이상 부끄럼을 타지 않고 사람만 만나면 그가 누구든 상관없이 붙들고서 그 잊힌 나흘 반에 관해 이야기했다. 자기 일을 이야기하면서도 마치 남의 일을 이야기하는 것 같았으며 목소리에 다소 비웃음이 섞여 있었다. 하지만 그의 말을 들어주려는 사람은 없어서 저마다 그의 손을 뿌리치고 가버렸다. 그래도 그는 화내지 않고 그다음 사람을 기다렸으며 이야기를 마칠 때마다 꼭 "그건 운명이었어!"라고 탄식하곤 했다.

나도 그에게 붙들린 적이 있고 심지어 아주 여러 번 그의 이야기를 들었다. 내가 대략 이해한 바에 따르면 그 나흘 반은 그가 지금까지 겪어본 것 중에 가장 큰 공포였다. 그에게 그 공포는 눈앞의 세상에 대한 그의 모든 상상을 한참 뛰어넘었다. 그는 너무 무서워서 그것을 숨겼지만 숨기기 힘들 때마다 그것은 그의 혼을 쏙 빼고 나아가 그의 목숨을 위협했다. 그래서 큰마음을 먹고 그것을 이야기해야만 했다. 그래야만 그 강물 같은 공포를 자기 안에서 몰아낼 수 있을 것 같았다. 다만 누군가를 붙잡고 수십 번 자기 얘기를 되풀이해도 결국에는 소용이 없다는 걸 그는 몰랐다. 그의 얼굴에 나타난 홍조와 두 눈의 이상한 열정은 그가 미치기까지 얼마 남지 않았음을 보여주었다.

만약 그대로 미쳐버렸다면 그는 틀림없이 우리 마을에서 가장 유명한 존재가 되었을 것이다. 미치광이는 어쨌든 절름발이보다는 더 유명하기 마련이다. 하지만 그는 그렇게 되지는 않았다. 그 후로 오랫동안 그는 때로는 미쳤고 때로는 미치지 않았다. 단지 어떤 한 가지 점만은 미쳤든 안 미쳤든 놀라울 정도로 일관되게 유지했다. 즉, 사람들이 욕을 해도 몰아세워도 그는 끈질기게 귀담아들었다. 마치 그들이 자신의 친지라도 되는 것처럼.

자신이 살던 데서 쫓겨날 때도 그는 아무런 항변도 하지 않았다. 그해 겨울, 먼저 큰 눈이 왔고 그러고 나서 가마를 산 사람이 왔다. 다른 일이 없으면 그 눈이 멎은 뒤, 여러 해 생산이 중지됐던 그 가마에서 다시 일이 시작될 계획이었고 그건 그에게 더는 그곳에서 못 살게 된 걸 의미했다. 가마의 매수자는 그전에 벌써 여러 번 찾아와 그에게 경고했다. 어서 떠나라고, 그렇지 않으면 직접 손을 쓰겠다고 했다. 매번 그는 말을 알아들은 듯도 하고 못 알아들은 듯도 했다. 그냥 웃으며 고개를 끄덕이기만 했다. 하지만 매수자가 일할 준비를 하러 왔을 때까지도 그는 여전히 떠나지 않았고 결국 매수자는 그의 가재도구를 전부 가마 밖에 내동댕이쳤다.

곤란하기 그지없던 그 순간에도 그는 소리를 지르거

나 몸싸움을 하지 않았다고 한다. 오히려 시종일관 웃고 있었다고 한다. 가재도구들이 눈밭 위에 흩어져 있는데도 전혀 안타까워하는 것 같지 않았고 두 발에 동상이 걸린 듯 사람들 속에 잠자코 서 있었다. 그러다가 조심스레 걸음을 옮기려 할 때 누가 힐끔 보기라도 하면 얼른 다시 걸음을 멈췄다. 정말로 미쳤든 안 미쳤든 그는 항상 제정신이었다. 만약 그의 인생에도 어떤 업적이 있다면 그건 바로 만면의 미소와 온몸의 무기력으로 끝까지 자신이 제정신인 걸 증명한 것이었다. 마지막에 가재도구들을 눈밭에 버려둔 채 가마 매수자가 데려온 사람들이 자리를 떴지만 그는 가재도구를 줍지 않고 그들을 따라 발길 가는 대로 걸어갔다. 그들이 멀어졌을 때 광야에는 그 혼자만 달랑 남아 있었다.

그 겨울, 마을에서 글을 쓰던 나는 그가 가마에서 쫓겨났다는 소식을 듣고 바로 그를 찾아 나섰다. 언덕에 올라서자 드넓은 광야의 까만 점으로 변해 버린 그가 보였다. 이미 너무 멀리까지 갔는데도 그는 계속 걸어가려는 듯했다. 세상 만물은 언제든 정해진 운명을 벗어날 수 없다. 가마를 떠나 그는 어쨌든 새로운 거처를 찾을 터였고 그다음에는 개 한 마리를 거둬 기르게 될 터였다. 그 개는 그의 얼마 안 남은 시간을 지켜보고 또 그 작은 버드나무가 그의 무덤에서 자라게 된 경과도 지켜볼 것이다. 하지만 지금 그는 눈의 장막 속을 하염없이 걷고 있었고 그가 어디까지 갈 생각인지는 아무도 몰랐다. 점점 눈의 장막이 뒤덮어와서 그는 금세 사라질 참이었다. 그 명백한 사라짐은 마치 지금 막 생성되는 알레고리 같았다. 끝없이 하얀 천지간의 그 까만 점은 한 사람일 뿐만 아니라 사실 모든 사람이었다. 앞으로 가면서도 갈 곳은 없고 때로 희로애락에 사로잡혔다가 때로 고통에 신음하며 삼천 리, 오천 리를 지나서 우리 모두는 결국 죽음의 입구 앞에 선다.

드디어 죽음을 입에 올렸다. 무덤 속의 형제여, 지금까지 나는 당신에 관한 모든 기억을 이야기했습니다. 이장을 도와줄 사람이 마침내 저 멀리 나타났으므로 이 조잡한 제문도 끝내야 할 때가 됐습니다. 앞에서 말한 대로 이 광야의 제문은 아무도 모를 테지만 당신의 개는 알 것이고 온 하늘의 서풍과 당신 무덤의 작은 버드나무도 알 것이므로 전혀 쓸모없지는 않을 겁니다. 사람이 죽고 사는 건 운명에 달려 있으니, 이어서 나는 이장을 할 테고 당신은 환생의 길로 나서겠지요. 다만 당신의 개는 홀로 이 바람 부는 황혼의 시간을 더 견뎌야 할 겁니다. 사실 이 제문에는 미처 쓰지 못한 중요한 한 마디가 더 있습니다. 하지만 괜찮습니다. 이장을 하며 천천히 더 들려드리지요.

그 중요한 한 마디를 당신에게 꼭 들려드려야 합니다. 그건 바로, 당신이 내세에 다시 사람으로 태어난다면 설사 또 한쪽 다리를 절어도 이렇게 살 수도 있다는 겁니다. 회 피를 삼가고, 도망도 삼가고, 우물쭈물 말이 안 나오는 건 죄다 앞에 끌어다 놓고 갈기갈기 찢어 버리세요. 물론 나 무나 풀숲처럼 평온하고 싶겠지만 그래도 잊지 마십시오. 당신이 가려는 곳이 어디든 우선 뛰어들고 보세요. 거기가 산해관이든 낭자관(娘子關, 산시성山西省과 허베이성의 경 계를 이루는 관문)이든 상관하지 말고 말입니다. 그곳들 은 모두 뚫고 지나가야 하는 오관(五關,『삼국연의』에 나오 는 관우의 '오관참육장五關斬六將' 고사의 다섯 관문을 뜻 함)이며 오관을 지나면서 여섯 장수를 베야 합니다. 달리 는 말 앞의 비웃음을 베고 은둔 속의 두려움을 베야 합니 다. 그것들이 은창을 든 장수든, 하얀 도포를 입은 장수든 상관하지 말고 절망 속에서도 용감하게 나아가 그것들과 삼백 합을 겨뤄야 합니다. 당신이 죽든 그것들이 죽든 계 속 그러다 보면 온몸이 너덜너덜해질지라도 당신이 간 곳 에 말뚝을 박을 수 있을 겁니다. 그래서 소와 말을 비끄러 매듯 먼저 당신의 사람들을 비끄러매고 또 당신이 한 말들 을 비끄러맬 수 있을 겁니다. 그렇게 한세상을 살면 중생 이든 중신衆神이든 당신의 노래나 탄식 소리와 서로 만나고 또 서로 증명해주겠지요. 마지막으로 부디 그 개를 잊지 마시길. 그 개는 당신이 살아생전 얻은 유일한 사랑일지도 모릅니다. 원컨대 사람으로 환생하면 좀 더 일찍 그 개를 찾아서 거둬 기르십시오. 아니, 그 개뿐만 아니라 더 많은 걸 좀 더 일찍 찾아야 합니다. 한 사람과 등잔 한 개와 쫓겨날 일 없는 집 한 채를 말입니다. 왜냐하면 그것들은 다름 아닌 사람이 사람다울 수 있는 지도이자 기념비이고 당신의 두 손과 저는 발이며 나아가 지금껏 당신의 몸 어디에도 닿아본 적 없는 사랑이기 때문입니다.

무덤 속의 형제여, 이 말을 기억하십시오. 당신이 찾으려던 것들을 찾으면 즉시 집어삼키십시오.

무덤 속의 형제여, 이것으로 글을 마치고 훗날을 기약하렵니다. 이 제문으로 삼가 당신의 명복을 빕니다.

임종의 기록

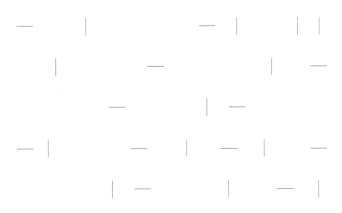

임종의 기록

　　도착했을 때는 이미 황혼에 가까웠다. 나는 어스름 속에서 산을 올랐다. 온 산에 지전이 날렸고 날리는 지전들 사이로 작디작은 불똥이 섞여 있었다. 이번 여행에 나는 성묘를 하러 왔고 또 이번 여행은 두 사람의 속세에서의 종점이었다.

　　할아버지의 무덤 앞에 서서 산 밑을 내려다보았다. 인산비료 공장의 짙은 연기가 파란 들판을 스쳐 하늘가로 날아갔고 크고 작은 광갱에서 굴착기가 요란스레 소리를 냈다. 그리고 가까운 곳에서는 무덤마다 즐거운 동요가 울리고 있었다. 온 산에 가득한, 이미 다른 세계로 간 이들은 양해해줘야 했다. 요 몇 년 새 종이공예 장인들이 줄어들어 가족들은 더 이상 종이 등롱을 못 바치고 장난감 가게의 플라스틱 등롱으로 대신했다. 실로 인생무상이었다.

사랑하는 할아버지, 작년 이맘때 할아버지와 저는 술잔을 들며 서로 즐거움을 나눴죠. 올해 다시 오니 산꼭대기에 달랑 새 무덤이 하나 늘고 무덤 앞에 어느새 들꽃 몇 송이가 피었네요. 이 광경은 전에 제가 들었던 변경의 산곡(山曲, 산시성山西省 서북부에 전해지는 민요)과 비슷해요. "산 있고 물 있고 돌 있고, 다른 사람도 있는데 너는 없네".

오늘 두 가지 드릴 말씀이 있어요. 하나는 강의 물길이 바뀌어 우리 마을 개천에 물이 넘치게 된 거예요. 본래 바짝 말랐던 그 개천이 되살아나 밤낮으로 울부짖고 있어요. 멀리서 보면 꼭 한 마리 노한 사자 같아요. 또 하나는 무척 간단해요. 저는 변화 없이 똑같이 사는 걸 점점 더 안 부끄러워하게 됐어요. 물론 할아버지는 못 따라가죠. 돌아가시기 보름 전까지 밤낮을 안 가리고 꼭 스스로 좋은 술, 좋은 음식을 차려 드셨잖아요. 또 차린 건 아주 맛있게 드셨고요. 내가 왜 그러시냐고 여쭤보니 그러셨죠, 예로부터 먹을 건 모자라도 죽는 건 모자라지 않았다고.

그런데 가까운 시일 내에 할아버지가 바라는 그런 사람은 못 될 것 같아요. 제게 무엇 때문이냐고 물으시면 올 때 차 안에서 들은 노래로 답할 수밖에 없네요. "제대로 능력도 없고, 제대로 나쁘지도 못한데, 하루하루 떠나고만 싶지만, 어딜 가야 딴사람처럼 변할지 모르겠네".

그때 얘기를 하자면 서두르긴 했어도 할아버지 임종에 맞춰 가지는 못했어요. 하지만 거기 있던 사람들에게 하도 얘기를 들어 저도 잘 알고 있어요. 자정쯤 혼수상태에서 깨어난 할아버지는 마지막이 다가온 걸 알고는 울지도 않고 소리 지르지도 않고 조용히 모두에게 말씀하셨다죠. "귀신이 많이 보여."라고 말이에요.

할아버지에게 정말 귀신이 많이 보이는지, 안 보이는지는 아무도 알 수 없었죠. 진짜인지, 환각인지도 말이에요. 어쨌든 거기 있던 사람들은 도와드릴 방법이 없어서 할아버지 스스로 마지막 운명을 감당하는 걸 빤히 보고 있을 수밖에 없었죠.

"귀신이 아주 많아. 어떤 귀신은 내 보따리를 들고 있고 어떤 귀신은 내 옷을 끌어당기고 있어."

할아버지는 계속 말씀하시다가 돌연 침상 옆의 사람들에게 버럭 소리를 지르셨죠. 힘이 없긴 했지만 예전처럼 단호한 목소리로 말이에요.

203

"나가, 모두 나가! 녀석들을 상대해야겠어!"

단지 할아버지의 뜻을 거스르지 못해 모두 알았다고 하고 물러났어요. 방을 나가 문가에서 이삼 분 정도 서 있다가 바로 문을 밀고 들어갔는데 할아버지는 이미 세상을 떠난 뒤였어요. 그 갑작스러운 명령이 할아버지가 인간 세상에서 한 말 중의 마지막 한 마디가 되었죠.

만약 영혼이 있다면 할아버지도 아마 알고 계시겠죠. 임종 전의 그 일갈이 계속 친한 사람들 사이에 전해져 거의 작은 전설이 되었고 또 왠지 모르게 저를 압박하고 있다는 걸 말이에요. 할아버지도 아시는 것처럼 사는 건 죽는 것보다 쉽지 않아요. 요 몇 년, 저는 그렇게 많은 책을 읽고 그렇게 많은 글을 썼는데도 보이는 게 다 의심스럽고 하루하루 어물쩍 넘어가는 게 많답니다. 게다가 상상 속의 그 '진리'들을 깊이 믿고 말이죠. "그들 사이에서, 나를 가슴에 끌어안는 분이 있다면, 난 역시 그의 더 거대한 존재의 힘 속에서 사라질 것이다".

이건 릴케의 시예요. 이 밖에도 더 많은 이들의 더 많은 시가 있죠. 그들에 대해 저는 마음으로도 언어로도 탄복합니다. 그런데 저는 왜 마음으로도 언어로도 탄복할까요? 왜 그들이 입을 열기도 전에 저는 말문이 막히는 걸까요? 수많은 순간, 사실 마장(魔障, 악마가 설치해 불도의 수행에 장애가 되는 것)들이 즐비하게 앞을 가로막고 제가 만남을 통해 그 시들로 가는 길을 방해한답니다. 『벽암록碧巖錄』을 보면 이런 구절이 있죠. "싯다르타가 태어나 한 손가락으로 하늘을, 한 손가락으로 땅을 가리키며 사방을 둘러보고는 '천상천하에 나만 오직 존귀하다'고 하였는데, 운문雲門 선사는 '그때 내가 있었다면 몽둥이로 때려죽이고 개한테나 던져줘서 세상을 시끄럽지 않게 했을 것이다'라고 하였다."

　　사랑하는 할아버지, 여기까지 한 말로도 제가 무슨 얘기를 하려는지 대충 아셨겠죠. 사실 제가 하고 싶은 말은 이거예요. 환각 속의 귀신과 현실 속의 죽음이 차례로 왔을 때 할아버지는 다른 사람이 아니라 우선은 제 눈앞의 릴케였어요. 사라지는 걸 전제로 여겼죠. 그러고서 손에 몽둥이를 쥔 운문 선사로 변해 금강역사처럼 화를 터뜨렸어요. 하지만 거기에서 나온 건 손만 뻗어도 잡힐 듯한 자비였죠. 제가 멋대로 추측해보면 틀림없이 어떤 뭔가가 할아버지를 잘 인도하고 있었을 거예요. 그래서 위독한 육신만 남았어도 역시 마장에 눈이 가릴 일은 없었죠. 저는 그걸 찾고 있는데 제게 말씀해주실 수 없나요? 그건 어디에 있죠? 아니면 대체 누구인 거죠?

　　하늘이 벌써 깜깜해졌네요. 더 말하지 않아도 할아버

지는 당연히 아시겠죠. 제가 앞으로 계속 더 가리라는 걸 말이죠. 이 산을 내려가 몇 리를 걷다가 또 다른 산에 오를 거예요. 정상까지 오르지 않고 산자락 밑, 길게 뻗은 관목 숲 가장자리에 가면 고모의 무덤이 있죠. 고모의 무덤 앞에서 시를 읊으면 많이 억지스러울 것 같아요. 하지만 그래도 이사벨라 비숍의 한 문장이 떠오르네요. "추분秋分 때의 눈물과 지붕을 때리는 빗방울, 이 두 가지가 다 달력이 예언한 것임은 할머니인 사람만 안다".

다름 아니라 아버지가 자랄 때 고모가 누나이자 어머니였기 때문에 저도 자랄 때 고모가 고모이자 할머니였죠. 아버지와 저는 평생 많은 사람을 사랑했어요. 서로의 반려자도 있었고 아버지의 손녀이자 저의 딸인 아이도 있었죠. 하지만 우리의 최초의 사랑은 운명적으로 정해져 있었죠. 그것은 바로 그 무덤 속에 묻힌 여인에게서 비롯되었어요.

무덤 속 그 여인은 다섯 살 때 아버지를, 아홉 살 때 어머니를 여의고 이 집 저 집에서 소나 말처럼 일했어요. 할아버지가 맡아 기르기 전까지 맨발로 이미 여러 번의 겨울을 났죠. 나이를 좀 먹고 일찍 시집을 가서는 아들딸을 잔뜩 낳았고 다들 힘든 세월을 겪었죠.

마흔 살이 넘어 고모는 장손이 생겼어요. 그리고 몇 년 뒤 그 장손은 고압선을 건드렸고 결국 목숨은 건졌지만 다리를 잘라야 했어요. 고모는 하룻밤 사이에 머리가 백발이 됐어요. 바로 그날 저는 철든 후로 처음 고모가 우는 걸 봤답니다.

고모의 일생을 얘기하면 몇 벌의 파란색 홑저고리와 빼어난 음식 솜씨 그리고 마을 사람들이 다 알고 있던 착한 마음씨를 빼놓을 수 없어요. 우산을 고치고 솥을 때우던 외지인들치고 그녀가 해주는 밥을 안 먹어본 사람이 없었죠. 하지만 그 착한 마음씨에 뒤따른 건 넓은 오지랖이 아니라 평생에 걸친 거대한 침묵이었어요.

저도 그렇고 다른 이웃들도 그렇고 고모를 생각하면 바로 떠오르는 인상은 그녀가 거의 입을 안 열었다는 거예요. 수십 년간 늘 웃고만 있었죠. 웃음을 빼고는 울음조차 전부 속에 담아두고 밖에 꺼내지 않았어요. 그래서 고모의 임종을 지키려고 하늘 가득한 폭설을 무릅쓰며 귀향해 그녀 옆에 갔을 때 그녀가 입을 열어 건넨 한마디에 저는 마치 감전된 것 같았어요.

자기 앞에 서 있는 사람이 저란 걸 알고 고모는 목 놓아 울고는 울먹이며 말했어요. "내 아들아, 네가 날 보러 왔구나!"라고요.

고모는 평생 그런 투로 말한 적이 없었어요. 알고 보니 그녀도 그런 말을 할 수 있었던 거예요! 그녀는 말을 하고서 눈을 감고 숨을 헐떡였어요. 저뿐만 아니라 방 안의 모든 사람이 어리둥절했죠. 잠깐 당황하고 숨을 죽인 후 모두 울음을 터뜨렸어요.

지난 세월 고모가 마음속에 숨겨둔 고통을 모르는 사람은 없었어요. 조금씩 조금씩 쌓여 강을 이루고 산을 이룬 그 고통을 우리는 그녀의 안녕을 위해 다 잊고 있었어요. 단지 그런 한은 누구한테나 있는 거라고, 가난과 온갖 근심 걱정일 뿐이라고 생각했죠. 그런데 천만뜻밖에 강을 이루고 산을 이룬 그 고통은 아직 고스란히 존재했어요. 그녀는 단지 우리의 안녕을 위해 스스로 잊은 셈 치고 있다가 세상과 작별하는 순간에 실수로 틈을 보인 거였죠.

그 틈의 뒤편에는 그녀의 헐벗은 어린 시절과 과부로 산 중년의 세월 그리고 거듭된 난산과 형언할 수 없는 막막함, 여러 보살을 독실히 믿었는데도 연꽃 한 송이 돌아오지 않았던 아픔이 존재했어요. 이것들, 이 모든 것에 공통된 이름이 있다면 그건 바로 고모랍니다.

그날 오후 고모는 계속 흐느끼다가 저녁이 돼서 갑자기 포도가 먹고 싶다고 했어요. 왜 고모는 인간 세상을 떠날 때가 돼서야 포도가 먹고 싶다고 했을까요?

저와 사촌형은 그날 밤 오토바이를 몰고 시내에 급히 포도를 사러 갔어요. 바깥에 폭설이 내리는 걸 고모가 볼 수 있었다면 틀림없이 그런 말을 안 했을 거예요. 감사하게도 우리는 시내에서 포도를 살 수 있었어요. 그런데 돌아오는 길에 눈발이 갈수록 거세지고 산길이 질척여서 몇 번이나 멈춰야 했어요. 우리는 할 수 없이 오토바이를 밀며 한 발 한 발 걸었어요.

　눈송이가 얼굴에 들이치는 밤, 저는 포도를 품에 안고 비틀거리면서도 이렇게 스스로를 위로했어요. 내가 지금 이 순간을 걷는 게 아니라 고모의 삶 속을 걷는 거라면, 이 하늘 가득한 폭설과 푹푹 꺼지는 산길은 결국 침묵으로 돌아갈 거야. 이것들을 찢어발기고 치러내야만 마음속에서 인내와 미덕을 끄집어낼 수 있어. 한밤중에 고모의 병상에 돌아와서야 저는 알았어요. 우리가 나간 지 얼마 안 돼서 그녀가 자신의 침묵과 함께 세상을 떠났다는 걸 말이죠. 하지만 산길에 있던 저는 전혀 모르고 이런 생각에만 빠져 있었어요. 틀림없이 어떤 뭔가가 우리를 잘 인도하고 있는 거야. 슬픔을 멈추고 무너지지 않도록 말이야. 그래서 위독한 육신만 남아도 여전히 울 수 있는 거겠지. 저는 줄곧 그걸 찾아왔는데 고모, 제게 말씀해주실 수 없나요? 그건 어디에 있죠? 아니면 대체 누구인 거죠?

자주색 등불

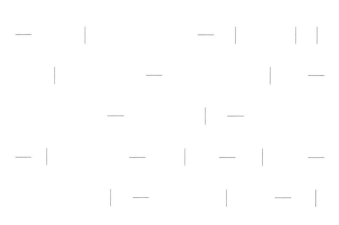

자주색 등불

　도쿄를 떠나기 전날, 연일 계속되던 독감과 꽃가루 알
러지가 드디어 그쳤다. 아직 조금만 찬 바람을 쐬도 머리
가 깨질 듯이 아프긴 했지만, 그래도 중요한지 아닌지 말
하기 힘든 어떤 일 때문에 후추(府中, 도쿄도 다마 지구에
있는 시)로 가는 전철을 탔다. 전철 안에는 사람이 적었고
길가에 보이는 광경은 십오 년 전과 그리 다를 게 없었다.
고층빌딩, 구멍가게, 광고판, 빠르게 흘러가는 인파, 선거
차량의 소음, 냉담한 얼굴들 그리고 절망한 이들이 자살하

고 있는 것처럼 온 세상에 활짝 핀 벚꽃들까지.

그런데 후추역에 도착해 바깥으로 나갈 때 플랫폼에서 갑자기 《코스모스》(일본의 전설적인 가수 겸 배우 야마구치 모모에의 대표곡으로 1977년에 발표되었다)의 멜로디가 들렸고 나는 순간적으로 가슴이 떨렸다.

십오 년 전 나는 매일 그 역을 드나들었다. 그래서 어느 것 하나 익숙지 않은 게 없었고 일단 역 앞의 작은 광장에 서자 묻혀 있던 기억이 한순간에 다 되살아났다. 동쪽으로 가면 미도리초, 서쪽으로 가면 하루미초 그리고 더 멀리 가면 텐진초와 부바이초가 있었다.

내가 갈 곳은 바로 부바이초였다. 조금 엉뚱한지는 몰라도 어떤 등을 찾으러 거기에 가려 했다.

그 등은 사람 키의 반 정도 되는 높이로 작은 신사의 입구에 걸려 있었다. 자주색 기름종이에 싸여 있어서 저녁이 되면 밤새 자줏빛 광채를 뿜어냈다. 그리고 비 오는 밤이면 비안개 속에 불빛이 퍼져 거리의 절반을 물들였다. 보고 있으면 마치 나를 부르는 것 같아서 멀리 떨어져 있어도 잰걸음으로 몇 발짝 다가가고 싶었다.

신사 입구의 자주색 등불이 비치는 곳에는 공중전화 부스가 하나 있었다. 나는 거의 이삼일마다 거기에 가서 중국으로 전화를 걸었다. 비가 오거나 눈이 내리는 날이면 신사 처마 밑에 비나 눈을 피하는 행인들이 삼삼오오 모였는데 그중에는 당연히 중국인도 있었다. 그래서 전화를 걸고 있으면 처마 밑에서 중국어가 들려오곤 했다. 그럴 때면 다가가 친근하게 말을 건네고 싶었지만 끝내 그러지 못했다.

아마 크리스마스 전후였을 것이다. 그때 도쿄는 전처럼 큰 눈은 오지 않고 꼬박 보름간 비가 내렸다. 그날 밤, 아르바이트를 하던 곳에서 후추로 돌아왔을 때는 이미 새벽이 다 된 시각이었다. 결국 또 못 참고 신사 앞 공중전화 부스에 가서 수화기를 들었는데 전화기가 고장 나 있었다. 아무리 번호를 눌러도 통화가 되지 않았다. 할 수 없이 문을 열고 나와 쓸쓸히 자리를 뜨려는데 갑자기 누가 앞을 가로막았다.

상대방은 중국어로 말했다. 다짜고짜 날이 정말 춥다고, 혹시 내게 돈이 있어서 조금 준다면 술을 사 마시겠다고 했다. 내가 어리둥절해하는 것을 보고 그는 또 말했다. 내가 중국인인 걸 안다고, 내가 전화를 걸며 계속 화난 목소리로 "웨이, 웨이, 웨이"('웨이喂'는 중국어로 '여보세요'라는 말이다)라고 하는 걸 들었다고 했다.

당시 나는 도쿄에서 이미 몰릴 대로 몰려 귀국할 결심을 굳힌 상태였다. 다만 돌아갈 여비를 못 모아서 진작부터 수도 없이 마음속으로 되뇌고 있었다. 여비만 모이면 일 분도 지체하지 않고 집으로 돌아가겠다고.

그런데 그날 밤에는 무슨 알 수 없는 분노 때문이었는지, 아니면 그저 같은 신세의 사람을 만난 듯했기 때문이었는지 나는 선뜻 주머니의 얼마 안 되는 돈을 털어 그에게 술값을 주겠다고 했다. 그리고 먼저 술을 사 오고 나서 둘이 함께 그 자리에서 마시자고까지 했다.

그는 의외인 듯했지만 웃으면서 연신 그러겠다고 했다. 그때 자주색 등불의 빛무리를 통해 나는 비로소 그의 두 눈이 망가진 것을, 아무것도 보지 못한다는 걸 알았다. 하지만 그런데도 별생각 없이 눈앞의 방종에만 정신이 팔려, 앞 못 보는 그 대신 술을 사러 갔다. 거리 귀퉁이의 아직도 문을 연 마지막 가게에 뛰어가 가진 돈으로 몽땅 술을 샀다.

말하고 보니 청춘이 좋기는 했다. 동작이 빠르고 거리낌이 없었다.

술을 사서 돌아오니 빗줄기가 더 굵어졌다. 우리는 자주색 등불 아래 앉아 한 사람에 한 병씩 술을 들었다. 차차 몸이 후끈후끈해졌다. 때로 고개 들어 머리 위의 등불을 보면 지금이 언제인지도 막연했고 심지어 내가 타국이 아니라 고향 집 앞에 있는 게 아닌가 싶었다. 어머니와 고향

213

사투리가 지척에 있는 듯했다.

조금 슬픈 생각이 들었을 때 그에게 어째서 이렇게 됐
냐고 물었다. 그는 내가 자기 눈에 관해 물은 걸 알고 있었
고 바로 사실대로 이야기했다.

본래 그는 윈난 사람으로 나보다 팔 년 먼저 도쿄에
왔고 줄곧 생활이 여의치 못했다. 이곳저곳을 돌아다니며
남 밑에서 아르바이트를 했다. 웨이터, 수위, 페인트공, 정
류장과 학교에서 전화카드를 파는 일까지 안 해본 일이 없
었다. 그러다가 2년 전 어느 쓰레기처리업체에서 일할 때
기중기에서 유리 조각 더미 위로 추락했고 즉시 두 눈이
찔려 시력을 잃고 말았다. 최근 몇 년간 그는 그 쓰레기처
리업체와 소승을 하느라 바빴다. 하지만 아직 단 한 푼의
보상금도 받지 못했다.

그의 사연을 다 듣고 나니 무슨 말을 해야 할지 몰랐
다. 묵묵히 그와 잔을 부딪치기만 했다.

또 잠시 망설이다가 그에게 귀국하고 싶지 않냐고 물
었다. 그런데 그는 내게 머리 위의 등을 보라고 한 뒤, 자기
가 눈이 보였을 때는 거기에 등이 세 개가 걸려 있었다고
했다. 한 개는 크고 두 개는 작아서 꼭 한 가족처럼 보였는
데 몇 년 새 작은 두 개가 어디론가 사라지고 큰 것 한 개만
남았다는 것이었다. 자신의 처지는 그 등과 다를 게 없어

서 중국에 두고 온 아내가 아이와 함께 사라져 아무리 편지를 보내도 답장이 없었고 그래서 돌아가지 않게 되었다고 했다.

"그래요, 옛날얘기는 관두고 술이나 한잔 더 하죠."

내가 말했지만 갑자기 무슨 생각이 났는지 그가 술병을 한쪽에 놓고 막 꿈에서 깬 듯 흥분해서 말했다. 그에게는 사실 윈난에서 가져온 술이 두 병 있는데 그것은 땅 밑에서 십 년 이상 묵힌, 그가 평생 마셔 본 술 중에 가장 좋은 술이라고 했다. 신선의 미주美酒나 진배없는 그 술을 아까워서 차마 못 마시고 있다가 최근 2년간 소송 때문에 정해진 거처가 없어 친구 집에 맡겨놓았었다. 그러니 조만간 시간을 정해서 나와 둘이 그 술 두 병을 마시고 그리움을 날려버리는 게 좋겠다는 것이었다.

나는 당연히 좋다고 했고 그는 더 흥분해서 계속 두 손을 비볐다. 입은 옷이 빈약해서이기도 했고 코가 비뚤어지게 마실 그 술자리가 기대돼서이기도 했다.

술이 있어 밤이 길게 느껴지지는 않았지만 어쨌거나 술은 바닥이 나게 마련이다. 비가 더 세차게 내리는 와중에 나는 이튿날 일을 하러 가야 해서 우연히 만난 그 친구에게 작별 인사를 해야 했다. 가기 전, 그에게 전화번호를 남기면서 근처에 살면 데려다주겠다고 했다. 하지만 그는 말없이 웃기만 했다. 말하기 부끄럽지만 그가 머물 곳이 없어도 내게는 도와줄 방도가 없었다. 나도 다른 사람의 좁은 집에 얹혀사는 처지였기 때문이다.

골목 어귀까지 가서 그를 돌아보았던 기억이 난다. 자주색 등불 아래 그는 말없이 단정하게 앉아 있었다. 마치 수행 중인 승려 같았다.

지금 십오 년이 흘러 다시 왔는데 연이어 길을 잃었다. 앞으로 가면 갈수록 내 기억이 그리 믿을 만하지 않다는 걸 깨달았다. 알고 보니 서쪽으로 가야 미도리초였고 또 동쪽으로 가야 하루미초였다. 집집마다 문가에 벚꽃이 흐드러지게 피어 있었다. 그래서 모든 집이 다 똑같아 보였다. 간신히 도랑과 철로 몇 군데를 지나고 나니 벌써 밤이 가까웠다. 어쨌든 부바이초의 경계에 이르긴 했지만 부바이초도 벚꽃이 지천이어서 그 신사와 자주색 등을 끝내 찾지 못했다.

비슷한 일이 십오 년 전에도 있었다. 귀국하기 며칠 전, 매일 동분서주한 끝에 여비가 거의 다 모였을 즈음이었다. 마침 나와 술을 마신 그 친구가 전화를 걸어와서 다시 그 자주색 등 밑에서 만나 그 좋다는 술을 마시기로 약속했다. 그런데 공교롭게도 그날 나는 고열이 났다. 전차에서 내려 비틀거리며 사방을 둘러보았는데 마치 아득히

먼 곳에 있는 것처럼 당최 그 등을 찾을 수가 없었다. 나중에 도저히 버틸 수가 없어 내가 살던 곳으로 돌아갔다.

사실 우리가 만난 그 밤 이후, 그 친구는 이삼일마다 전화를 걸어 친구 집에서 그 술 두 병을 찾아왔으니 약속을 잡자고 했다. 하지만 나는 그럴 만한 심정이 아니었다. 돌아갈 여비 걱정에 거의 미칠 지경이 되어 여기저기 아르바이트 일을 찾아다녔고 아르바이트를 할 때는 눈이 벌게져 계속 귀국 날짜를 계산하곤 했다. 아르바이트가 끝나면 여행사 바깥에 진을 치고 전광판의 염가 비행기표 정보를 뚫어지게 바라보면서 내가 살 수 있는 비행기표가 하늘에서 뚝 떨어지기만을 애타게 기다렸다.

뜻밖에도 정말 행운이 왔다. 어느 날 막 여행사 앞에 가자마자 한 염가 비행기표 정보가 전광판에 뜬 것을 얼핏 보았다. 그 짧은 순간 미친 듯이 가슴이 뛰었고 거듭 진정하고 나서야 내가 잘 못 본 게 아님을 확인했다. 그러고서 팔다리를 떨며 예약하러 안에 들어갔다.

역시 공교롭게도 막 비행기표를 사고 있을 때 자주색 등 밑에서 본 그 친구가 또 전화를 걸어왔다. 이번에는 그가 약속 얘기를 꺼내기도 전에 내가 곧 떠난다고, 날짜는 이틀 뒤라고 먼저 말했다. 그때 내 상태는 기뻐서 미치기 직전이었다고 해도 전혀 과언이 아니었다. 그래서 내 친구는 더 이상 약속을 잡자고 하지 못하고 화제를 바꿔 돈을 아껴서 귀국길 비상금을 마련해두라고 했다.

도쿄에 하루도 더 있고 싶지 않아 귀국 전날 저녁에 나리타 공항으로 출발했다. 공항에서 밤을 보낼 작정이었다. 그러면 후추에서 하루라도 덜 얹혀 있을 수 있고 또 조금 일찍 공항에 가 있으면 알 수 없는 두려움과 초조함에서 벗어날 수 있을 듯했다.

그런데 천만뜻밖에 전차가 도쿄 시 지역으로 곧 들어서려 할 때 내 친구에게서 전화가 또 왔다. 나를 귀찮게 하지 않으려고 본래는 술을 갖고 공항에 가서 나를 찾아 함께 마실 생각이었지만 정말로 눈이 안 좋아서 오후 내내 돌아다니다 끝내 후추 지역을 못 벗어났다고 했다. 그래서 혹시 내가 시간이 되면 그 자주색 등 밑에 와서 그 좋은 술 두 병을 함께 바닥내는 걸로 자신의 송별 인사를 삼고 싶다는 것이었다.

진짜 좋은 술이야. 그는 전화에서 몇 번이나 되풀이해 말했다. 진짜 좋은 술이라니까.

어떤 비통함이 순간적으로 나를 사로잡았다. 그 비통함은 우선 내 자신에 대한 혐오였다. 그 친구와의 만남과 그 후의 약속을 그저 보잘것없는 인연이라 생각했는데 사실 그것은 하늘이 내린 우정으로서 빗물이나 강물에 씻긴 돌멩이처럼 순수한 것이었다. 그런데도 나는 상관하지 않고 까맣게 잊고 말았다. 또 그 비통함은 내 친구와도 연관되었다. 그 보잘것없는 인연을 그는 이토록 진지하고 중요하게 생각하는데, 만약 내가 훌쩍 가버리면 그는 또 어떻게 외로운 타향살이를 하게 될까?

그래서 전차가 다음 정류장에 섰을 때 나는 하차한 후다시 후추로 돌아가는 JR야마노테선을 탔다. 그렇다. 무슨일이 있어도 그와 술을 마시기로 마음먹은 것이다.

왠지 모르게 그날 밤 나는 취기가 빨리 돌았다. 이별을 앞두고 있어서였을 수도 있고 땅에 묻어둔 적이 있는그 술이 너무 독해서였을 수도 있다. 반병도 안 마셨는데알딸딸한 느낌이 들면서 머리 위의 그 자주색 등이 바람에흔들려 멀어졌다 가까워졌다 하는 듯했다. 하지만 실제로는 바람이 불지 않았다.

취한 김에 객쩍은 말도 했다. 다시 도쿄에 오게 되면지금 마시는 이런 술을 꼭 가져올 테니 그때 잊지 말고 취할 때까지 마시자고 했다. 그는 듣고 웃기만 했다. 계속 웃다가 갑자기 기침을 심하게 했고 그제야 지난번에는 시간이 너무 없어 말을 못 했다면서 자기는 폐에 뭔가가 생겨내가 다시 올 때까지 못 기다릴 수도 있다고 했다.

찬물을 한 대야 뒤집어쓴 것처럼 취기가 싹 가셨다.

한참 망설이다가 결국 그에게 물었다. 어째서 귀국하지 않
냐고, 죽어도 고향에서 죽는 게 여기서 죽는 것보다는 낫
지 않냐고. 하지만 그는 여전히 웃으며 돌아간 것이나 다
름없다고 했다. 내게 머리 위의 등을 보라고 하면서 또 말
했다. 전에는 거기에 등이 세 개 걸려 있었는데 한 개는 크
고 두 개는 작아서 꼭 한 가족처럼 보였다고. 몇 년 새 작은
두 개가 어디론가 사라지고 큰 것 한 개만 남았다고. 자신
의 처지는 그 등과 다를 게 없어서 중국에 두고 온 아내가
아이와 함께 사라져 아무리 편지를 보내도 답장이 없었고
그래서 돌아가지 않게 되었다고.

그때 나는 비로소 그도 취한 것을 깨달았다. 말하면서
그가 고개를 치켜들었다. 마치 머리 위의 그 등을 열심히
쳐다보고 있는 듯했다. 물론 그의 눈에는 아무것도 보이지
않았다.

"가자!"

갑자기 그가 일어나서 곧장 앞을 향해 걸었다. 그리고
나를 향해 말했다.

"잘 살아야 해!"

십오 년이 지났지만 나는 당연히 내 친구의 당부를 잊
지 않았다. 그는 내가 잘 살기를 바랐다. 하지만 세상사가
너무나 수상쩍어 나는 번번이 그의 당부를 뒷전으로 미뤘

다. 과거에 그와의 약속을 잊었던 것처럼. 나는 그에게 십오 년간 내가 바뀐 게 없음을 인정해야 할 것 같다. 가는 곳마다 예전 도쿄에서처럼 길을 잃고, 이유 없이 초조해하고, 괜히 들떠 있었다. 심지어 그렇게 들뜬 삶을 부끄러워하기는커녕 자랑으로 여기기까지 했다.

다행히 오늘 이 순간 벚꽃에 가려진 한밤의 골목을 오래 헤맨 끝에 우연히 어딘가를 보고 감전된 듯 충격을 받았다. 드디어 그 자주색 등을 발견한 것이다. 그것은 내게서 오백 미터 떨어진 곳에 있었다. 앞으로 갈수록 자주색 불빛이 가까워졌고 마침내 손발을 떨며 그 빛의 한가운데에 섰다. 나는 그것에 시선을 고정한 채 보고 또 보았다. 오랜만이었지만 그것은 예전과 똑같았다. 단지 거리 건너편에서 날아 온 벚꽃잎이 그것을 가득 덮고 있었을 뿐이었다.

친애하는 친구여, 내가 왔어요. 당신은 어디 있나요? 이 자주색 등을 증인으로 삼기로 하죠. 나는 약속을 어기지 않았어요. 옛날에 우리 둘이 마신 술을 가져왔고 이 술도 땅 밑에 십 년 넘게 묻어두었던 거랍니다. 남지도 모자라지도 않게 딱 두 병이고요. 한 병은 당신 것이고 한 병은 내 거예요. 당신이 살았든 죽었든 상관없어요.

어느 의형제

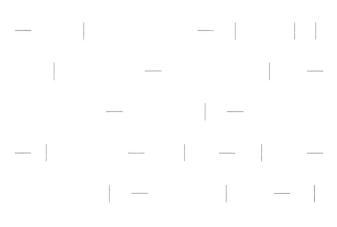

어느 의형제

　밤 깊은 시각, 동남풍이 불어 계곡 전체를 가득 채웠다. 들판 위에도 달빛 아래에도. 빼곡히 자란 뽕잎이 서로 부딪히며 쏴쏴, 소리를 냈다. 점차 가랑비가 내리기 시작했지만 오는 듯 안 오는 듯했으며 달빛이 아직 사라지지 않아 대지 위의 모든 것이 더 단순하면서도 맑아 보였다.

　막 창문을 닫고 잠을 자려 했는데 갑자기 십여 명의 행렬이 창문 앞의 길을 지나 마을을 빠져나가려 했다. 그들 중 누구는 손전등을 들었고 또 누구는 휴대폰으로 발밑을 비췄다. 거의 말하는 사람이 없었지만 계속 억누르는 듯한 울음소리가 나지막이 들렸다.

이윽고 나는 보았다. 사방 백 리 안에서 명성이 자자한 원숭이였다. 보자마자 불길한 느낌이 들었고 지체 없이 집을 나서 그 침묵의 행렬에 끼었다. 그리고 걸어가며 유심히 원숭이를 살폈다. 계속된 질병으로 이미 옛날의 위용은 온데간데없고 그저 조용히 의자에 앉아 있었다. 앞뒤로 몇 명이 그 의자를 들고 천천히 걸어갔다. 원숭이는 안간힘을 써야만 고개를 돌려 이것저것을 둘러볼 수 있었다. 희미한 빛 속에서 원숭이의 손을 그의 딸이 꼭 쥐고 있는 게 보였다. 못 참고 울음소리를 낸 사람은 바로 그의 딸이었다.

그렇다. 병이 골수에 사무친 그 원숭이에게는 인간인 딸이 있었다.

신이 내린 듯한 이 인연을 이야기하려면 십여 년 전으로 거슬러 올라가야 한다. 사실 이 황하 연안 지역은 너무나 척박해서 대부분의 땅은 어떤 작물을 길러도 열에 아홉은 수확을 못 했다. 그래도 다행히 조상들이 한 가지 재주를 물려주었는데 그것은 바로 원숭이 묘기였다. 그래서 남자들은 성년이 되면 농한기 때마다 대부분 자기 원숭이를 데리고 집을 떠나 멀리 밥벌이를 하러 떠났다가 연말이 돼서야 각지에서 서둘러 돌아왔다. 그런 까닭에 매년 설날 전 며칠 동안은 기차역과 질척이는 오솔길, 트럭 위나 나룻배 위 어디에나 눈바람을 무릅쓰고 있는 사람과 원숭이가 눈에 띄었다.

언제부터인지 주인 없는 원숭이들이 한데 모여 그 지역의 산과 강을 옛날의 양산박(梁山泊, 『수호전』에서 송강 등 호걸들이 집결한 근거지)으로 삼았다. 그들은 민가를 약탈할 정도는 아니었지만 가축을 에워싸 공격하기도 하고 하룻밤 사이 밭의 옥수수를 다 털어먹기도 했으며 심지어 혼자 가는 행인을 막고 먹을 걸 달라고까지 했다. 이런 일들이 전부 일상적으로 일어났다. 그 원숭이들의 우두머리는 모르는 사람이 없을 만큼 배짱이 좋았기 때문에 사람들은 점차 그를 원숭이가 아니라 송강, 송공명(宋公明, '공명'은 북송 말기의 도적 두목이자 『수호전』의 주인공인 송강의 자字다)이라고 부르게 되었다. 몇 번의 포획과 사살 위기를 벗어난 후로 송공명의 무리는 갈수록 커졌다. 주인이 죽었거나 힘든 훈련을 못 견딘 원숭이들이 속속 탈출해 그의 휘하에 모였다.

희대의 영웅이라도 한번은 싸움에 패할 때가 있게 마련이다. 어느 날 밤 송공명은 부하들을 데리고 방앗간에 기름을 훔치러 갔다가 불시에 매복을 만나 화승총에 맞았다. 할 수 없이 상처를 누른 채 도망치다 얼마 못 가 부하들과 헤어져서 홀로 황하 기슭을 따라가며 숨을 곳을 찾았다. 그런데 며칠 전 비가 내려 무너진 강둑에서 그만 실족해 강물에 빠졌고 자신과 함께 빠진 나무 한 그루를 붙잡고 물결에 실려 가며 운명을 기다려야만 했다.

이 이야기는 잠시 멈추고 또 다른 이야기를 해야 하겠다. 같은 마을에 바보가 한 명 살았다. 바보라고는 해도 아주 바보는 아니어서 장가도 들었었고 딸도 하나 있었다. 아내가 여러 해 전 도망쳐 혼자 딸을 키우며 살긴 했지만 말이다. 다른 성인 남자들은 매년 원숭이 묘기를 하러 외지에 나갔지만 그는 그러지 못했다. 바보이기 때문이었을 것이고 너무 가난해서 원숭이를 살 돈도, 길들일 능력도 없기 때문이었을 것이다. 어쩔 수 없이 여기저기서 막일을 해가며 살아야 했지만 이에 대해 그는 전혀 불만이 없었다. 조금 여유가 나면 어깨 위에 딸을 태우고 이곳저곳을 쏘다녔으며 그때 다른 사람을 보면 깃발이라도 단 듯 우쭐대며 지나갔다.

그날 새벽, 하늘이 어슴푸레 밝아올 때 바보는 나룻배를 타고 황하를 건너고 있었다. 황하 건너편의 한 채석장에 일하러 가는 길이었다. 배가 강 한가운데에 이르렀을 때 그는 송공명이라 불리는 그 원숭이를 발견했다. 그때 그 원숭이는 물속에서 사경을 헤매고 있었다. 바보는 원숭이를 보자마자 물에 뛰어들어 구해주려 했다. 하지만 옆 사람들이 얼른 뜯어말리며 그 원숭이는 이미 죽었다고, 소용없는 짓이라고 앞다퉈 말했다. 그래도 바보는 원숭이의 손이 아직 움직이고 있다면서 말하는 사이에 벌써 물속으로 뛰어들었다. 바보는 바보여도 헤엄을 정말 잘 쳤다. 얼마 안 돼 물살에 쓸려오는 원숭이를 한 손에 움켜쥐었다.

그러고 나서 이어진 일들은 배 위의 사람들을 더 어리둥절하게 했다. 바보가 원숭이를 끌고 배에 오르자마자 다들 그 원숭이를 알아보고 바보를 설득했다. 여기서 그만두지 않으면 도둑을 비호한 꼴이 될 거라고 했다. 그런데 바보는 전혀 아랑곳하지 않고 자기 옷을 벗어 원숭이의 상처를 싸맸다. 또 강 건너편에 도착해서는 내리지 않고 거꾸로 돌아가 그 원숭이를 메고 자기 집으로 갔다.

바보짓을 하니까 바보겠지만 그래도 바보가 이 정도로 바보스러울 줄은 인근의 이웃 중 누구도 알지 못했다. 그는 그 원숭이를 집에 두고 꼬박 두 달이나 상처를 치료해줬다.

처음에는 뻔질나게 사람들이 바보의 집에 구경을 하러 갔다. 그들은 바보의 집에 달랑 죽 두 그릇이 있는데 바보가 한 그릇은 자기 딸에게 주고 다른 한 그릇은 원숭이에게 주면서 고개를 흔들며 탄식하는 것을 보았다. 그 후로 우두머리가 다친 탓에 그전까지 무리 지어 행패를 부리던 원숭이들이 전부 흩어졌다. 그래서 사람들도 바보의 집에 아직 원숭이 세계의 송공명이 살고 있다는 걸 차츰 잊어갔다. 그리고 다시 가을바람이 불면서 청, 장년 남자들이 자신들의 원숭이를 데리고 돈을 벌러 외지로 떠났다. 바보만 어깨 위에 딸을 태우고 원숭이의 손을 잡고서 바람 부는 강변을 종일 왔다갔다 걸어 다녔다. 총상으로 오른쪽 다리를 잃을 뻔한 원숭이에게 다시 걷기 연습을 시키고 있었다.

이별의 날에는 폭설이 내렸다. 갈수록 생계가 어려워져 진작에 집에 먹을 게 동이 난 까닭에 바보는 딸과 원숭이를 데리고 채석장에 갔다. 채석장에서는 큰 솥에 밥을 지었기 때문에 딸과 원숭이도 어떻게든 한두 입 얻어먹을 수 있었다. 그런데 그 원숭이가 그만 사고를 쳤다. 밥때가 됐을 때 사람들은 왕년의 그 도둑이 얌전하게 바보의 딸에게 손을 잡혀 줄을 선 걸 보고서 다가가 낄낄대며 장난을 쳤다. 그런데 갑자기 그 원숭이가 발끈해서 옛날 버릇을 못 버리고 소란을 피웠다. 자기를 놀린 사람들을 악착같이 추격하는 바람에 채석장 안에 그들의 비명이 울려 퍼졌다.

도망쳤던 사람들이 겨우 살금살금 돌아와서 바보를

빙 둘러싸고는 도둑을 비호한 게 맞았다며 야단을 쳤다. 바보는 역시 아무 말도 안 하고 헤헤 웃기만 했다. 그런데 잠시 떠들고 나서 사람들은 그 원숭이가 돌아오지 않은 걸 깨달았다. 바보의 딸이 사방으로 찾아 다녔지만 어디에도 없었다. 딸이 초조해 울음을 터뜨리고서야 멀리서 원숭이의 울음소리가 들렸다. 다들 눈을 들어보니 그 원숭이는 멀리 절벽 위에 흰 눈을 뒤집어쓴 채 앉아 있었다. 바보의 딸이 돌아오라고 연신 불러댔지만 돌아오지 않았다. 그냥 말없이 앉아 있었다. 그때 어떤 사람이 바보를 비웃으며 말했다.

"저놈을 헛키운 셈이로군. 강산은 바뀌기 쉬워도 본성은 바뀌기 어렵다고 했어. 저 가고 싶을 때 홀쩍 가버리고 자네가 잘해준 건 조금도 생각 안 하잖아. 탓을 하려면 저런 짐승한테 두 달이나 정을 준 자기 탓이나 하라고."

바보는 역시 아무 말도 안 하고 들으면서 헤헤 웃기만 했다.

말하는 사이에 그 원숭이는 갑자기 일어나 몸을 돌리더니 눈 깜짝할 사이에 아득한 눈발 속으로 사라졌다. 딸이 더 심하게 울자 바보는 어쩔 줄 몰라 하며 안아주었다. 딸의 눈물을 닦아주며 그 원숭이가 사라진 절벽을 바라보면서 또 헤헤 웃었다.

230

내 생각에 그때 그 장소에서 만약 바보가 바보스럽지 않고 원활하게 말할 수 있었다면 남의 흉을 보기 좋아하는 사람들에게 아마 이렇게 말했을 것이다.

"내가 왜 웃는지 알아요? 비록 목숨을 구해주기는 했어도 그 원숭이를 내 소유물로 여긴 적이 없기 때문이에요."

여러 해가 지나서 나는 어느 다큐멘터리 감독의 꼬임에 넘어가 원숭이 묘기 공연자에 관한 각본을 써주기로 했다. 그래서 둘이 함께 황하 기슭의 그 마을을 찾아가 묵었는데 얼마 안 가 원숭이 세계의 그 송강, 송공명에 관한 얘기를 들었다. 이에 쇠뿔도 단김에 뽑는다고 감독과 함께 즉시 바보의 집에 찾아갔다. 하지만 그때 바보는 이미 세상을 떠난 뒤였고 그의 딸만 홀로 살아가고 있었다. 다행히 이미 소녀로 자란 딸은 어디를 봐도 궁상맞아 보이지 않았다. 다른 사람과 별다른 차이가 없었다.

그것은 다 그녀의 양부 덕분이었다. 그녀의 양부는 바로 옛날에 그녀의 아버지가 황하에서 목숨을 구해준 그 원숭이였다.

말을 돌려 다시 그때의 채석장으로 돌아가 보기로 하자. 그해 겨울은 설이 가까워질수록 눈이 더 많이 내렸다. 폭설에 산길이 막혀 채석장의 돌을 실어 나를 수 없게 된 탓에 바보는 생계가 더 어려워졌다. 하지만 어깨 위에 딸을 태우고 배로 계속 채석장에 다니는 것 말고는 다른 길이 없었다.

그러던 어느 날 그 원숭이가 절벽에서 사라진 지 두 달쯤 지났을 때였다. 하늘 가득한 눈발을 뚫고 그가 바보를 찾아 돌아왔다. 그날 거의 황혼녘에 바보가 지루한 노역을 마친 뒤 막 딸을 데리고 강가로 배를 타러 가려는데 딸이 갑자기 소리를 질렀다. 멀리 딸이 가리키는 방향을 바라보니 예전 그 절벽에 원숭이 여러 마리가 한데 모여 있었다. 그리고 다들 조용한 가운데 그중에 가만히 앉아 있는 원숭이가 바로 송강, 송공명이었다. 오래 못 본 사이 그는 외지에 돈을 벌러 가서 뜻을 이루고 갓 귀향한 사람처럼 변해 있었다. 담배를 피우며 아무 말도 안 하긴 했지만 굳이 성을 안 내도 위엄이 넘쳤다. 선글라스만 끼면 유명한 마피아 보스들과 진배없을 듯했다.

그를 보자마자 어린 딸은 바보의 손을 뿌리치고 절벽 쪽으로 달려갔다. 하지만 쌓인 눈이 너무 깊어 몇 걸음 못 가서 비틀대다 풀썩 넘어졌다. 이를 보고 바보는 너무 놀라 딸을 향해 미친 듯이 달려갔고 원숭이도 그와 동시에 미친 듯이 달려왔다. 그 송공명은 들고 있던 담배꽁초를 내던진 뒤, 왼손에 자루를 든 채 오른손에 힘을 주어 훨훨 허공을 가르며 내려왔다. 정말로 빠르고 멋지게 십여 번의 도약만으로 절벽 아래에 섰고 한 걸음도 안 멈추고 딸을 향해 달려왔다. 부하들도 그의 뒤를 따랐는데 하나하나가 다 보통내기가 아닌 듯했다. 그때 그들은 거대한 숲속의 설원으로 떠나는 원정대처럼 보였다고 해도 과언이 아니었다.

한 바보와 한 원숭이가 거의 동시에 어린 딸을 눈밭에서 부축해 일으켰다.

바보는 조금 믿기 어려웠지만 무슨 말을 해야 할지 몰라 원숭이를 쳐다보며 평소처럼 헤헤 웃기만 했다. 그때 원숭이가 다짜고짜 손에 든 자루를 열어 보였다. 거기에는 보통 집에서 먹고, 입고, 사용하는 것들이 가득 담겨 있었다. 원숭이는 그 자루를 받으라고 바보에게 눈짓을 했다. 그런데 바보는 고개를 흔들면서, 헤헤 웃으면서 비칠비칠 뒤로 물러섰다.

이때 먼저 배에 탔던 사람들이 앞다퉈 배에서 내려 몰려왔고 쓱 보자마자 무슨 일인지 알아챘다. 목숨을 살려준 은혜를 갚으려고 원숭이가 바보와 바보의 딸이 한동안 먹고 살기에 충분한 것들을 챙겨온 것이었다. 이런 인연은 실로 보기 드문 것이었으므로 사람들은 저마다 탄식하며 세상에는 이 원숭이만도 못한 사람이 너무나 많다고 말했다. 그리고 바보에게는 어서 자루를 받으라고, 원숭이의 성의를 저버리면 안 된다고 했다.

사실 바보가 뒤로 물러나는 것을 보고 원숭이는 이해가 안 가는 눈치였다. 부하들이 보고 있어 체면 때문에 신경질을 못 내는 듯했는데 돌연 뭔가 깨달은 듯 바보를 향해 냅다 소리를 질렀다. 그래도 바보에게는 전혀 소용이 없었다. 딸을 더 꼭 껴안은 채 계속 헤헤 웃기만 했다.

어쩔 도리가 없게 된 송공명은 뜻밖에도 큰소리로 길게 부르짖었다. 그 소리가 하늘 가득한 눈발 사이로 울려 퍼지자 그의 부하들이 조용히 한 줄로 늘어섰다. 곧이어 송공명이 어떤 손짓을 취했고 이에 그들은 구경하던 사람들을 향해 일제히 군대식 경례를 했다. 다들 영문을 몰라 할 때 또 송공명이 손짓을 취했으며 이번에는 부하들 중 두 마리가 후다닥 달려 나와 눈밭 위에서 연달아 세 번 공중제비를 돈 뒤 제자리에 서고는 다시 대열로 돌아갔다. 이때 송공명은 비로소 천천히 고개를 돌려 묵묵히 바보를 바라보았다. 만약 그가 말을 할 줄 알았다면 아마 이런 말을 했을 것이다.

"이건 절대로 훔친 게 아니야. 우리는 묘기를 부려 먹고 산다고. 이 자루에 든 건 다 깨끗한 물건이야."

구경하던 사람들은 모두 깜짝 놀랐다. 조련사의 훈련과 가르침 없이도 그 원숭이 무리는 스스로 묘기를 익혔고 또 그 묘기를 부려 얻은 걸 은인에게 선물한 것이다. 물론 그 원숭이들은 본래 주인을 따라 묘기를 부리러 다녔으므로 조금 재주를 부릴 줄 아는 건 놀라운 일이 아니라고 말하는 이들도 있었다. 하지만 그런 말은 중간에 끊겼고 더 많은 사람이 나서서 바보를 설득했다.

"이 바보야, 멍청한 짓 좀 그만해. 송공명을 더 속상하게 만들지 말라고. 얼른 저 자루를 받아."

막 꿈에서 깬 듯 바보가 어리둥절해하고 있을 때 사람들이 그를 원숭이 쪽으로 밀었다. 그런데 그 원숭이는 이미 단단히 토라졌는지 그에게 눈길 한번 안 주고 자루를 든 채 강기슭으로 달려갔다. 그러고서 그 자루를 나룻배 안에 던져 놓고 돌아서서 가다가 얼마 안 가 되돌아왔다. 이번에는 어린 딸 앞에서 손짓발짓을 하며 이렇게 당부하는 듯했다.

"잊지 말고 배 위의 저 자루를 집에 가져가야 해."

용무를 다 마친 뒤 그 원숭이는 부하들을 데리고 다시 눈발 속으로 사라졌다. 그들이 멀어지고 나서야 바보는 도대체 방금 무슨 일이 있었는지 이해한 듯했다. 그러나 원숭이는 이미 멀어진 터라 그는 알아들을 수 없는 말만 중얼댔다. 하지만 그의 눈 속에는 어느새 눈물이 가득 고여 있었다.

십수 년이 지난 오늘, 이 깊은 밤에 나는 십여 명의 행렬에 끼어 드넓은 뽕나무밭을 벗어나서 드디어 황하 기슭에 이르렀다. 그런데 모래톱 위를 가만히 걸으면서도 병이 벌써 골수에 사무친 송공명을 바짝 따라가는 것 말고는 계속 달빛을 빌려 강 건너편을 바라보기만 했다. 옛날 그 채석장은 평지가 돼버렸고 들쭉날쭉한 절벽은 여전히 희미하게 보였다. 지금 삶의 막바지에 이르러 옛날 자기가 무인지경처럼 그곳을 오르락내리락한 것을 그가 기억하는지 궁금했다.

얼른 그를 응시하며 살폈지만 그는 과거 같은 건 돌아보지 않는지 계속 눈을 감고 똑바로 앉아 있었다. 호흡이 가냘프긴 했지만 그래도 규칙적이었다. 마치 수행하는 노승처럼 보였다.

지금 나는 이미 이 행렬의 목적지를 알고 있었다. 우리는 그를 이 지역에서 가장 가까운 간이 정거장에 데리고 가서는 단거리 기차로 현성에 닿은 뒤, 중심지로 가서 그를 좀 거닐게 하거나 잠깐 앉아 있게 할 셈이었다. 오랜 세월, 햇빛이 쨍쨍한 날에도 비바람이 몰아치는 날에도 그는 며칠 간격으로 이 길을 다녔다. 그의 이 고정 노선은 현 전체에서 거의 모르는 사람이 없었다. 무사히 기차를 타고 또 돈을 안 들이려고 그는 심지어 무임승차 하는 요령까지 배웠다. 승무원에게 담배 한 개비를 건네는 것이었다.

다시 과거의 그 채석장으로 돌아가 보기로 하자. 무리의 두목으로서 갈수록 유명해진 그 원숭이는 처음에는 바보와 서먹서먹했다. 때마다 바보에게 물건을 가져다주기만 했다. 바보가 가까이 가도 데면데면하게 대했다. 하지만 결국에는 한 가족이라 바보의 딸이 여러 차례 아버지의 손을 원숭이에게 건네고 또 원숭이의 손을 아버지에게 건네면서 둘은 차츰 서로의 손을 꽉 쥐었다.

그 원숭이가 갈수록 유명해졌다는 건 절대 허튼소리가 아니다. 몇 년 동안 얼마나 많은 사람이 그가 자루를 메고 채석장이나 바보의 집에 가는 걸 목격했는지 모른다. 그들은 혀를 차며 칭찬하다가 옆 사람에게 얘기해주었고 옆 사람은 또 다른 옆 사람에게 얘기해주었다. 나중에는 그가 밖에만 나서면 사람들이 하던 일을 내려놓고 그를 보러 달려왔다. 그러다가 누가 바보에게 말했다.

"바보야, 저 녀석이 무슨 원숭이냐. 네 형제인 게 분명해. 생각이 있으면 녀석과 의형제를 맺으라고."

바보는 옆 사람의 말이라면 뭐든 귀담아들었다. 어느 폭우가 오는 날에 그 원숭이가 바보의 딸에게 줄 앵두 몇 근을 가져왔다. 그런데 집에 들어서기도 전에 펼쳐진 광경에 그는 깜짝 놀랐다. 바보의 집이 강풍에 무너져 있었다. 하지만 그런데도 무너진 집 앞에 사람들이 많았고 그들은 작은 교자상을 둘러싸고 있었다. 교자상 위에는 술 두 사발이 놓였으며 그 옆에는 붉은 초 두 대가 타오르고 있었다. 알고 보니 쇠뿔도 단숨에 빼랬다고 바보가 그날 원숭이와 의형제를 맺으려는 것이었다.

껄껄 웃으며 바보가 원숭이에게 말했다.

"이 술을 마시면 우리는 형제가 되는 거야."

이상하게도 평소에 바보는 말주변이 없었는데 그날만큼은 사람들이 잠깐 가르쳐준 대로 말을 아주 잘했다. 그 원숭이가 무슨 영문인지 아직 모르는 눈치였는데도 바보는 그의 손을 꽉 붙잡고 털썩 무릎을 꿇고는 먼저 천지를 향해 세 번 절을 한 뒤, 몸을 돌려 그를 향해 다시 세 번 절을 했다. 그러고는 술 사발을 들어 단숨에 들이켜고 나서야 흥분한 말투로 원숭이에게 "네 차례야!"라고 말했다. 그 술과 붉은 초가 뭘 뜻하는지 그 원숭이가 이해했는지는 알 수 없었다. 아는 것도 같고 모르는 것도 같았다. 어쨌든 바보가 그에게 시범을 보이려고 또 세 번 절을 하자, 그도 따라서 바보에게 세 번 절을 했다. 이어서 술도 고개를 들고 여러 번에 나눠 다 마셨다.

이로써 결의형제의 의식이 무너진 집 앞에서 마무리됐다.

다른 날에 원숭이가 얼마 안 되는 지폐 몇 장을 바보

에게 가져다주면서 부하 몇 명도 데려왔다. 지폐를 내려놓고 그는 곧장 유효기간이 지난 기차표 한 장을 꺼내 보여주며 바보를 향해 손짓발짓을 했다. 하지만 바보는 그가 왜 그러는지 몰라 그냥 넋이 나가 있었다. 그럴 줄 알았다는 듯 원숭이가 갑자기 갖고 다니던 징을 쳤다. 그러자 부하들 중 누구는 귀신처럼 혀를 빼물었고 누구는 공중제비를 돌았다. 하지만 그래도 바보는 눈앞의 광경이 뭘 의미하는지 몰랐다. 원숭이는 답답한 나머지 바보를 향해 꽥꽥 소리를 질렀다. 그래도 다행히 어린 딸이 조금 철이 들어 그걸 보고 얼른 이웃 사람을 데려왔다.

이웃 사람은 쓱 보자마자 원숭이가 왜 왔는지 대충 이해했다. 원숭이는 바보에게 다른 남자들처럼 집을 떠나 원숭이 묘기를 하러 가자고, 그래야만 다시 집을 지을 수 있다고 설득하러 온 것이었다. 그런데 웬일로 바보는 고개를 흔들며 한사코 거부했다. 이에 원숭이는 화도 나고 답답하기도 했지만 자리를 뜨지 않고 부하들을 데리고서 문 앞의 나무 위에 앉아 어두워질 때까지 기다렸다. 바보가 딸을 달래서 재우는 것도, 낡은 이불을 말고 처마 밑에서 잠을 청하는 것도 사나운 눈초리로 보았지만 자기는 잠을 못 이뤘다. 한밤중에 비도 안 오는데 번개가 연달아 나무 앞에 떨어졌다. 그런데도 원숭이는 꼼짝도 하지 않았다. 결국 바보가 일어나서 나무 밑으로 달려가 나무 위의 원숭이를 향해 외쳤다.

"내려와, 너를 따라갈게! 내려와, 너를 따라간다고!"

그렇게 해서 바보도 마침내 다른 남자들처럼 원숭이 묘기를 하러 떠났다. 하지만 현에 사는 누구나 증언하듯 사람이 원숭이에게 묘기를 시켰다기보다는 원숭이가 사람에게 묘기를 시켰다. 사실 다니는 내내 딸과 함께했기 때문에 바보는 너무 멀리 갈 수가 없었다. 대부분 현성 안에서 빙빙 돌았고 멀리 가봤자 성도(省都, 한 성의 행정 중심지) 정도가 고작이었다. 원숭이들은 거의 항상 송공명의 지시에 따라 움직였으며 바보는 그저 딸을 안고 옆에서 헤헤 웃고 있기만 해도 됐다. 둘러선 관객들과 별로 차이가 없었다. 그래서 원숭이들은 보통 공연 중간에 바보를 놀리곤 했다. 그의 모자를 빼앗아 쓰기도 하고 갑자기 그의 몸에 올라가 담뱃불을 붙여달라고 하기도 했다. 더 심할 때는 바보 앞에 서서 그도 함께 관객들에게 경례를 하게 했다.

시간은 그렇게 하루하루 흘러갔다. 사람이 원숭이 묘기를 부리는 걸 넘어 원숭이가 사람 묘기를 부렸기 때문에 벌이가 갈수록 좋아졌다. 덕분에 바보는 성도에서 딸을 데리고 회전목마도 한 번 탔다.

그해 설이 임박했을 때 바보는 원숭이들을 데리고 현성으로 돌아와 기차역을 나섰다. 그들은 역 앞 작은 광장에서 판을 벌였다. 마지막으로 몇 번 공연을 한 뒤 마을로 돌아가 설을 쇨 작정이었다. 평소처럼 송공명이 공연을 주도하고 바보는 앉아서 관객 노릇을 하다가 정오가 되었다. 바보는 일어나서 점심으로 먹을 밀가루 떡을 사러 갔다. 그런데 그가 차도를 건널 때 반대편에서 트럭 한 대가 달려왔다. 눈 깜짝할 사이에 그는 트럭에 치여 허공에 붕 떴다가 쾅 하고 떨어졌다. 그렇게 죽어서 다시는 못 깨어났다.

다행히 인근의 이웃들이 그럴듯하게 그의 장례를 치러주었다. 하지만 송공명은 끝내 장례식에 가서 절을 하지 않았다. 문 앞의 나무 위에 멀찍이 앉아 꼼짝도 하지 않고, 울지도 않고 바보의 영정 사진만 멍하니 바라보고 있었다.

이튿날 아침 사람들은 그 원숭이가 관을 지키던 이들이 다 돌아간 후 밤새 곡을 했다고들 했다. 하지만 그들이 들은 건 곡소리가 아니라 바람 소리였다고 말하는 사람도 있었다. 어쨌든 아무도 전에 원숭이가 곡하는 소리를 들어본 적이 없었으므로 원숭이가 곡을 했다고 한 이들은 더 반박하지 못했다. 그래서 다들 약속을 하고 함께 바보의 집을 살피러 갔는데 멀리서 원숭이가 아직 안 가고 있는 모습이 보였다. 여전히 나무 위에 앉아 바보의 영정 사진을 멍하니 바라보고 있었다.

　사실 그 오랜 세월 밤에 송공명이 어디에서 머무는지 아무도 알지 못했다. 바보의 딸도 마찬가지였다. 이치대로라면 바보의 집은 원숭이의 집이기도 했지만 남녀가 유별하다고 생각했기 때문인지, 자기 나름의 규칙이 있기 때문인지 바보가 죽은 뒤로 원숭이는 다시는 바보의 집에 들어가지 않았다. 그 어린 딸이 혼자 사는 게 염려되어 전보다 더 빈번히 먹을 것, 마실 것을 가져다주면서도 집안에는 절대 한 걸음도 들어가지 않았다. 언제나 물건만 내려놓고 훌쩍 가버렸다. 혹시 더 머물고 싶어도 나무 위나 지붕 위에 앉아 있었다.

　한번은 어린 딸이 그가 어디에 사는지 너무 알고 싶어 어둠을 틈타 몰래 따라나섰다가 몇 걸음 못 가 발각되었다. 평소 같지 않게 그는 화를 내며 소리를 질렀고 그녀는 할 수 없이 얌전히 제자리에 서서 양부가 우거진 숲속으로 사라지는 걸 지켜보기만 했다.

　그는 정말로 그녀의 양부였다. 생부는 이미 세상을 떠났지만 그녀가 소녀로 자라고, 결혼해 아이를 낳고, 오늘날 형편이 갈수록 좋아져 삼 층짜리 작은 건물을 막 지을 때까지 한순간도 그녀 곁을 떠나지 않았다. 결혼할 때도, 아이를 낳을 때도 나무 위나 지붕 위에 앉아 꼼짝도 하지 않았다. 그러나 두 눈을 형형히 뜨고 있었다. 십수 년 동안 그는 갈수록 늙어갔고 부하들도 나날이 시들시들해졌지만 이 우두머리는 언제나 위험이 닥치면 맞서 싸울 준비를 하고 있었다.

맨 처음부터 그랬다. 바보가 죽고 나서 그의 아내가 돌아왔을 때였다. 마을 사람들은 이제 잘됐다고, 어린 딸을 맡아줄 사람이 생겼다고 입을 모아 말했다. 그런데 바보의 아내는 며칠 만에 딸을 버려두고 바보의 보상금만 챙겨 도망치려 했다. 마을 사람들은 나루터에서 그녀를 붙잡아 돈의 일부를 빼앗았고 그 돈으로 어린 딸에게 두 칸짜리 집을 지어주었다. 집을 지을 때 꼭 공사 감독처럼 송공명은 부하들을 데리고 와 나무 위에 나란히 앉아 있었다. 혹시 누가 간 크게 벽돌 몇 개, 나무토막 몇 개를 빼돌리려 하면 옆에서 달려들어 악귀처럼 길을 막아섰다.

몇 년 전에도 그랬다. 마을의 말 한 마리가 갑자기 미쳐서 날뛰다가 일하는 공장에서 나오던 어린 딸과 우연히 마주쳤다. 그녀는 피할 새도 없이 말과 부딪쳐 넘어지고 말발굽에 밟히기까지 해서 하마터면 왼쪽 팔을 잃을 뻔했다. 그런데 당일 저녁, 막 제정신을 차린 그 말은 치명적인 재난을 맞았다. 송공명과 그의 부하들이 한밤중에 습격을 한 것이다. 말이 반항할 기회도 주지 않고 우르르 달려들

243

어 목을 물어뜯었다. 다행히 말 주인이 달려와 애걸복걸을 한 덕분에 이미 놀라서 넋이 나간 그 말은 겨우 목숨을 건졌다.

그리고 십여 일 전에도 그랬다. 벌써 장성한 어린 딸이 자기 딸을 안고 낡은 완행열차를 타고서 현성에서 마을로 돌아오던 길이었다. 마을에서 십 리 넘게 떨어진 간이 정거장에서 그녀의 딸이 장난을 치다가 술 취한 어느 외지인의 옷에 우유를 흘렸다. 그런데 그런 사소한 일에 그 외지인은 불같이 화를 내며 모녀를 때리려고 손을 치켜들었다. 순간 하늘에서 뚝 떨어졌는지 송공명이 날카롭고 처량하기까지 한 소리로 울어대며 달려들었다. 눈 깜짝할 사이에 외지인의 얼굴과 몸에 빨간 핏자국이 생겼다. 하지만 놀라고 믿기 어려워하는 것 말고 그에게 다른 방법은 없었다.

그렇다. 지금 송공명은 그 간이 정거장에서 현성 기차역 사이의 단골 승객이었다. 이제 어린 딸은 더 이상 그가 양식을 벌어다 줄 필요가 없었고 점점 늙어가는 그 자신도 먹고 마시는 데 전혀 욕심이 없었으므로 지금 그의 일상에서 가장 중요한 일은 바로 현성의 한 중심지에 다녀오는 것이었다. 거기에 가서 별다른 일 없이 조금 걷거나 잠시 멍하니 있다 오는 것뿐이었다.

아주 오래전 그에게 그 중심지는 돈을 벌 수 있는 곳

이었고 지금에 와서도 그가 가는 데는 그곳뿐이었다. 사실 그곳은 다름 아닌 바보가 밀가루 떡을 사 오려다 목숨을 잃은 곳이었다.

그날 정거장에서 마주친 김에 그는 어린 딸과 그녀의 딸을 데리고 마을로 돌아갔다. 가는 길에 어린 딸의 딸은 계속 그의 꼬리를 잡아당겼다. 예전 같으면 그건 그에게 용서 못 할 일이었는데도 이상하게도 그날 그는 별로 화를 안 냈다. 드넓은 뽕나무밭을 벗어나 막 좁은 길로 접어들 때 그는 두 사람과 헤어졌다. 오랜 세월을 뛰어넘어 이번에도 어린 딸은 끝내 못 참고 몰래 그를 따라갔다. 하지만 그에게는 어쨌든 하늘이 내린 재능이 있어 몇 걸음 만에 기미를 알아챘다. 그는 제자리에 멈춰 천천히 돌아서서 꾸짖으려다가 돌연 앞으로 고개를 숙이며 힘없이 쓰러졌다.

어찌 보면 그는 그날 혼수상태에 빠지고 나서야 어린 딸이 불러온 사람의 등에 업혀 처음으로 자기 집에 들어갔다. 다만 그들의 인연은 시간이 얼마 남지 않았다. 그 일세의 영웅은 이미 생명이 다해 이 세상과 이별할 때가 되었다.

몇 년 만에 나는 다시 그 마을에 가게 되었다. 거기에 얽힌 사연은 별로 언급할 게 못 된다. 예전의 그 다큐멘터리 감독이 여러 해 종적을 감췄다가 어디서 돈을 구했는지 다시 나타나 포기했던 각본을 다시 쓰자고 나를 설득했다.

마침 할 일이 없던 나는 그러자고 하고 바로 짐을 꾸려 길을 나섰다. 이번 여정은 다소 급작스러웠어도 헛되지 않았음을 인정해야만 하겠다. 그건 단지 황하 양쪽 기슭에서 명성을 떨친 그 송공명을 드디어 만났기 때문이다.

내가 그를 본 건 그가 막 혼수상태에서 깨어났을 때였다. 그런데 그는 깨어나자마자 밖에 나가겠다고 아우성을 쳤다. 사람들은 그가 왜 그러는지 다 알고 있었다. 평소처럼 마을에서 십 리 넘게 떨어진 간이 정거장에 가서 기차를 타고 현성의 그 중심지에 가려는 것이었다. 어린 딸은 당연히 허락하지 않고 문을 막아섰다. 그녀의 팔을 밀칠 힘이 없었던 그는 잠시 멍하니 서 있었다. 아마도 햇빛이 너무 눈부셨는지 그의 눈에서 눈물이 흘러내렸다. 그는 할 수 없이 털썩 주저앉아 연신 숨을 헐떡였다.

잠시 후 그는 눈물을 흘린 게 민망해 얼른 손을 올려 눈가를 닦았다. 그렇게 계속 되풀이하고 있었는데 어느 순간 손이 두 눈까지 올라가지 않았다.

지금 하늘 가득한 동남풍 속에서, 어린 딸의 흐느낌 속에서 우리의 행렬은 마침내 송공명이 그렇게 기를 쓰고 오려 한 간이 정거장에 도착했다. 하지만 그 혼자서는 반 걸음도 걷기 힘들었다. 마침 현성으로 가는 낡은 완행열차가 막 역에 들어섰다. 아마도 기차에 환히 켜진 불빛이 자기를 부르는 것 같았는지 그가 몇 번 심호흡을 하고는 비틀비틀 대열에서 걸어 나와 손잡이를 잡고 객차 계단에 발을 올렸다. 그를 잘 아는 승무원이 얼른 손을 뻗어 그를 붙잡아주었다.

그가 객차 안에 똑바로 섰을 때 어린 딸이 앞으로 뛰쳐나갔고 다른 사람들도 뒤따라 그에게 다가가려 했다. 그런데 아무도 예상치 못한 일이 벌어졌다. 그가 객차 문을 막고 어린 딸을 향해 손을 흔든 것이다. 순간 어린 딸은 목놓아 울음을 터뜨렸고 그래도 어떻게든 다가가려 했다. 하지만 그는 요지부동이었으며 어린 딸이 손에 쥐여 준 차비까지 고스란히 그녀의 주머니에 찔러넣었다. 어린 딸은 계속 울부짖었다. 왜 돈을 아까워하냐고, 자기는 이제 그깟 차비쯤은 모자라지 않다고 소리쳤다. 그래도 소용없었다. 그는 여전히 문을 막아선 채 질끈 눈을 감았다. 그렇게 실랑이하는 사이에 곧 객차 문이 닫히고 기차가 떠날 때가 되었다. 사람들은 기차 옆에 서서 어찌해야 할지 몰랐다. 이때 오히려 그가 손을 뻗어 어린 딸의 손에서 복숭아나무가지를 받아들었다. 염려하지 않아도 된다고 일러주기 위해서였다. 그건 그 지역만의 풍습이었다. 복숭아나무를 쥐고 있으면 귀신이 얼씬대지 못한다고 생각했다.

어린 딸이 울고만 있을 때 객차 문이 닫히고 기차가

천천히 드넓은 들판과 어둠을 향해 출발했다. 그제야 어린 딸은 꿈에서 깬 듯 울며불며 기차를 쫓아 뛰어갔다. 사람들도 그녀를 따라 뛰어갔다. 사람들의 눈은 모두 객차 안에서 자리를 찾고 있는 그 일세의 영웅에게 못박혀 있었다. 다행히도 금세 누가 자리를 양보해주었다. 그는 털썩 자리에 앉아 세차게 헐떡이며 잠시 눈을 감았다. 노승이 수행하는 것 같기도 하고, 산천이 잠든 것 같기도 하고, 세상 모든 미덕에 복사꽃이 가득 핀 것 같기도 했다.

말하기 부끄러운 순간

말하기 부끄러운 순간

십수 년 전 큰 눈이 오는 날, 기차를 타고 도쿄에서 홋카이도로 향했다. 황혼 속에서 삿포로가 가까워질수록 눈이 더 심하게 내렸다. 마치 기차가 어떤 독립 국가로 달려가고 있고 그 국가는 땅 위에도, 우리가 사는 행성에도 있지 않고 그저 눈 속에 있는 듯했다. 잠시 후 달이 솟아 눈밭에 파란빛을 비춰 그 끝없는 하양에 또 끝없는 파랑을 보탰다. 이때 우리가 전설 속 태허太虛의 나라로 가고 있다고 누가 말했어도 나는 철석같이 믿었을 것이다.

나이 지긋한 부부가 내 반대편에 앉아 나처럼 창밖 풍경을 몹시 놀라워하고 있었다. 노부인이 창문 유리에 얼굴을 대고 밖을 바라보다가 눈물을 떨구었다. 한참 뒤 그녀는 자기 남편에게, 심지어 나에게도 말했다.

"이 풍경은 정말 사람을 부끄럽게 하네요. 나 자신이 쓸모없다는 생각이 들어요. 말도 꺼내기 부끄러울 정도로 말이에요."

나는 이 말을 십수 년이나 머릿속에 간직해왔다. 이 말은 대자연과 기이한 풍경과 상상하기 어려운 인연이 눈앞에 펼쳐질 때는 떠들어도, 침범해도 안 되고 조용히 침묵해야 한다는 것을, 침묵 속에서도 또 침묵해야 한다는 걸 내게 일깨운다. 여러 해 동안 확실히 내 머릿속에는 말하기가 부끄러웠던 순간이 차곡차곡 쌓였다. 상트페테르부르크의 발레, 후룬베이얼(중국 네이멍구 자치구의 북동부에 위치한 지급시이며 대초원 지역으로 유명하다) 장미꽃, 옥문관(玉門關, 만리장성 서쪽 끝의 황야 지대에 위치한 관문으로 당나라 시대 실크로드의 중요한 관문 역할을 했다) 밖의 신기루 등은 모두 내게 말의 무용함을 느끼게 했고 이어서 깊은 부끄러움이 찾아들었다.

부끄러움은 무엇일까? 누구는 그것이 사실은 신중함과 침묵이 심화된 것이라고도 한다. 그런데 사람은 왜 부끄러워할까? 이에 대해서는 아직까지 일치된 결론이 없다. 미국의 발달심리학자 제롬 케이건은 전 세계 사람들을 대상으로 실험한 결과, 최종적으로 부끄러움의 진정한 이유를 확인할 수 없거나 또는 그 답을 이미 찾았다는 결론을 내렸다. 그 답은 바로 어떠한 존재도 부끄러움을 야기할 수 있다는 것이다. 부끄러움은 도저히 이해하기 어려워서 그토록 많은 사람을 압도하고 사로잡을 만하다. "심지어 아직 부끄럽지도 않은데 몸이 먼저 격렬히 반응해서 심장이 미친 듯이 뛰고 위장도 안에 나비가 한 마리 있는 것처럼 바짝 움츠러들곤 해요."라고 제롬 케이건의 환자는 말했다.

하지만 내가 말하려는 것은 이런 부끄러움이 아니다. 이런 부끄러움은 병이고 필연이어서 부끄럽지 않은 사람이 감기나 간염에 걸릴 수 있는 것과도 같다. 하지만 내가 말하려는 건 사실 우연이다. 자신의 몸속에서 일어나는 것뿐 아니라 몸 밖에서 일어나는 것, 예를 들어 밝은 달이 산산이 흩어지고 있거나 꽃이 이슬에 젖거나 혹은 설산이 순식간에 무너지거나 가난뱅이가 몰래 돈을 헤아리는 것을 보는 것이다. 이런 것들의 사소하면서도 우연한 출현은 좌절과도 무관하고 굴욕과도 무관하다. 이로 인한 부끄러움은 마치 우리가 우연을 인정하고 따르는 것과도 같다. 그리고 우연의 아름다움과 죽음, 우연의 비상과 강림은 수많은 법칙의 필연성을, 필연적인 사랑과 필연적인 공포와 필연적인 경악을 증명한다.

그래서 내가 말하는 부끄러움은 우리가 자기 안에 움츠리도록 강제하지 않는다. 대신 어떤 게송이나 호소로서 우리에게 세계가 얼마나 크고 우리가 얼마나 보잘것없느냐는 게시를 맞이하게 한다. 우리는 제자리에 서서 죽지 않고도, 더 헛수고하지 않고도 그 어마어마한 은혜를 받는다.

어느 해인가 베트남에 갔을 때 저물녘 하노이의 거리에서 불사佛事가 행해지는 걸 본 적이 있다. 족히 100명은 됨직한 승려들이 속속 모여들어 온 거리를 다 채우고 앉았다. 푸른 나무 아래 가사들이 빼곡한데 눈부신 석양이 승려들의 얼굴과 미풍에 흔들리는 가사를 비추자 그곳은 꼭 하노이가 아니라 석가모니가 설법하던 기원정사祇園精舍 같았다. 이윽고 독송讀誦이 시작됐다. 그 맑은 독송은 처음에는 고요하다가 장엄해졌고 이어서 사자후獅子吼로 변한 뒤다시 고요해졌다. 독송이 끝났을 때는 모든 것이 정지하여새들도 분분히 지붕에 내려앉았다. 거기 있던 사람들은 거의 20분 동안 조용히 숨을 죽였다. 마치 석가모니가 방금왔다가 또 방금 자리를 뜬 것 같았다. 하지만 그 짧은 시간에 지상의 가련한 인간들은 석가모니에게 동정을 받았다.

가사, 푸른 나무, 독송, 석양 그리고 말할 수 없는 부끄러움. 이럴 때 언어가 무슨 소용이 있을까? 심지어 보고 듣는 우리의 감각마저 삭제된다. 그 기이한 광경과 미친 듯이 뛰는 심장만 따로 신기루처럼 존재했기에 우리는 기억을 떠올릴 때마다 그것이 사실이었음을, 또 자신이 말하기가 부끄러웠던 순간이 있었음을 번번이 확인한다. 만약 잊지 않았다면 말하기 부끄러웠던 그 순간들은 많든 적든 간에 우리의 삶 여기저기에 기념비로 흩어져 있다.

기념비이지 우물은 아니다. 만약 우물이라면 빠질 수도 있으며 빠진다면 그건 집착 내지는 호들갑이다. 따라서 부끄러움을 바칠 가치가 없다. 그럴 가치가 있는 것은 그 부끄러움을 야기한 것들뿐이며 그것들의 옷섶에는 숨겨진 칼도 없고 우리를 겨냥한 강제와 거세도 없다. 과거에 반 고흐는 부끄러운 나머지 별하늘 아래 신에게 도움을 청하며 자신의 죄를 용서해달라고 빈 뒤, 돌아서서 자기 귀를 잘랐다. 또 카프카, 부끄러움 때문에 나약하고 겁이 많았던 그 보험공단 직원은 한편으로 가정의 대팻밥 냄새와 망치 소리를 들으면 편안하다고 하면서도 3번의 약혼을 모두 잔인할 만큼 모질게 깨뜨렸다. 이것은 물론 극단적인 예이다. 오늘날 《트리 오브 라이프》로 유명한 영화감독 테렌스 맬릭을 또 예로 들면 그는 한평생 말하기가 부끄러웠던 순간이 숱하게 많았다고 한다. 부끄러운 나머지 어떤 시상대에도 서려 하지 않았다. 하지만 그 위대한 영화를 찍을 때는 부끄러움이 놀랄 만한 편집증과 집중력으로 바뀌어서 화산 폭발, 성운의 이동, 용솟음치는 파도를 마치 수를 놓듯 기록해나갔다. 혹시 성에 안 차면 사나운 늑대처럼 스스로를 못살게 굴기도 했다.

홍콩 영화 《나비》에서 젊은 여인 샤오예小葉와 성숙한 여인 아뎨阿蝶가 나란히 걸어가던 장면이 계속 생각난다. 그때 공기 속에는 정욕이 넘쳐 흐르고 있었다. 청춘은 언제나 사람을 대담하게 만드는 법이어서 샤오예의 유혹은 사뭇 거칠기까지 했고 이에 아뎨는 더욱 부끄러워 머뭇대는 바람에 샤오예에게 비웃음을 샀다. 그런데 화면이 바뀐 뒤 욕조에서 적나라한 정사가 펼쳐졌을 때 샤오위는 자기가 속았음을 깨달았다. 알고 보니 그녀야말로 유혹을 당한 것이었다. 부끄러움은 단지 어쩔 줄 모르는 것일 뿐만 아니라 때로는 벽에 걸린 두루마리 그림과도 같아서 그것이 쫙 펴지면 벽에서 우르릉 소리가 나며 새롭고 거대한 동굴이 눈앞에 나타난다.

여기에서의 부끄러움은 자기를 경시해서가 아니라 자기 이외의 것을 특별히 중시해서 생겨난다. 또 여기에서 말하지 못한다는 것은 상황에 맞춰 달라지곤 하는 언어를 그것이 묘사하려는 물상物像과 어울리게 하려다 벌어지는 상황으로 이는 마치 우리의 삶과도 같다. 우리의 삶은 계속 승승장구하지 못하지만 그렇다고 속수무책으로 패해 물러나기만 하지도 않는다. 끊임없이 방법을 강구해 적절히 스스로를 가다듬는다. 그러고서 지금이 적절하면 지금을 배船로 삼아서 다른 곳으로 향하고 또 거기에서 그다음의 적절함을 맞이한다.

무정한 자연 앞에서 말하기를 부끄러워하는 사람은 흔히 가장 고요하고 또 가장 무정하다. 그는 가장 무미건조한 고요함을 견뎌낼 수 있으므로 당연히 숱한 무미건조함을 초월해야 하는 무정함을 받아들일 수 있다. 사람들은 혁명 시기의 외침과 억울한 누명을 뒤집어썼을 때의 눈물어린 하소연에만 눈길이 끌리지만 나는 다 견뎌내고 받아들일 수 있으며 결국에는 목소리를 낼 수 있다.

그런데 일 년은 사계절로 나뉘고 달은 차고 이지러지며 동전에는 앞뒷면이 있다. 사람은 한평생을 살며 뭔가를 반대할수록 반대되는 면을 더 심하게 제약당하며 그 반대도 마찬가지다. 무릇 세상사를 보면 우리에게 애욕이 늘수록 그것은 우리가 필사적으로 매달리는 지푸라기가 된다. 하지만 범속한 일상을 살 때 흔히 우리가 더 원하는 것은 사소한 물질적 이익일 뿐 그런 지푸라기가 아니다. 그런

지푸라기, 그런 오묘한 일이 늘면 스스로 짓눌려 무너지곤
한다.

　『욕망이라는 이름의 전차』의 작가 테네시 윌리엄스는
자신의 부끄러운 삶의 시초를 떠올리며 이런 말을 했다.

　　중학교에 올라가 기하학 수업을 들을 때 넋을 놓고 창
밖을 바라보다가 한 매력적인 아가씨를 보았다. 나는 그녀를
뚫어지게 보았는데 뜻밖에도 그녀 역시 나를 뚫어지게 보고
있었다. 순간적으로 나는 얼굴이 달아올랐고 갈수록 더 화끈
거렸다. 그때부터 누가 나를 뚫어지게 바라보면 그 사람이
남자든 여자든 나는 얼굴이 빨개지고 화끈거렸다.

　정말 슬픈 일이다. 이런 지경에 이르면 부끄러움은 이
미 부끄러움을 넘어 병이고 횃불을 들고서 맞바람 속을 걸
어가는 격이라 손을 델 염려가 있다. 나도 그렇다. "이 풍
경은 정말 사람을 부끄럽게 하네요. 나 자신이 쓸모없다는
생각이 들어요. 말도 꺼내기 부끄러울 정도로 말이에요."
라는 그 노부인의 말을 십수 년간 잊지 못했을뿐더러 그
말은 갈수록 생생해져 결국에는 괴수 영화의 맹수로 변했
다. 나는 처음에는 그것을 사육하다가 나중에는 그것의 먹
이가 되고 말았다. 내가 더 많은, 말하기 부끄러운 순간에

깊이 파고들려 하면 할수록 그 순수하면서도 극심한 부끄러움은 내게 더 바짝 밀착했다. 말하는 소리, 책장 넘기는 소리, 나아가 잔 부딪치는 소리까지 모두 작고 낮아야 했다. 안 그러면 마음이 놓이지 않았고 점차 심해지고 나서는 병이 되었다. 그 병이 발작하기만 하면 불안하고 긴장된다.

몇 년 동안 나는 줄곧 극본을 쓰고 있다. 솔직히 말해 내게 극본 쓰는 일은 한 번도 고통스러웠던 적이 없다. 오직 단 하나의 예외는 바로 극본 회의다. 그때만 되면 나는 가시방석에 앉은 듯하다. 요컨대 십수 년 전 들은 그 말이 화근이 돼 내 골수에 깊이 파고든 탓이다. 글쓰기란 무엇인가? 그것은 해도 못 보면서 묵묵히 쓰고 또 쓰는 것인데 어떻게 말로 설명할 수 있단 말인가? 그러나 내가 말하지 않으면 자연히 남이 말하게 돼 있고 남들이 플롯이니 전환이니 얘기를 하고 있으면 들으면서 바들바들 떨고 있다. 그러다가 말할 차례가 되면 거의 가슴이 찢어질 듯 아프면서 그전의 인생 전체가 곧 허물어질 방죽이 되어 한마디씩 말을 할 때마다 방죽에서 흙이 한 덩이씩 떨어져 나가 물속에 떨어진다. 그러다가 나중에는 거대한 허무감이 찾아들고 내가 배반자라는 생각이 든다. 그전에 있었던, 말하기가 부끄러웠던 순간을 배반했을 뿐만 아니라 글쓰기도,

257

글쓰기의 어려움과 짐작할 수도 설명할 수도 없는 신비도 배반한 것 같다.

아직 쓰지도 않았는데 먼저 말부터 하는 내가 꼭 교활한 기생충 같아 보인다.

이것은 인간이 세상을 살며 느끼는 여러 비애 중 하나다. 황후가 되고 싶던 여자가 억지로 산적 부인이 되고 십년간 마라톤을 연습한 사람은 편지 배달을 하러 뛰어다닐수밖에 없다. 이는 어느 정도 인재에 대한 경시나 본질의 전도와 관련이 있다. 조만간 우리는 가장 혐오하던 자신으로 살아야 하며 결론이 이렇게 정해졌기에 우리는 앞으로 걸음을 내디딜수록 자기를 배반하는 길 위에서 걷잡을 수 없이 더 멀리 한 발을 내딛게 된다. 그리고 부끄러움도 버린 채 계속 다투고, 욕하고, 변명하고, 청산유수로 떠들다가 모든 게 지나고 조용해져서 자기가 얼마나 많은 허망함속에서 피곤하고 바쁘게 살아왔는지 깨달으면 그제야 부끄러워지고 또 그제야 말문이 막힌다. 사실 시대가 변했고 우리도 변했다. 세상에는 여전히 우리를 말하기 부끄럽게 만드는 물상이 존재하지만 그것들은 더 이상 눈과 장미꽃이 아니고 가사와 신기루도 아니다. 그것들은 점점 우리가 매일 조장하고 또 매일 벗어나고 싶어 하는 망상과 곤혹이 돼 간다.

나는 달갑지 않다. 청산유수로 떠들고 있다가도 가끔 삿포로 교외에서 본 그 눈이 몹시 그립다. 『오등회원五燈會元』을 보면 이런 기록이 있다. 한 승려가 "무엇이 옛 부처의 마음입니까?"라고 묻자 선사가 "동해의 물거품이다."라고 했다. 또 승려가 "무엇이 깨달음입니까?"라고 물으니 선사는 "저울추가 우물 속에 떨어지는 것이다."라고 했다. 좋다. 어차피 십수 년 전으로 돌아갈 수도 없으니 잠시 그 말하기 부끄러운 순간을 중심으로, 삶의 종결점으로 여기지 말기로 하자. 대신 물거품으로 여겨 운명에 맡기고서 있든 없든, 어디로 흘러가든 신경 쓰지 말기로 하자. 아마도 마지막에 그 침묵과 놀라움과 탄복은 오히려 저울추처럼 딱딱해져 우물 속에 떨어질 것이다. 십수 년 전의 그 열차 같은 경우는 멈추지 않고, 태허의 나라를 지나치고도 멈추지 않고 지금의 내 생활 속에까지 들어왔다. 말하기 부끄러운 순간을 또 발견하고, 만나고, 거기에 머물 수만 있다면 나는 그것을 차표 삼아 계속 앞으로 나아갈 것이다. 중간에 내리는 일은 없을 것이다.

몇 년 전 치렌산(祁連山, 중국 칭하이성 동북부와 간쑤성 경계에 뻗어 있는 산맥이며 동서로 길이가 800킬로미터, 해발은 4000~6000미터다) 밑에서 봤던 장면이 생각난다. 한밤중에 도로가 무너져서 차량 수백 대가 한꺼번에 멈춰 버렸다. 차에서 내려 산길을 서성이고 있는데 흐느끼는 새끼 양들이 문득 눈에 띄었다. 알고 보니 양 파는 사람이 언제 시내로 들어갈지 몰라서 시간이 지체될까 봐 공터를 찾아 도살을 시작한 것이었다. 하늘의 별들은 손에 닿을 듯 가깝고 초록 풀의 향기가 들판에 떠다니는데 그 향기 속에 피비린내가 섞여 있었다. 벗겨진 양가죽 수십 장이 국도 가장자리에, 죽기를 기다리는 새끼 양들의 눈앞에 놓였다. 그들은 감히 핏자국에 발을 대지도 못하면서도 흐느끼며 도살장 한가운데로 향했다. 그들이 눈물 흘리는 모습이 맑고 차가운 달빛에 생생하게 비쳤다.

결국 양 한 마리가 슬피 울었고 이어서 아직 살아 있던 새끼 양들 모두가 뒤따라 울었다. 하지만 달빛은 변함없이 맑고 차가웠으며 초록 풀의 향기도 변함없이 떠다녔다. 이때 사람을 부끄럽게 한 것은 아름다운 풍경이 아니라 생사生死였다. 그런데 생사의 갈림길에서 나, 새끼 양들 나아가 양들을 죽이던 사람은 모두 무능했다. 우리는 달빛을 어둡게 해 죽음과 어울리게 하지도 못했고 피비린내를 흩어지게 해 슬픔을 막아내지도 못했다. 그뿐만 아니라 그 자리를 벗어나더라도 나는 더 많은 곳에서, 거리와 골목 그리고 막다른 길과 삶의 막바지에서 한층 더 무능해져야만 했다. 그 새끼 양들이 슬피 울었지만 죽음에서 멀어지기는커녕 오히려 죽음에 더 가까워졌던 것처럼. 나 그리고 우리는 이렇게 부조리한 삶에 처해 있다. 나도 모르게 다시 "이 풍경은 정말 사람을 부끄럽게 하네요. 나 자신이 쓸모없다는 생각이 들어요. 말도 꺼내기 부끄러울 정도로 말이에요."라는 말이 떠오른다.

한 번만 더 되풀이해 말하련다. 사람을 부끄럽게 하는 것은 아름다운 풍경이 아니라 생사이고 생사 앞에서의 무능함이다. 무능한 새끼 양들과 도살, 무능한 달빛과 초록 풀.

좀 더 오래전 일도 떠오른다. 원촨汶川 지진이 일어난 뒤, 나는 몇 사람과 함께 차 3대 분량은 될 만한 식료품과 약품을 사서 원촨에서 수십 킬로미터 떨어진 어느 읍내로 향했다. 그런데 여진과 도로 붕괴와 수시로 산 위에서 굴러 떨어지는 바위를 피해 겨우 목적지에 도착했지만 물품을 받아줄 사람을 찾을 수가 없었다. 나는 연달아 수도 없이 관리들이 일하는 곳에 찾아갔지만 매번 일손이 부족하다고 거절당했다. 짐을 부릴 사람이 없고 또 짐을 부리더라도 우리가 직접 관리해야 한다는 것이었다. 그런데 다른 한편으로 재해를 입은 사람들이 끊임없이 우리 차에 와서 약품을 달라고 했다. 이에 나는 화가 나서 무작정 그 자리에 짐을 부리고 계속 몰려드는 이들에게 약품을 나눠주었다.

그때 한 관리가 와서 호통을 쳐 사람들을 뒤로 물리고

는 구호품을 반드시 통일적으로 나눠줘야 한다고 했다. 이 지경이 되자 나는 치솟는 분노를 더는 참을 수 없어 그를 잡아당겨 넘어뜨렸다. 당연히 그도 가만히 있을 리 없었다. 몇 사람을 불러 나를 붙잡아 오게 했다. 달아나던 나는 더 열이 받아 마침내 걸음을 멈추고 땅바닥에서 몽둥이 하나를 찾아 맞설 준비를 했다. 앞으로 무슨 일이 일어날지 똑똑히 지켜볼 심산이었다.

결국 아무 일도 안 생겼다. 나는 그들과 싸우기는커녕 서둘러 웃는 얼굴로 돌아가 그 관리에게 사과하고 곧장 그를 꼭 껴안아 더 아무 말도 못하게 했다. 그는 내 갑작스러운 변화에 어안이 벙벙해 고분고분해졌고 이윽고 내가 가리키는 대로 열 걸음 밖의 광경을 보았다. 한 아이가 반딧불이를 잡고 있었다. 달빛 아래 귀뚜라미가 조용히 울고 있고 관목 덤불이 바람에 술렁이는데 아이의 손이 점점 반딧불이에 가까워졌다. 그런데 머리에 붕대를 감은 그 아이는 손이 하나밖에 없었다. 조금만 살펴보면 그 아이의 부은 얼굴과 새파래진 코도 똑똑히 보였다. 그것은 당연히 지진이 낳은 결과였다. 지금 겨우 하나 남은 손이 밤공기를 가르며 풀 끝을 넘어, 이슬을 넘어, 또 관목도 넘어서 그 조그만 불빛을 향해 점점 다가가고 있었다.

그 순간 언어가 소용이 있을까? 슬픔과 분노가 소용

이 있을까? 우리는 하나같이 입을 다문 채 보고, 듣고, 불빛을 움켜쥔 손을 확인했다. 다 보고 다 듣고 나서 우리는 그때 본 것을 다른 사람에게 이야기해야 했다. 단지 그때 본 것이 일상적이고 사소한 것인 동시에 모든 사물의 총화였기 때문이다. 그것들은 세 가지였다. 하늘에서 떨어진 재난과 지상에서 벌어진 굴욕, 그래도 허공에 남아 있던 한줄기 미약한 불빛이었다.

그것들 앞에서 누구든 말하기가 부끄럽지 않다면 그는 수치스러운 사람이다.

창으로 자금관을 떨구다

창으로 자금관을 떨구다

누가 이런 연극을 보려 할까? 제목은 《신판 패왕별희
霸王別姬》(경극의 대표적 레퍼토리인 《패왕별희》는 초패
왕 항우와 그의 애첩 우희虞姬의 이야기를 다뤘다)였다. 패
왕은 악역으로 분했고 우희의 시녀는 현대무용을 추었으
며 마지막에는 진짜 붉은 말이 무대 위로 올라왔다. 이 연
극을 보면서 나는 우선 손발이 오그라들었고 그다음에는
깊은 수치심을 느꼈다. 신판이나 상상이라고 하는 것은 많
은 경우 우리를 극중으로 들여보내는 대신 밖으로 밀어낸

다. 그런 것들은 심지어 거울로서 딱 두 가지를 비춘다. 바로 결핍과 어리석음이다.

수치스러워하며 자리를 떠나 극장을 나왔다. 2월의 베이징은 짙은 스모그에 잠겨 있었다. 뜬금없이 간쑤성 동부의 칭양慶陽이라는 고장이 생각났다. 눈앞이 온통 황토인데 황토 위에 살구꽃이 나무마다 그득그득 피어 있었다. 3월 3일, 사람들이 모여 진강(秦腔, 중국 서북 지역의 전통 지방극)《나성대전羅成帶箭》(당나라 초기의 용장으로 왕자 이원길李元吉에게 모함을 당해 전장에서 무더기로 화살을 맞아 죽은 나성의 이야기를 다뤘다)을 보러 갔다. 나도 가서 보니 마침 무예극이었다. 무사로 분장한 늙은 배우와 젊은 배우가 모자에 달린 두 갈래 깃털을 흔들고, 입에 문 가짜 어금니를 날름대고, 술처럼 늘어진 상투를 돌리면서 창과 칼로 공격을 주고받았다. 실로 물샐틈없이 일사불란한 동작이었다. 그런데 갑자기 늙은 배우가 호통을 치더니 창으로 젊은 배우의 자금관(紫金冠, 왕족이나 청년 장수가 쓰는 투구)을 찔러 떨어뜨렸다. 젊은 배우는 충격을 받은 듯 멍하니 늙은 배우와 마주 선 채 꼼짝도 하지 않았다.

나는 그것도 연극의 일부인 줄 알았지만 그렇지 않았다. 늙은 배우는 긴 수염을 떼고 창을 들어 젊은 배우를 겨눈 채 혼내기 시작했다. 북과 꽹과리 소리가 잠시 어색하게 울리다 잦아들었고 그 자리에 있던 사람들은 그 혼내는 소리를 똑똑히 들었다. 그는 젊은 배우가 무대에 오르기 전에 술을 마신 것에 대해 꾸짖고 있었다. 말하다가 화가 나자 창을 들어 때리기까지 했다. 그 장면은 더 이상 계속 될 수 없어서 할 수 없이 다음 장면으로 바뀌었다. 장면이 바뀐 뒤, 나는 막幕 옆에 서 있었기 때문에 그 젊은이가 계속 벌을 받는 모습을 볼 수 있었다. 때가 어느 때인데 그는 스스로 자기 뺨을 때리고 있었다. 내가 본 것만 해도 서른 번은 족히 때렸다.

전통 연극에서는 분장을 하고 무대에 오르는 사람이 라면 누구나 처음에는 벌 받는 것부터 시작한다. 이것은 노래, 대사, 연기, 무술과 마찬가지로 규칙이자 기준이다. 동작과 발성을 연습할 때뿐만 아니라 무대 앞뒤에도 절대 어겨서는 안 되는 금기가 가득하다. 옥대는 뒤집어 매면 안 되고, 위타저(韋陀杵, 불교의 호법보살이 사용하는 방망 이 모양의 무기)는 하늘을 향해 치켜들면 안 되고, 귀신은 걸을 때 손바닥을 앞으로 향해야 하고, 무대에는 왼쪽 문 으로 나갔다가 오른쪽 문으로 들어와야 한다. 이렇게 여러 가지를 신경 쓰는 것은 무엇 때문일까? 그것은 사실 이른 바 연극과 세상이 매한가지이기 때문이다. 두려움 때문에 우리는 규칙과 기준을 만들고 그럼으로써 경험에 든든하고 안전한 느낌을 불어넣는다. 안전한 느낌이 부족할수록 두려움은 더 심해지고 기준도 한층 가혹해진다.

구양수가 「영관전서伶官傳序」에서 후당後唐의 장종莊宗 이존욱李存勖에 관해 쓰길, "그가 쇠퇴하자 수십 명의 광대가 나라를 곤경에 빠뜨리고 임금을 죽이고 나라를 망하게 하여 세상 사람들의 웃음거리로 만들었다及其衰也, 數十伶人困之, 而身死國滅, 爲天下笑"라고 하여 배우는 운명이 정해지고 말았다. 그 후로 두 가지 운명이 그들을 휘감았다. 하나는 망포(蟒袍, 황금색 이무기를 수놓은 대신들의 예복)와 하피(霞帔, 고대 귀족 부인의 예복용 어깨걸이)를 입고서 제왕과 버림받은 여인이나 훌륭한 장수와 간사한 신하로 분해 국경을 넘고, 부부의 인연을 맺고, "북을 치며 조조를 욕하고"(擊鼓罵曹, 조조에게 수치를 당한 예형이 문무백관 앞에서 북을 치며 조조를 욕한 일화로 경극의 유명한 레퍼토리이다), "창을 저당 잡히고 말을 파는"(當鐗賣馬, 수당 시대의 장수 진경秦瓊이 외지에서 숙박비를 못 낼 지경에 처해 창과 말을 판 일화로 역시 경극의 대표적인 레퍼토리이다) 것이었다. 운이 좋으면 화려한 삶을 살며 널리 세상에 이름을 알렸지만 그렇지 않아도 무방했다. 어쨌든 한평생 꿈을 꾸며 살고 꿈속에서 도검을 휘두르며 온갖 수고와 번뇌를 무대 밖으로 몰아냈다. 세상과 자신을 분리

267

하는 창호지를 자신이 원치 않으면 계속 뚫지 않아도 괜찮았다. 그러나 다른 하나는 그렇지 않았다. 하루가 멀다 하고 남에게 야유를 듣고 무대가 훼손됐으며 과거도 못 보고 신분 상승도 못 한 채 심지어 장가조차 못 갔다. 가장 차별이 심했던 시대에 배우는 밖에 나갈 때 녹색 수건으로 머리를 묶고 허리에도 녹색 띠를 둘러야 했다. 단지 남들이 알아보고 피하게 하기 위해서였다. 그들은 죽을 때도 편히 잠들지 못했다. 외로이 빈방에서 죽거나 형을 받아 유배지에서 죽거나 잔인한 고문을 당해 죽었다.

전쟁터의 구원군도, 위기 속의 관음보살도 그들에게는 없었다. 뒤돌아봐도 믿을 것은 자기 자신과 연극 그리고 이해 안 가는 그 괴상한 계율들뿐이었다. 그랬으니 어떻게 그 계율들을 믿지 않을 수 있었겠는가. 그것들은 틀리기 때문에 생겨났고 또 눈물과 굴욕과 요행으로 이루어졌으며 믿으면 믿을수록 강하고 냉혹해졌다. 하지만 언제나 그들에게 끼니를 때울 밥 한 공기를 상으로 주었고 결국에는 농부가 농기구를 믿고 대장장이가 불을 믿는 것과 같은 형국이 되었다. 그래서 그것들이 없으면 그들은 저절로 몸이 움츠러들었다. 더군다나 엄격한 계율은 금기뿐만 아니라 금기에 대한 미련과 갈망을 낳기도 했다. 연극을 하는 사람 외에 연극을 보는 사람도 무대 위에서든 무대 아래에서든 보고, 듣고, 마음에 들기만 하면 너나없이 평생 금기에 대한 미련과 갈망에 빠졌다.

시몬느 베이유는, 용기라는 것은 모두 두려움을 극복하는 것이라고 말했다. 나는 심지어 그것을 해방이라고 본다. 우리가 두려움에 깊이 빠져 있을수록 거기에서 헤어나면 더 많은 것을 얻는다고 생각하기 때문이다. 사람과 관련해서도 그렇고 연극과 관련해서도 그렇다. 언젠가 장시성江西省 완짜이현萬載縣의 시골 극장에서 간극(贛劇, 장시성의 전통 지방극)《백사전白蛇傳》을 본 적이 있는데, 그것은 내 평생 가장 긴 시간을 들여 보고 또 가장 기억에 남는 연극이었다.

마침 봄이어서 유채꽃이 들판에 가득했고 유채꽃에 둘러싸인 마을 안에는 복사꽃과 배꽃도 피어 있었으며 복사꽃과 배꽃이 가장 만발한 곳이 극장이었다. 일부러 고목과 신록, 붉은 꽃과 흰 꽃을 죄다 무대 안에 두었기 때문이다. 하지만 그것은 배경이었을 뿐, 시간이야말로 그 연극의 진정한 주역이었다. 그 연극은 모두 5회였는데 각 회가 한 시간에 달했으며 조금만 늘어지면 한 시간 반도 넘어갔다. 먼저 소청小青과 법해法海(소청은 《백사전》의 여주인공 백소정白素貞의 시녀로 본래 1000년간 수련한 청색 뱀이다. 법해는 금산사의 고승으로 뱀 요괴인 백소정과 소청

269

을 퇴치하기 위해 맞서 싸운다)가 싸우는 장면부터 이야기해보자. 그들의 싸움을 세분해보면 전체를 10분이라고 가정할 때 2분마다 분위기가 바뀌었다. 먼저 원한에서 분노로 바뀌고 다시 격렬함으로 바뀐 뒤 마지막에는 슬픔과 흐느낌으로 이어졌다. 아마도 생각이 많았기 때문인지 나는 그 연극을 만든 사람이 세상을 통달했다는 느낌이 들었다. 사람이 세상을 살아가는 진면모를 모두 무대 위에 올린 듯했다. 모자에 달린 두 갈래 깃털을 오르락내리락 흔들고 깃대를 창처럼 휘둘렀을 뿐인데도, 황금색 투구를 떨구고 은색 장화로 바닥을 굴렀을 뿐인데도 그랬다. 소청과 법해, 당신들은 대체 어디에서 왔고 또 어디로 가려는가? 당신들은 누구인가? 그들이 엎치락뒤치락하는 중에 또 생각이 났다. 당신들은 대체 이 싸움의 주인인가, 아니면 꼭두각시인가?

그다음은 백소정과 허선許仙(《백사전》의 남녀 주인공이다. 항주의 한 약방에서 일하던 허선은 선량하고 성실한 청년이었는데, 어느 비 오는 날에 사람으로 변신한 천년 묵은 백사 백소정과 만나 사랑에 빠진다)이 만나는 장면이다. 그들은 서호西湖와 작약芍藥에 관해 이야기하며 서로 가까이 다가갔고 끝내 두근대는 가슴으로 상대방의 숨결을 느꼈다. 그러다 몸이 닿으려는 찰나, 너무 빠르지도

270

너무 느리지도 않게 얼떨결에 몸을 피했다. 우리는 모두 그들의 숨 냄새를 맡고 옷깃이 스치는 소리를 들었다. 마치 차가운 손가락 하나가 달아오른 육체에 닿은 듯했다. 하지만 그들은 그렇게 서로를 스치고 지나갔다. 단정하고 순진했지만 그러면서도 음란했다. 모든 게 미세한 데서 시작되었으며 아직 심각해지려면 멀었지만 그 미세함에서 두 진영이 촉발돼 나왔다. 그는 식었지만 나는 뜨거워졌다. 그는 기대하고 있었지만 나는 좋은 시절이 오래가지 않으리라는 걸 알고 있었다. 그녀가 작은 발로 사뿐사뿐 걸을 때 내가 있던 쪽에서는 징과 북이 다급하게 울렸다. 그녀가 향기로운 땀을 흘릴 때 나는 그것을 보고 여전히 가슴이 두근거렸다. 마지막에 이르러서는 그 많던 단정함과 순진함과 음란함은 겨우 산수화의 먹물 한 방울로 변했고 나머지는 전부 공백이 되었다. 그러고 나서 연기자들은 무너진 담벼락 쪽으로, 연극을 보던 이들의 애타는 마음은 공백 속 산과 강을 향해 달려갔다.

이것이 바로 연극이다. "각기 다른 데서 시작되어도 같은 데서 끝난다始於離者, 終於和." 이때가 되면 나이 든 남자 배역과 젊은 여자 배역, 신부의 결혼 모자와 손오공의 여의봉은 모두 더 이상 고립된 게 아니다. 시간은 우선 그들에게 시련을 주었지만 지금은 또 한자리에 모아서 손바닥 뒤집듯 운명을 바꿔 환상적인 광경을 만들어낸다. 붉은 얼굴은 관우이고 하얀 얼굴은 조조이며 그 네모난 무대 안에 잔잔한 강과 화려한 봄 풍경이 펼쳐진다. 이른바 "강한 상상력이 사실을 낳"으며 "형태를 떠나 뜻을 취하고 뜻을 얻어 형태를 잊는다離形而取意, 得意而忘形"는 것은 진정 이와 같을 따름이다. 이때가 돼도 연극을 하는 사람과 연극을 보는 사람이 나누어질까? 그렇지 않다. 오로지 시간만이 마지막 심판관이므로 우리는 그 시간이 두려워 시계를 발명했다. 또 시간에 대항하기 위해 더 많은 것을 발명하기도 했다. 술, 약, 전쟁, 남녀의 사랑 그리고 당연히 연극도. 예컨대 그 기나긴 《백사전》은 무려 6시간을 공연하면서도 사람들의 입장과 퇴장에 전혀 동요하지 않았다. 우리는 우리 연기를 할 테니 당신들은 당신들 갈 길을 가라는 식이었다. 애초에 그들은 다름 아닌 시간의 사절이자 방문이어서 시간이야말로 연극을 쓰고, 연습하고, 공연하는 자임을 증명하지 못하면 실패였다.

연극이 끝나고 돌아가던 밤길이 아직도 눈에 선하다. 내가 이미 무대를 떠난 것을 까맣게 잊었고 거꾸로 그 무대가 무한히 확대돼 밤의 장막 전체와 이어졌다. 달빛 아래 길을 걷고 복숭아나무 가지를 꺾어 그 잎 위의 이슬을 만지는 게 다 연극 같았다. 가만히 보고, 듣고, 움직일 때마다 무력하고 알 수 없는 감정이 느껴졌다. 내가 마치 그 6시간의 연극 속 치정에 빠진 남녀 같았다. 무대를 떠나도 우리는 시간에 시달리면서 세상의 온갖 절망 때문에 친해지고, 애매해지고, 이별하며 거꾸로 또 그런 일들 때문에 절망이 심해지기도 한다. 정말로 그 연극은 그전까지 보이던 눈앞의 경관을 어느새 싹 바꿔놓았다. 한바탕 내린 눈보라와 방금 땅거죽을 뚫고 나온 새싹이 세상을 다르게 만드는 것처럼.

먼저 이런 생각을 하고 나서 다시 눈앞의 경관을 보면 어디인들 무대가 아니고 어디엔들 청사와 백사가 없겠는가. 이는 원나라 잡극雜劇《단도회》(單刀會, 원나라 관한경關漢卿의 희곡 작품으로 삼국시대 관우가 칼 한 자루만 갖고서 동오의 노숙이 초대한 연회에 갔다가 무사히 돌아온 이야기를 다뤘다)에서 관우가 부른 노래와 내용이 같다. 그는 먼저 "물살은 거세고 산세는 험준한데 젊었던 주유는 어디 있나? 어느새 연기처럼 사라졌으니 불쌍한 황개가 슬퍼하네. 조조를 치던 배들은 일시에 사라지고 전투가 치열하던 강물은 아직 뜨거운 듯해 사람의 마음을 찢네!"라고 노래한 뒤, 눈물을 흘리며 다시 "이것은 강물이 아니라 20년을 흐르고도 마르지 않은 영웅의 피다!"라고 했다.

오랜 세월, 방문하는 곳에 마침 연극 공연이 있으면

어떻게든 챙겨 보려 했다. 다행히 인연이 늘 닿아서 크고 작은 극장 외에 시골 마을에서도 적잖이 연극을 보았다. 휘극(徽劇, 안휘성의 전통 지방극)《단도회》는 안휘성의 작은 현성에서 보았다. 별로 특별하지 않은 극단이 농한기에 장강의 버려진 모래운반선을 무대로 삼아 관객 이삼십 명 앞에서 2시간에서 4시간가량 공연했다. 바람이 세게 불었고 날이 조금 일찍 어두워지면 바로 연극을 끝냈다 그 바람에 나는 연달아 며칠을 봤는데도 연극 전체를 다 못 보았다.

하지만 12월의 찬바람 속에서도 나는 그 작고 어수선한 연극을 손에 땀을 쥐고 보았다. 정말 너무나 훌륭했다. 연기를 했다 하면 칠군七軍이 우르르 출동하여 동에 번쩍, 서에 번쩍 격렬히 싸우는 듯했다. 눈 깜짝할 사이에 북 소리가 둥둥둥, 징 소리가 챙챙챙 울리면서 다채로운 리듬이 질서정연하게 우박처럼 쏟아져 내렸다. 또 침울할 때는 피리 연주에 맞춰, 화났을 때는 거문고 연주에 맞춰 노래를 부르면서 여요강余姚腔, 청양강靑陽腔뿐만 아니라 경조京調와 한강漢腔 같은 곡조들을 바짝 뒤쫓았는데, 노래들이 미묘하게 서로 어울렸다가 틀어졌다가 하면서도 그 경중과 완급이 딱딱 맞아떨어졌다. 진짜 전투가 눈앞에서 벌어지면서 죽어야 할 사람은 죽고 살아야 할 사람은 사는 듯했다. 게다가 이렇게 빠르게 진행되는 와중에도 배우들은 돌아가며 기마전을 벌이고, 배를 젓고, 상을 차리고, 불 묘기를 했고 그중 어느 것 하나 처지는 게 없었다. 나는 사람들 속에서 갈채를 보냈을 뿐만 아니라, 더운물을 한 대야 뒤집어쓴 듯 온몸에서 뜨거운 열기를 발산했다. 그리고 쓸쓸히 고개를 숙이고 생각했다. 저렇게 멋진 고대 중국이 이제는 존재하지 않는다니.

하지만 그것은 그 연극의 핵심이 아니었다. 핵심은 그 연극의 관우가 사람들이 지금까지 알던 그 관우가 전혀 아니었다는 것이다. 관우가 등장하는 연극은 크고 작은 것을 다 합치면 100종이 넘을 것이다. 《고성회古城會》, 《주맥성走麥城》, 《파교도포灞橋挑袍》 등이며 대부분의 연극 속에서 관우는 처음에는 인간이었다가 나중에 신이 되며 마지막에는 하나의 가면으로 남는다. 그는 그렇게 될 수밖에 없었다. 세상 사람들은 뭔가가 부족할수록 그를 그 부족한 사물의 화신으로 꾸미고자 했고 그는 담론 속에서 단일하고 판에 박은 듯하며 나아가 미련한 캐릭터가 될 수밖에 없었다. 그는 절대로 유비 한 사람의 둘째 동생이 아니라 세상 사람들 모두의 둘째 동생이다. 감정과 욕망이 제거된 채 우리에게 숭앙받는 게 그의 운명이다. 그런데 그 연극 속 관우는 위험에서 벗어나기는 했지만 그 과정에서 놀라

275

고, 두려워하고, 다행스러워했다. 돌아가는 배에서는 또 아이처럼 뱃사공과 이야기를 주고받곤 했다. 그래야만 조금이라도 공포를 누그러뜨릴 수 있었기 때문이다.

그 시골 연극은 원나라 잡극의 형식을 거의 고스란히 옮겨왔기 때문에 요행히 수식과 왜곡을 피했다. 불에 타죽었다고 알려진 망국의 군주가 사실은 불문에 투신했다가 위험이 사그라진 후 다시 인적이 드문 곳에서 아내를 얻고 자식을 낳은 듯한 느낌이었다. 이뿐만 아니라 그 연극과 더 많은 작은 연극들은 사실 기록과 역사이고 집필자는 무슨 고위 관료가 아니라 민심에 지나지 않는다. 민심이 그 삭제되고 밋밋해진 것들을 전부 노래와 대사로 가져와 다시 처리하고 남겨두었다. 끈질기게 전해져 온 그 갖가지 잔존물은 덜 녹은 무쇠와도 같아서 누구든 마음만 먹으면 그것에서 옛 시대를 확인할 수 있다. 다른 사람은 미처 몰랐던 것 같지만 《단도회》의 관우는 그날이 반드시 오리라는 것을 알고 있었다. 그는 연극이 끝나기 전 연거푸 탄식하며 말했다. "저녁놀 어둑어둑 지고 강바람 으슬으슬 불고 돛은 펄럭펄럭 당겨지네. 초대해준 것에 감사하오, 초대해준 것에 감사하오."

역시 쌀쌀한 2월의 베이징에서 《신판 패왕별희》를 보고 난 뒤, 나는 며칠 만에 다시 극장에 가서 《전태평》(戰太

平, 유명한 경극으로 원나라 말기의 대장 화운花雲이 태평성을 지키다가 진우량陳友諒에게 포로로 잡힌 후 굴복하지 않고 희생당한 이야기를 다뤘다)을 봤는데 이번에도 각색이 너무 지나쳤다. 하지만 일단 착석했으니 계속 불편하게 보고 있을 수밖에 없었다. 조명과 음향은 전혀 손색이 없었다. 마치 여러 사람이 개의 피가 그득한 통을 들고 무대 위에 쏟아붓는 것 같았다. 그래서 의관과 투구의 고증 따위는 죄다 틀려도 괜찮다는 식이었다. 모사謀士의 옷섶에는 더 이상 팔괘도八卦圖 무늬가 없었고 명장 화운의 등에는 매란국죽이 선명했다. 다 문제 될 게 없었다. 어쨌든 조명과 음향은 훌륭하니까.

질끈 눈을 감았다. 눈을 감고 나니 명장 화운이 노발대발하여 미친 듯이 말을 채찍질해 내달리는 모습이 또렷하게 보였다. 내가 그였다면 강과 산을 넘어서 군대를 데리고 성에 들어와 극장에 들이닥쳤을 것이다. 그리고 두려움을 모르는 사람들 앞에 서서 창으로 그들이 쓰고 있는 자금관을 찔러 떨어뜨린 뒤 이렇게 말했을 것이다.

"이 세상에는 조명과 음향 말고도 세 가지가 더 있느니라. 그것은 사랑과 계율과 두려움이다."

말하기
부끄러운
순간

초판 1쇄 인쇄일	2023년 11월 20일
초판 1쇄 발행일	2023년 11월 31일
지은이	리슈원李修文
옮긴이	김택규
펴낸이	한선희
편집	정구형 이보은
마케팅	정찬용 정진이
영업관리	한선희 김형철
디자인	즐거운생활
인쇄처	으뜸사
펴낸곳	국학자료원 새미(주)
	등록일 2005 03 15 제251002005000008호
	경기도 고양시 덕양구 권율대로 656 원흥동 클래시아 더 퍼스트 1519,1520호
	Tel 4424623 Fax 64993082
	www.kookhak.co.kr
	kookhak2010@hanmail.net
ISBN	979-11-6797-139-5 *03810
가격	18,000원

* 저자와의 협의하에 인지는 생략합니다. 잘못된 책은 구입하신 곳에서 교환하여 드립니다.
국학자료원 · 새미 · 북치는마을 · LIE는 국학자료원 새미(주)의 브랜드입니다.